JASMIN RAMADAN

Auf Wiedersehen

AF204725

GOLDMANN

Buch

Ben hat seine Ehe an die Wand gefahren, seitdem sitzt der Geist seiner Mutter auf dem Badewannenrand. Marlene verlässt ihren perfekten Ehemann, versucht sich auf Tinder und begegnet Jupiter. Nikki muss als sexy Geliebte den Serien-Tod sterben und verliert nicht nur ihr sicheres Einkommen, sondern auch ihren Partner Mats – an eine zwanzigjährige Influencerin. Sie alle betreiben die eigene Schadensbegrenzung, bis einer der Freunde spurlos verschwindet ...

Autorin

Jasmin Ramadan, Jahrgang 1974, studierte Germanistik und Philosophie. 2009 gelang ihr mit ihrem Debüt »Soul Kitchen«, der Vorgeschichte zu Fatih Akins gleichnamigem Film, der Durchbruch. Es folgten zahlreiche Kurzgeschichten und drei weitere Romane, zuletzt »Hotel Jasmin«. Jasmin Ramadan lebt in Hamburg.

Jasmin Ramadan

Auf Wiedersehen

Roman

GOLDMANN

Penguin Random House Verlagsgruppe FSC® N001967

1. Auflage
Taschenbuchausgabe Mai 2025
Wilhelm Goldmann Verlag, München,
in der Penguin Random House Verlagsgruppe GmbH,
Neumarkter Straße 28, 81673 München
produktsicherheit@penguinrandomhouse.de
(Vorstehende Angaben sind zugleich
Pflichtinformationen nach GPSR)

Copyright © 2023 Weissbooks Verlagsgesellschaft mbH, Berlin
Covergestaltung: UNO Werbeagentur GmbH, München
Umschlagmotiv: © FinePic®, München
KN · Herstellung: ik
Satz: GGP Media GmbH, Pößneck
Druck und Bindung: GGP Media GmbH, Pößneck
Printed in Germany
ISBN: 978-3-442-49524-5

www.goldmann-verlag.de

für Heidi Ramadan
30.8.1940 – 5.12.2021

Teil I – Sommer

I'm only human
Of flesh and blood, I'm made
Human
Born to make mistakes

The Human League

Symptome lautete der Titel von Leilas neuem Buch, und leider klang nichts daran nach einem Liebesroman. Ben las online eine Zusammenfassung der Handlung und sah sich ein Interview an, in dem Leila sagte, sie habe beim Schreiben noch nie so aus dem Vollen geschöpft. Jetzt war er also eine Romanfigur.

Ben betrachtete seine Umrisse in der Scheibe der Balkontür. Das matte Licht der hohen Bogenstehlampe ermöglichte ihm einen vagen Blick auf seine Erscheinung.

Das bin ich, dachte er, ohne zu verstehen, was dieser Satz für ihn bedeutete. Vielleicht würde Leilas Buch ihm Klarheit darüber verschaffen, wie er zu so einem Menschen geworden war, meist allein in seiner Wohnung, ohne soziale Kontakte, von den Boten für verschiedene Dienstleistungen einmal abgesehen. Mit über vierzig lebte er seit einer Weile vor sich hin wie ein depressiver Student, der sich mehr und mehr das Hirn wegkiffte.

Seit dem Ende ihrer Ehe behauptete Leila, Ben habe eine narzisstische Störung entwickelt. Dank seiner Internetrecherche wusste er nun, narzisstisch gestörte Menschen würden lieben lassen, anstatt aktiv zu lieben, Sexualität sei dabei oft nur ein Mittel zum Zweck.

Ben löschte das Licht, zog sich nackt aus, legte das Telefon umgedreht beiseite, setzte sich mit verschränkten Armen aufs Sofa und versuchte Zugang zu dem zu finden, was er fühlte. Seit Kurzem mochte er sich nicht mal mehr einen runterholen. Bestenfalls lag es am Alter, aber wahrscheinlich doch eher an ihm, so wie alles. Leila nahm ihn nicht mehr ernst. Andere Frauen zu verunsichern, war leicht.

Er sah gut genug aus, nordisch, schlank, hielt immer eine gewisse Distanz, sprach dennoch über seinen Weltschmerz und weinte bei der dritten Verabredung. Wegen seiner »genetisch bedingten Melancholie«. So nannte er es. Immer wieder aufs Neue hörte er sich so reden und wusste, nun berührte er die Frauen an ihrer berechenbarsten Stelle, ihrer Disposition zur Mutter. Bevor er mit ihnen schlief, ließ er sich Zeit, Bedürftigkeit war nicht begehrenswert. Er war eloquent, erfolgreich, trug immer gute Schuhe und kannte sich mit vielem aus, am besten mit Politik. Nichts interessierte ihn mehr als das Auflehnen gegen Diktaturen. Vor allem dort, wo das Militär einen schnell beseitigen konnte. Er verschlang Berichterstattungen darüber, wie Menschen ihr Leben für die Freiheit riskierten, bereit, sich zu opfern, um Autoritäten zu Fall zu bringen.

Manchmal verschickte Ben Selfies mit tränenüberströmtem Gesicht an verschiedene Frauen. Er schrieb dazu, welche politische Ungerechtigkeit ihn aus der Fassung gebracht hatte. Es war ja nicht mal gelogen. Vielleicht ein wenig überinszeniert. Aber Bilder waren sein Leben. Ben arbeitete als Werberegisseur und war zudem noch immer Künstler. Mit der Kunst machte er Eindruck, verdiente sich Aufmerksamkeit und Bewunderung, als Werberegisseur unanständig viel Geld.

Wollte er Frauen wieder loswerden, wusste er ebenso genau, was zu tun war. Er musste nur reduzieren: Komplimente, Nachrichten, Zuverlässigkeit. Wenn sie ihn darüber zu reden drängten, redete er stattdessen über politisches Tagesgeschehen, einen aktuellen Krieg, die Ungerechtigkeit der Welt, Wichtigeres eben, und zu guter

Letzt sagte er, es habe einfach nicht über das Körperliche hinaus gepasst, da gebe es nichts groß zu besprechen. Schwache Frauen konnte Ben nicht ertragen, sie erinnerten ihn an seine Mutter. Mit selbstzerstörerischer Konsequenz versuchten sie sogar den Verlust des Allerschlechtesten zu vermeiden, und Ben wunderte sich jedes Mal aufs Neue, dass sie mit universaler Entschlossenheit bedingungslos zu lieben bereit waren. Sobald auch diejenigen mit dem geringsten Selbstwertgefühl endlich genügend Wut aufbrachten, die Nachrichten zur Nacht immer seltener wurden und endlich ganz ausblieben, erfüllte es ihn feierlich. Ben ging dann wieder mehr unter Leute, streifte durch Bars und alles begann von Neuem. Eine Zeit lang lebte er nur noch von Adrenalin und anderen Hormonen. Das Zeug war tückisch, ein trügerischer Ersatz für Glück. Er liebte nicht mehr, er war auf Liebe.

Doch seine Methode, auf diese Art das Ego zu füttern, funktionierte schon länger nicht mehr, sie ließ ihn bei seinen letzten Versuchen nur noch beschämt und unbefriedigt zurück. Als Romanfigur würde er nicht mehr viel hergeben.

Leila wusste von all dem nichts. Ihre Liebe war wie eine Hypernova gewesen, die Explosion eines massiven Sterns, die gewaltige Energie freisetzt, und am Ende bleiben nur schwarze Löcher.

In seinem Unbehagen fragte Ben sich nun, wann er eigentlich zum letzten Mal Kontakt zu seinen besten Freunden gehabt hatte und ob Leila in ihrem Roman die Ereignisse schildern würde, die damals zu dem schleichenden Bruch mit Mats und Linus geführt hatten.

Ben hatte seitdem nie wieder vergleichbare Freundschaften geschlossen. Die meisten seiner Kollegen hielt er für Idioten, oder sie waren nett, aber langweilig. Als er nun darüber nachdachte, erschienen ihm die WG-Jahre mit Mats und Linus als die schönsten seines Lebens. Zumindest bis zu der Sache, als sie zusammen auf Kreta waren. Die letzten zwanzig Jahre hatte Ben weitgehend ausgeblendet, was damals passiert war, doch die Leichtigkeit der Jugend war nie zurückgekehrt.

Mats' kleiner Bruder hatte sich auf den Weg zu einer Party gemacht, um ein Mädchen zu treffen, während Linus, Mats und er besoffen im Appartement pennten. Er kam nie bei der Party an und blieb für immer verschwunden.

Ein paar Monate nach Bens Rückkehr aus Griechenland traf er Leila in einer Bar, und vielleicht lag es an seinem Zustand der Trauer, dass er sich gefährlich tief in sie verliebte und bald schon wusste, das ist jetzt für immer. Und so war es auch, nur, dass es nicht für immer gut war.

Ben nahm das Telefon und klickte Instagram an, um nach seinen alten Freunden zu sehen. Mats war jetzt mit einer sehr jungen Frau zusammen, wohnte in Berlin und posierte auf dem neusten Foto mit ihr im Bett, in einem pastellgelben Camouflage-Hemd, schielend und mit albern wuscheligem Haar.

Linus' Profil enthielt nur Bilder von seinem Garten, von selbst gepflanzten Kräutern und vor allem Tomaten in vielen Formen, Größen und Farben. Auf einem Foto waren auch seine zwei Kinder von hinten am gedeckten Tisch zu sehen. Linus' Frau tauchte nie auf. Sie selbst hatte auch ein Profil, allerdings ohne einen einzigen Beitrag.

Ben überlegte, sich bei Linus zu melden, aber er wusste nicht, wo er anfangen sollte. Nach so langer Zeit. Zwei Jahre zuvor hatte Linus ihm eine Nachricht geschrieben, nachdem Bens Mutter gestorben war, darauf könnte er sich vielleicht beziehen, der Tod verjährt nie.

Als Bens Mutter kurz vor seinem vierzigsten Geburtstag plötzlich starb, trauerte er dauerbekifft und arbeitete so viel wie noch nie zuvor. Er nahm einen Job nach dem anderen an, gerne Drehs im Ausland, immer neue Außenreize, das funktionierte einigermaßen. Aber während dieser Zeit wurde er so verdammt wütend auf Leila, und egal, was sie tat, es hörte nicht mehr auf, nicht für einen Tag, nicht mal für ein paar Stunden.

Ben entschied im Strudel dieser Wut, dass er nur noch an sich denken durfte, um klarzukommen. Alles andere verkomplizierte sein emotional strapaziertes Gefüge unnötig, und er konnte nicht mehr der perfekte Ehemann sein.

Leila hatte sich zu Beginn ihrer Ehe manchmal bei seiner Mutter bedankt, für den empathischen, treuen und loyalen Mann, den sie großgezogen hatte. Ben versuchte sich an diesen Mann zu erinnern, der seine Frau so glücklich machen konnte. Aber Leila war auch schon ohne ihn der seligste Mensch gewesen, den er kannte. Am liebsten lag sie im Bett in ihrem Chaos von Büchern, Notizen, Zeitungen und Klatschmagazinen. Dort schlürfte sie bis zum Nachmittag längst erkalteten Kaffee aus ihrem bizarr großen Becher und verschob jeden Termin mindestens einmal. Leila kam ihm immer ein bisschen schlauer vor als er selbst, und in ihrer Willensstärke erinnerte sie ihn, trotz ihrer einnehmenden Sinnlichkeit, an seinen Vater.

Die meiste Zeit ihrer Ehe war sie ein unerschütterliches Phänomen der absoluten Selbstakzeptanz, was in Faulheit den schillerndsten Ausdruck fand. Wenn sie nicht im Bett lag, lag sie auf dem Sofa und sah den ganzen

Tag fern, oft mit einem Kater, nach hart durchfeierter Nacht mit vielen Schnäpsen. Sie erschien ihm oft nichtsnutzig und grandios zugleich. Zwei Adjektive, die für ihn unvereinbar waren. Ben hatte über Jahre alles dafür getan, um sie noch glücklicher zu machen, als sie ohnehin schon war, damit sie bloß nicht merkte, dass sie ihn eigentlich gar nicht brauchte. Sein Geld verschaffte ihr die Sicherheit, in Ruhe einen Roman nach dem anderen zu schreiben, ohne sich um Verkaufszahlen zu scheren.

Nach dem Tod seiner Mutter hörte Ben auf, sich an das Glück mit Leila zu erinnern, denn Frieden war etwas Unerträgliches geworden. Seine Frau war auch nur ein Mensch, sie war sterblich, wie seine Mutter, wie sein Vater. Er begriff, er würde es überleben, dass nichts für immer war, und er begann Leila zu betrügen. Während seiner Jobs im Ausland betrog er sie jedes Mal, wurde dabei immer dreister und unvorsichtiger, so lange, bis sie es endlich bemerkte.

Seit einer Weile war es nun vorbei mit dem Reisen, denn er hatte vor ein paar Monaten eine Panikattacke auf dem Rollfeld bekommen und konnte das Flugzeug nicht besteigen. Auch beim nächsten Versuch, ein paar Wochen später, wiederholte sich diese erniedrigende Situation. Nie zuvor hatte er geglaubt, dass es solche Totaleinbrüche wirklich gab, war immer überzeugt gewesen, Menschen simulierten Panikattacken, um sich vor Arbeit oder Verantwortung zu drücken. Von seinem Hausarzt erhielt er nach dem dritten Mal die Telefonnummer einer Therapeutin. Er musste sich wieder auf die Reihe kriegen, denn die besten Kampagnen wurden im Ausland produziert.

Noch zögerte er, sich einen Termin geben zu lassen, aber er musste etwas unternehmen, denn es ging ihm ja längst schon auch abseits von Rollfeldern schlecht.

Das Kiffen, sein Allheilmittel seit Jugendzeiten, verschlechterte die Lage nun eher, er bekam davon manchmal Hirngespinste und oft ein sonderbares Jucken in den Handflächen. Und wenn er versuchte, über irgendetwas nachzudenken, reduzierten sich seine Gedanken schnell auf einen einzigen Satz: Ich bin so verdammt wütend. Ben hoffte, selbst drauf zu kommen, womit er es zu tun hatte, um die verteufelte Angelegenheit allein zu lösen.

Nur bemerkte er schnell, dass er im Grunde einen Groll auf jede einzelne Person hatte, die er kannte, und am Ende war es immer wieder Leila, an die er mit außerordentlichem Zorn dachte, und an dieser Stelle kam er nicht weiter, weil sie ihm eigentlich nichts getan hatte, außer sie selbst zu sein.

Ben googelte die Therapeutin und fand nur ein einziges Foto. Sie sah freundlich aus. Doch während er sich das Bild ansah, wurde er auch auf sie wütend, und als er mit schweißnassen Händen hektisch in seinem Telefon nach irgendeiner Ablenkung suchte, klickte er wieder Instagram an, wo Linus gerade das Foto einer monströsen Tomate hochgeladen hatte. Irritiert stellte Ben fest, dass er auf Linus nicht wütend war, keine Spur, sein alter Freund war der einzige Mensch, der trotz der albernen Tomatenfotos keine Abscheu in ihm hervorrief, und Ben fragte sich, wie es Linus wohl gerade ging, ob er glücklich war. Mit Schrecken wurde ihm bewusst, dass er sich schon lange nicht mehr gefragt hatte, wie es irgend jemand anderem ging, und er suchte in seinen Kontakten nach Linus' Nummer.

Der Fahrgastwunsch

Machst du heute abend wieder dein Hühnchen?

Marlene saß im Bus und starrte auf ihr Telefon. Wieso *ihr* Hühnchen? Linus wollte es, er mochte es, es war *sein* blödes Hühnchen in Butterzitronenthymiansoße mit Wildreis. Sie bekam Lust, eine zu rauchen, so wie immer, wenn sie wütend war. Schon seit Jahren hatte sie sich keine Zigaretten mehr gekauft, denn sie führte nicht mehr so ein Leben.

Vielmehr verharrte sie in Zuständen und ging ihrem Alltag nach. Meist war sie dabei gelangweilt und ab und zu wütend, aber nie zu lange. Manchmal war sie sogar gelangweilt davon, dass sie wütend war. Denn es war immer dieselbe Art von gedämpfter Wut, die ihr niemand anmerkte. Marlene gab ihrem Mann Linus die Schuld für diese Zustände und fühlte sich in dieser Ordnung einigermaßen sicher.

Es funktionierte, denn Linus bemerkte nicht, dass er der Grund für alles war, dafür war er zu nett, zu wenig narzisstisch, zu zufrieden mit seinem Job, zu stolz auf seine Kinder, zu glücklich in seiner Ehe.
Marlene lehnte ihren Kopf an die Fensterscheibe des Busses und nickte kurz ein. Der Schmachter verging, alles verging, sie blieb.

Vielleicht würde sie heute Abend mal einen anderen Wein kaufen, nicht den Côtes du Rhône, den verlässlichen aus dem guten Supermarkt, den sie beide mochten, der weder zu fruchtig noch zu herb war, der leicht war, aber dennoch Charakter hatte. Vielleicht kaufte sie einen deutschen Wein, wegen des ökologischen Fußabdrucks. Irgendwas musste man ja tun.

Sie ging schon mal die Zutaten durch. Huhn vom Bio-Schlachter, Zitronen mit der Schale, die zum Verzehr geeignet war, Thymian aus dem Topf auf der Fensterbank, Brühe hatte sie noch genug in der Gefriertruhe im Keller. Ein, zwei Knoblauchzehen, aber nur für den Geschmack. Die mussten vorm Essen raus, denn wenn Linus eine erwischte, bekam er gegen ein Uhr früh Blähungen. Marlene wachte dann vom Geräusch des Wasserkochers auf, wenn dessen betriebsames Rauschen stärker wurde, als würde irgendwas losgehen, doch dann goss Linus bloß kochendes Wasser auf den Beutel Fenchel-Anis-Kümmel-Tee in dem Snoopy-Becher. Der stammte noch aus seiner WG-Zeit. Da hatten sie sich kennengelernt.

Eigentlich war sie in einen seiner Mitbewohner verknallt gewesen: Ben Kubik. So ein Rumvögler, einer, der immer auf dem Sprung war, ein mit sich allein Glückseliger. Er hatte die Angewohnheit, während er das Kondom überstreifte, darauf zu verweisen, dass er wirklich nur Sex wolle, sie solle sich bitte nicht in ihn verlieben. Aufrichtigkeit und Integrität seien ihm wichtig, das Wichtigste im Leben.

Es war nie so richtig gut, mit ihm zu schlafen, es war nur gut, ihm nah zu sein, weil sie gern so gewesen wäre wie er. Frei, egoistisch, aber korrekt. Ohne den dringenden Wunsch, geliebt zu werden, weil man sich selbst schon weitaus genug liebte. Zu ihrer Verwunderung hatte er doch irgendwann geheiratet, eine Schriftstellerin, das war wild genug für ihn, das machte was her, und natürlich hatten sie keine Kinder bekommen. Sie folgte ihm auf Instagram, und nachdem sie davon gehört hatte, dass er und seine Frau getrennt waren, schrieb sie ihm eine Nachricht, fragte, was er so treibe. Er antwortete noch am selben Tag: *Hey Marlene, schön von dir zu hören, hab gerade extrem viel Trubel, melde mich bald ausführlicher.*

Das war jetzt über ein Jahr her.

Er war Werbefilmregisseur geworden, drehte sogar mit internationalen Stars, reiste viel in der Welt herum und unterstützte Hilfsprojekte in Ecuador und Bolivien. Es gab Gerüchte, er habe seine Frau dort betrogen.

Linus war so treu, dass es wehtat.

Marlene sah aus dem Fenster, der Bus fuhr langsam durch die kinderreiche Wohngegend. Auf der Straße stritt ein sehr junges Paar, sie entriss ihm das Telefon, Marlene schaute ihnen nach, der junge Mann wehrte sich nicht, überließ dem Mädchen das Handy und ging einfach in die andere Richtung davon. Marlene wickelte das Spiralband fester um ihren Dutt. Sie wäre so gern mal eifersüchtig gewesen. Wenn eine andere Frau Linus begehrte, könnte das ihre Gefühle für ihn vielleicht neu entflammen. Dabei war das Feuer auf ihrer Seite ohnehin nie besonders groß gewesen.

Linus hatte sich damals bei einem Sushi-Dinner in der WG auf der Stelle in Marlene verliebt. Ben hatte sie zum ersten Mal zu so etwas eingeladen, sonst trafen sie sich immer nur auf Partys. Nach dem Essen tranken sie eine Menge Wodka-Shots und hörten das erste Daft-Punk-Album so laut, dass man sich nur schreiend unterhalten konnte. Marlene fühlte sich schön unter Linus' Blicken, so schön wie noch nie. Irgendwann brach Ben Kubik noch zu einer Party auf, und alles fügte sich.

Auf Marlenes Handy-Display waren ihre halberwachsenen Kinder zu sehen: Milan und Paula lachend Arm in Arm, im Hintergrund die Garderobe im Flur, an der Linus' grüne Funktionsjacke hing. Sie konnten sich glücklich schätzen, so einen Vater zu haben. Linus war mit großem Enthusiasmus fürsorglich, er züchtete verschiedene Sorten Tomaten im Garten und las oft Ratgeber für eine gute Lebensführung. Mittlerweile hatte er als Bauingenieur alles erreicht, er besaß eine eigene Firma, die auf Tunnelbau spezialisiert war. Marlene war in Sicherheit. Es war klug, ein Leben zu führen, das man für richtig hielt, und wichtiger, sich geliebt und geborgen zu fühlen, als ständig irritierende Leidenschaft zu empfinden.

Ihre Freundin Verica, die damals Philosophie studiert hatte, sagte oft, es gebe keinen richtigen Mann im falschen, und damals dachte Marlene dabei an Ben Kubik, jetzt dachte sie an Linus.

Der Bus fuhr ihre Haltestelle an, die nur wenige Schritte von ihrem Stadthaus entfernt lag, sie wandte den Kopf ihrer Sitznachbarin zu und fragte: »Würden Sie mich bitte rauslassen?«

Die junge Frau sagte: »Nein, ich kann nicht.«

»Wie? Sie können nicht?«

»Ich kann nicht, ich habe gerade eine Panikattacke und kann mich nicht bewegen.«

Marlene wunderte sich, dass sie nicht wütend wurde, und fragte: »Wie lange wird dieser Zustand noch anhalten?«

»Das kann ich nicht sagen, ich mache gerade meine Atemübungen und versuche zu meditieren. Wenn Sie nicht mit mir reden, geht es schneller.«

Die Türen des Busses schlossen sich, und er fuhr weiter. Die junge Frau roch nach Vanille, und wie Marlene hatte sie einen blond glänzenden Dutt oben auf dem Kopf. Kleine lila Herzen schmückten die Ohren, und um den Hals trug sie eine Kette mit einem goldenen Anhänger, *Liese* in geschwungener Schrift. Liese hatte eine klitzekleine Nase, so eine, wie Marlene sie sich immer gewünscht hatte.

Liese fragte: »Könnten Sie bitte meine Kopfhörer aus dem Rucksack holen, mir aufsetzen und dann bei Spotify in meiner Meditationsliste Track sieben anmachen? Vorher müssen Sie aber noch mit meinem rechten Daumen das Handy entsperren.«

In ihrem Rucksack lag zwischen allerlei Krams eine Packung Zigaretten. Marlene nahm sich zwei Zigaretten und steckte sie in die Tasche ihres Trenchcoats. Dann entwirrte sie das Kopfhörerkabel, steckte es in das Handy, setzte Liese die gelben Hörer auf die Ohren und griff nach ihrem Handgelenk. Es war schlaff, die kleine weiche Hand ganz warm. Marlene entsperrte das Telefon mit dem Daumen, dessen Nagel ozeanblau lackiert war. Als Track sieben begann, schloss Liese die Augen und lehnte sich zurück. Marlene hatte schon seit Jahren keine Musik mehr gehört, die sie selbst ausgesucht hatte. Manchmal, wenn Linus Sex wollte, machte er eine Jazz-Playlist an und öffnete einen der Weine für besondere Anlässe.

Liese wirkte in ihrer Panik ziemlich organisiert, sie schien die Abläufe zu kennen und zu wissen, wie sie sich wieder in ein erträgliches Gleichgewicht bringen konnte. Marlene kam das bekannt vor. Eigentlich ging es ihr so, seit sie wegen der zweiten Schwangerschaft das Stellenangebot der Großkanzlei abgelehnt hatte.

Marlene setzte sich aufrecht hin, steckte die Hand in die Tasche des Mantels und drehte eine der Zigarette zwischen Daumen und Zeigefinger. Nach drei weiteren Stationen sagte Liese: »Ich glaub, ich könnte jetzt aussteigen. Ich denke, ich kann einen Fuß vor den anderen setzen. So fängt es immer an, und dann wird es langsam besser.«

»Gut, dann steige ich auch aus.«

»Es tut mir leid, dass Sie Ihre Station verpasst haben, ich gebe Ihnen Geld für ein Taxi.«

»Nein, nicht nötig, ich bin nicht in Eile, ich laufe einfach ein Stück.«

Liese nickte und sagte: »Bitte nehmen Sie mir den Kopfhörer nun wieder ab.«

Marlene tat es und legte ihn zurück in den Rucksack. Sie standen nebeneinander an der Tür, der Bus hielt an.

»Drücken Sie bitte den Fahrgastwunsch-Knopf, sonst öffnen sich die Türen nicht«, bat Liese.

Sie war in allem so präzise, und Marlene fragte: »Meinen Sie, man kann sich etwas wünschen, wenn man den Knopf drückt?«

Zum ersten Mal lächelte Liese.

»Das wäre schön«, antwortete sie.

»Es wird so sein, denn da steht *Fahrgastwunsch* drüber, und wir sind Fahrgäste.«

»Aber der Wunsch ist bereits von der Gesellschaft für öffentlichen Personennahverkehr festgelegt worden. Er lautet: Aussteigen.«

»Gut«, sagte Marlene und drückte den Knopf.

Der Produzent hatte Nikki per WhatsApp in sein Büro gebeten. Sie saß vor seinem Schreibtisch. Er ging hinter ihm auf und ab und erzählte von seinem neuen Personal Trainer, der es endlich schaffte, ihn zu Höchstleistungen zu motivieren.

Der Produzent setzte sich und seufzte.

»Nikki, was soll ich sagen, es tut mir weh, denn ich mag dich, ich mag dich wirklich, das weißt du. Du hast viel für die Serie getan. Aber deine Figur ist auserzählt. Unsere Serie ist kein Autorenkino. Wir müssen der Wahrheit ins Auge blicken. Du bist mit vierundvierzig einfach zu alt, um weiter die Geliebte zu spielen, die Frau, vor der sich andere Frauen fürchten, die Frau, wegen der Männer ihre Ehe riskieren. Mehr war deine Figur nie, sie hat keine Entwicklung durchgemacht, sie ist nur älter geworden. Deine Figur wird sterben. Das Einzige, was ich dir noch anbieten kann, ist mitzuentscheiden, wie sie stirbt.«

Der Produzent war Mitte fünfzig, er besaß mehrere Wohnungen in der ganzen Stadt und lebte in der Hafencity. Er hatte seit Kurzem ein Baby. Das Baby hieß Lothar. So wie der Produzent. Der Produzent war jetzt mit der Mutter seines Sohnes zusammen – einer sechsundzwanzigjährigen Stylistin, mit der er seine Frau, eine bekannte Regisseurin, zuvor über Monate hintergangen hatte. Nikki war ihm einmal in der Sauna begegnet. Seine Eier hingen. Es sah aus, als hingen sie an einem seidenen Faden.

»Nikki?«

»Ja?«

»Wie gesagt, es tut mir leid, aber so kannst du dich auch noch mal ganz neu orientieren oder vielleicht Theater spielen! Wann, wenn nicht jetzt?! Schicksal als Chance, sag ich ja immer. Ich wünschte, mir würd mal jemand einen Arschtritt verpassen, dann würd ich endlich mein eigenes Weingut in Angriff nehmen. Und wegen Geld, Existenz et cetera pp. musst du dir ja keinen Kopf machen. Mats ist doch sehr erfolgreich. Was? Ihr seid so ein tolles Paar. Da denkt man sofort, Liebe für immer ist doch machbar, wenn man euch so sieht.« Der Produzent schaute auf sein Telefon und fuhr fort: »Ich muss dann jetzt auch mal.«

Er stand auf und streckte seine Hand aus, die sich rau und rissig anfühlte. Nikki schauderte.

»Nikki, du hast noch was vor dir, da bin ich sicher.«

Leiden und sterben, dachte sie. Aber wer kümmerte sich dann um ihren Instagram-Account? Warum dachte sie jetzt an Scheißinstagram? Vielleicht weil es so gut in den Sexismus-Kontext passte. Sie wurde aus Sexismus aus der sexistischen Drecksserie gefeuert, mit der sie seit Jahren ihr Leben und ihre Karriere ruinierte. Im gläsernen Fahrstuhl aus dem fünften Stock nach unten wühlte sie ihre Handcreme aus der Umhängetasche und drückte extra viel heraus, um die Produzentenhände aus ihrem Kurzzeitgedächtnis zu entfernen. Sie überlegte, jemanden anzurufen, sich auszuheulen. Aber alle würden dasselbe sagen – das, was auch ihr vollkommen klar war: Es ist besser so! Nikki motzte seit Jahren über ihren Job, ohne sich um etwas Neues zu bemühen, und niemand, wirklich niemand wollte es mehr hören.

Nun musste sie sich kümmern, dabei hatte sie insgeheim längst entschieden, sich bis zum Tag ihres Todes um nichts Neues mehr zu kümmern, gemütlich frustriert in ihrer Komfortzone zu verbleiben und sich bloß ab und zu kurz herauszuwagen, aufzurichten und eine Pose für ein Foto einzunehmen, um sich im Internet abzubilden, weil man das der Karriere wegen eben musste. Damit die Leute sich an die Existenz anderer Leute erinnerten. Immerhin hatte es finanziell gestimmt, die größte Scheiße war ja meistens unanständig überbezahlt, und wenn man sich das kapitalistische Elend dieser Welt ansah, war das ein wirklich großes Geschenk. Und wer liebte schon seinen Job? Es hätte zum Überleben gereicht. Nikki hätte es gereicht. Sie war dankbar, genügsam oder bequem, was genau, wusste sie selbst nicht mehr, und es war ihr auch längst vollkommen egal. Warum musste man sich selbst verstehen? Dieser Anspruch war ihr fremd, ebenso die Neigung zu depressiven Verstimmungen, die vermutlich bei vielen anderen die verlogene Suche nach einem höheren Sinn im Leben auslösten.

Tula aus der WG im zweiten Stock war Anfang zwanzig und die Zahl ihrer Follower bei Instagram absurd höher als die von Nikki, dabei hatte Tula nicht mal einen Beruf. Sie war auf banale Weise sexy und immer stylish gekleidet. Sie ging ins Fitnessstudio, feierte viel und legte manchmal in coolen Bars Elektro auf. Das reichte heutzutage, um zu faszinieren. Nikki war so angeödet, sie war von gar nichts mehr fasziniert, nicht mal von ihrem Rauswurf. Tula war leicht zu beeindrucken, sie hatte immer begeistert über irgendetwas gefaselt. Chinesische Aktionskunst, das Baby ihrer großen Schwester, den Concept-Store um die Ecke, Island, Intervallfasten, veganes Duschgel, muslimische Feministinnen, fair gehandelte Schnittblumen. Sie war ein ganz normales halbintelligentes und leicht überdurchschnittlich hübsches Mädchen mit langen mittelbraunen Haaren, und Nikki rätselte noch immer, warum Mats sich in sie verliebt hatte. Er musste wie ein Irrer darauf aus gewesen sein, sich zu verlieben, es gab keine andere Erklärung. Tula hatte oft geklingelt, um sich den Staubsauger zu leihen, und manchmal war sie noch auf einen Espresso geblieben. In ihrer WG wurde ständig gefeiert, und Tula hatte sie immer beide eingeladen. Mats war irgendwann hingegangen, hatte dann nicht mehr damit aufgehört und bald von nichts anderem mehr gefaselt als von der Energie junger Leute – vielleicht noch von seinem Chef, den er schon seit Jahren für ein kapitalistisches Arschloch hielt.

Nikki war so verdammt müde, sie war zu müde, um richtig wütend zu sein. Ihr taten einfach nur alle leid. Der Produzent tat ihr leid, Mats tat ihr leid, ob sie sich selbst leid tat, wusste sie nicht. Das sollten andere beurteilen.

Mats hatte oft in schwammiger Weise von seiner inneren Unzufriedenheit gesprochen, hatte Dinge gesagt wie: »Ich will nicht weg von dir, ich will nur neue Perspektiven, irgendwas muss doch noch passieren im Leben und auf der Welt, Dinge müssen sich ändern, auch wenn dabei irgendjemand oder irgendwas zu Schaden kommt. Sonst bewegt sich nichts.«

Sie hatte nie begriffen, was er meinte, dann hatte sein Penis neue Perspektiven gefunden, er hatte seinen hoch bezahlten Job gekündigt und war mit Tula nach Berlin gezogen.

Nikki betrat den Hähnchengrill nahe ihrer Wohnung. Die alte Inhaberin schwitzte und hantierte hinterm Tresen mit einem rohen Huhn. Regine war im letzten Jahr ein bisschen verrückt geworden, nachdem ihr Mann gestorben war.

»Ein Halbes mit Pommes bitte.«

»Gern, Kindchen.«

Wenn Regine sie »Kindchen« nannte, fühlte Nikki sich kurz auf gute Weise zerbrechlich.

Mats hatte sie dafür verachtet, dass sie hier manchmal aß. Sogar ihr BH roch dann nach altem Frittierfett. Er verstand nicht, dass sie Regine unterstützte, denn niemand von all den neuen guten Menschen aß noch Tiere mit grausamer Biografie, und deshalb würde Regine bald aussterben.

Tula hatte immer betont, sie interessiere sich vor allem für die Ungerechtigkeit der Welt! Deshalb ließ sie die Finger von allen Tabus, außer von Mats. So viel Egoismus brachte sie gerade noch auf.

Mats war irgendwann, als er immerzu von neuen Perspektiven gesprochen hatte, ganz versessen auf eine bessere Welt. Er ernährte sich zwei Drittel vegan, bestellte nichts mehr im Internet, fuhr mit dem Fahrrad statt in den Urlaub und trank nur noch Weine aus der Region.

Während Mats versuchte, ein besserer Mensch zu werden, ging es Nikki immer schlechter, und sie suchte nach dem kosmischen Zusammenhang, obwohl sie eigentlich an nichts glaubte, was man nicht anfassen konnte.

Ihr Handy-Display war verschmiert von dem Hähnchenfett an ihren Fingern. Sie wollte Tinder öffnen, tippte stattdessen auf eine Nachricht von der potenziellen neuen Mitbewohnerin. Sie hieß Liese und wollte schon eine Stunde früher kommen als abgemacht. Nikki log, das ginge nicht, sie habe noch Berufliches zu tun, und legte das Handy mit dem Bildschirm nach unten auf den Tisch. So wie Mats seins während jener Monate hingelegt hatte, in denen er mit Tula fremdgegangen war. Nikki stopfte das Huhn in sich hinein. Warum konnte sie essen? Warum war sie nicht in Panik? Warum bekam sie nicht mal Sodbrennen? Sie musste irgendwann diese

Woche noch weinen, sonst würde sie verrückt werden, und sie musste mit jemandem schlafen, sonst auch.

»Biste heute traurig, Kindchen?«

»Ach, ich wurde bloß gefeuert.«

Regine kam um den Tresen herum und umarmte sie fest.

»Leider brauch ich keine Aushilfe, sonst könntest du hier anfangen.«

»Danke Regine, ich weiß, ich weiß.«

»Weißt du, Kindchen, das Leben ist manchmal eben das, was übrig ist, und das andere muss man einfach abhaken. Aber du bist jung und immer so freundlich, dir werden noch tolle Wunder geschehen. Ich werd heute Abend mal mit meinem Manfred im Paradies darüber reden, der kann von da aus bestimmt was für dich organisieren.«

»Danke, liebe Regine, das weiß ich zu schätzen, grüß ihn bitte ganz herzlich von mir.«

Liese schrieb, sie würde schon vor Nikkis Haustür warten.

Sie war eine junge, zierliche Person mit gelben Kopfhörern, und sie tanzte esoterisch langsam auf der Straße herum. Sie sah noch jünger aus als Tula.

Liese riss sich die Kopfhörer runter und umarmte Nikki.

»Oh, das freut mich so, dich persönlich kennenzulernen, ich liebe deine Serie!«

Hoffentlich war das nur Schleimerei, immerhin wirkte sie hellwach. Das Mädchen roch stark nach Vanille, was auf banale Weise erheiternd wirkte.

Oben in der Küche machte Nikki Espresso auf dem Herd, und sie fragte Liese, wo sie jetzt wohne und warum sie da raus müsse oder wolle. Sie hatte in einem Internetforum zum Thema WG-Casting gelesen, dass das eine gute Frage sei.

Liese lächelte schief und antwortete: »Ich wohne vorübergehend wieder bei meiner Mut-ter. Ich habe meinen Freund verlassen, weil ich irgendwann mal Kinder will. Hendrik ist aber schon Mitte vierzig, und die Qualität der Spermien wird mit dem Alter immer schlechter. Im Internet steht, dass die Wahrscheinlichkeit behinderter Kinder bei Spermien älterer Männern krass ansteigt. Ich habe nichts gegen behinderte Kinder, ich will nur einfach keine.«

Nikki nickte und erwiderte: »Klingt ziemlich pragmatisch.«

»Na ja, ich bin jung, da muss ich planen, es ist mein Leben, ich hab alles noch vor mir, da kann ich keine Rücksicht nehmen, und das Alter ist eben ein Risikofaktor! Sorry.«

Nikki verschränkte die Arme und zog eine Augenbraue hoch.

»Ich bin genauso alt wie dieser Typ, Mädchen.«

Liese wedelte mit den Armen.

»Aber ich feiere das Alter, und ich stehe total auf alte Männer. Die jungen Typen sind meist nur posende Fassaden! Wie machst du das mit der Augenbraue?«

Nikki überging Lieses Frage.

»Was ist so toll an alten Männern?«

»Sie berühren mich auf so eine Weise, wie soll ich das erklären? Ich will sie beschützen und gleichzeitig zerstören.«

Nikki zog beide Augenbrauen hoch, und Liese fuhr fort: »Ich liebe es, wie traurig und geschwächt sie aussehen, wenn sie zu viel getrunken haben oder sich unbeobachtet fühlen ... wie verunsichert sie davon sind, dass ihr Körper sich unaufhaltsam verändert, und ihre dünne, weichraue Haut übt so einen sentimentalen Sog auf mich aus, und ich steh drauf, wenn sie megaverrückt nach mir sind und ich sie sexuell beherrsche.«

Nikki zündete sich eine Zigarette an und sagte: »Du wirkst nicht wie eine, die dringend Mutter werden will.«

»Vielleicht, aber ich denke, ich sollte es werden, weil das wichtig ist, um sich als Frau wirklich als Frau zu fühlen.«

»Meinst du das ernst?!«

»Ja, und ich würde nie die Pille nehmen, die Frau braucht einen natürlichen Zyklus, auch wenn alles dadurch weniger berechenbar wird und die Blutungen auch mal superstark sind, das ist so wichtig für die Authentizität der Weiblichkeit, dieser Urkraft des großen Ganzen, das Bluten im eigenen Rhythmus und in all seinen Facetten ist ein Reinigungsprozess und ewige Erneuerung! Das feiere ich, und Männer können diese Magie nie erleben, sie ist exklusiv!«

Nikki verschränkte die Arme, dachte sich ihren Teil und fragte: »Vermisst du ihn?«

»Wen?«

»Na, deinen Ex, den alten Mann!«

»Doch, schon, Hendrik hatte so anrührende Seiten. Er hatte ein großes Tattoo, lauter Sterne auf dem gesamten Oberkörper, dadurch sei jeder Tag feierlich. Er sei schon immer ein Romantiker gewesen, hat er zumindest gesagt und dann über das Tattoo gestrichen, als wäre er verliebt in sich selbst oder zumindest in diesen Teil seines Körpers. Den Teil, den er sich selbst zugefügt hat, sozusagen, also der Tätowierer, aber darum geht es doch, oder?

Wie wir uns selbst gestalten, also alles, jeden Tag. Wir können unsere Vergänglichkeit nicht manipulieren, aber was wir währenddessen treiben und wie wir dabei aussehen, schon. Allerdings hat Hendrik mit dem Älterwerden einen dicken Bauch gekriegt, seine Haut hat sich verändert, und jetzt sehen viele Sterne aus wie Fetzen.«

Nikki stellte die zwei Espressotassen auf den Tisch, ihr Tränenkanal vibrierte und sie konnte den unterdrückten Strom nun nicht mehr zurückhalten. Zum ersten Mal seit Wochen weinte sie. Sie setzte sich Liese gegenüber und ließ die Tränen laufen. Liese legte die gefalteten Hände auf den Tisch, sah Nikki mit ernster Miene an, beinahe barmherzig wie eine Nonne, und hielt die Situation offensichtlich gut aus. Nikki schluchzte jetzt wie ein Teenager auf Hormonen, es fühlte sich an wie mit dreizehn, als das Leben eine einzige grenzenlose Überforderung gewesen war.

Nachdem Nikki sich ausgeheult hatte, sagte Liese: »Es ist das Beste zu weinen, es ist auch ein Reinigungsprozess, es führt zu Freiheit. Ich weine zu selten. Irgendwann bekomme ich dann Panikattacken. Ich bekomme sie auch, wenn ich mir nicht sicher bin, wie ich mich entscheiden soll. Ich hasse es, Entscheidungen zu treffen, ich bin beschissen darin, ich hab immer Angst, was zu verpassen, und es macht mir Angst, dass alles, was man tut, für immer ist und sich nie wieder korrigieren lässt, weil es ja keine Zeitmaschinen gibt, und selbst wenn, dann würde das nicht funktionieren, weil man ja nicht als dieselbe Person zurückreisen würde. Darüber gibt es Filme. Wenn man an der Vergangenheit dreht, zerstört man am Ende das Gute in der Zukunft, das, was man vorher gar nicht gesehen hat. Verstehst du?!«

Nikki schnäuzte sich die Nase, ging in den Flur, holte das Augenserum aus der Umhängetasche, sie fragte: »Warum redest du so viel?«

»Na ja, ich wollte mich auch offenbaren, weil *du* das jetzt gemacht hast, ich wollte eine Vertrauensbasis schaffen, weil ich gern das Zimmer hätte.«

»Zwei, es sind zwei Zimmer.«

»Oh, okay, viel Platz. Wer hat hier vorher gewohnt?«

»Mein Freund.«

»Oh, okay. Tut mir leid. Liebst du ihn noch?«

»Manchmal.«

»Wann?«

»Morgens, direkt nach dem Aufwachen.«

»Und abends vor dem Einschlafen?«

»Nein, da nicht mehr, zumindest nicht mehr so, als hätte es was mit der Gegenwart zu tun.«

»Am Ende des Tages zählt mehr.«

»Warum?«

»Weiß ich nicht, aber das sagt man doch so: Am Ende des Tages ist es so und so, unterm Strich, im Endeffekt, in der Summe, schlussendlich, letzten Endes, zu guter Letzt.«

Nikki begann zu lachen, beinahe wie früher im Unterricht, dieses Lachen, das die Lehrer in den Wahnsinn trieb, und sie fühlte sich dabei so ähnlich wie gut.

Liese griff nach der kleinen Tube.

»Wow, Chanel, wer braucht Augenserum von Chanel? Na ja, du kannst es dir leisten, du bist Serienstar.«

Nikki lachte jetzt Tränen und erwiderte laut: »Ich wurde heute gefeuert!«

»Oh, okay. Aber das ist nicht witzig, oder? Warum? Also mit welcher Begründung?«

Nikki wischte sich über die Augen und zuckte mit den Schultern.

»Ich bin zu alt, um atemberaubend zu sein, wie du gesagt hast, das Alter ist ein Risikofaktor.«

Liese schlug sich vor die Stirn.

»Ich rede viel dummes Zeug, wenn ich unsicher bin.«

»Aber du hast ein bisschen recht damit, Altern ist der Supergau, wenn man immer nur auf sexuelle Attraktivität gesetzt hat.«

»Alles ist der Supergau, wenn man das tut.«

Liese rührte in ihrem Espresso und fügte hinzu: »Die Serie ist nicht gut, in feministischer Hinsicht sogar katastrophal.«

»Vorhin hast du was anderes gesagt.«

»Das war nur Schleimerei.«

Nikki zündete sich eine Zigarette an und fragte: »Hältst du dich für eine Feministin?«

»Nein, ich bin in feministischer Hinsicht eine Katastrophe. Ich brauche Bestätigung von Männern, und ich lasse mir ziemlich viel gefallen, um in einer Beziehung zu sein. Ich war noch nie Single, seit ich zum ersten Mal Sex hatte.«

»Wann war das?«

»Mit vierzehn, wir haben einen Porno im Internet gesehen und uns dabei hormonell schockverliebt. Er war fünfzehn. Wir waren für ein paar Monate zusammen. Bis ich mich in seinen Bruder verliebt hab. Die reden bis heute nicht miteinander. Eine Zeit lang hab ich mich durch so was aufgewertet. Ich war echt kaputt, weißt du? Ich hab nie Schluss gemacht, bevor ich einen Neuen hatte. Ich hab gebrochene Herzen gesammelt. Das Schlussmachen hat mir immer einen krassen Ego-Kick gegeben, voll krank, ich weiß.«

Liese fasste sich an den Hals und rieb an einer Stelle immer wieder über ihre Haut, bis ein knallroter Fleck entstand.

Nikki beobachtete das eine Weile, bis sie fragte: »Und jetzt willst du es mal ohne Typ versuchen?«

Liese legte beide Hände flach auf den Tisch, seufzte und antwortete: »Muss ich wohl, hab dieses Mal keinen gefunden, der sich auf die Schnelle wie verrückt in mich verliebt. Eigentlich hätte ich mich schon vor Monaten von Hendrik trennen sollen. Er trinkt zu viel und hat deshalb seinen Job verloren. Danach hat er noch mehr getrunken. Ich glaub, er war mir auch nicht treu. Aber das war nicht das Schlimmste.«

»Was war das Schlimmste?«

»Er hat sich nicht um seine Tochter gekümmert, ich hab einmal gehört, wie er morgens seine Ex angerufen und gelogen hat, um nicht den Tag mit ihr verbringen zu müssen, wie abgemacht. Das hat mich so wütend gemacht, dass ich auf der Stelle aufgehört habe, ihn zu lieben.«

Nikki verschränkte die Arme.

»Dann hast du ihn nicht geliebt.«

»Vermutlich nicht, er ist ein Idiot, postet peinliche Fotos von sich auf Instagram. So melancholisch sexy in Schwarz-Weiß. Ich fand toll, dass er mich toll fand. Ich seh mich durch die Augen von Männern auf Hormonen. Ich muss damit aufhören. Ich muss mein Leben ändern.«

»Und wie ändert man sein Leben?«

Liese zuckte mit den Schultern.

»Vielleicht ... hört man erst mal auf, immer wieder die gleichen Fehler zu machen. Dadurch beginnt womöglich irgendein Umwälzungsprozess. Wegen der Panikattacken geh ich seit ein paar Wochen zur Therapie, seitdem hab ich sie besser im Griff. Und du? Was wirst du jetzt tun, Nikki?«

»Ich weiß nicht, vielleicht ruf ich morgen mal meine Agentin an.«

»Wow, das klingt cool, eine Agentin, so einen Satz würde ich auch gern irgendwann mal sagen.«

»Was machst du denn beruflich, Liese? Hast du ein Einkommen?«

Wieder fasste sie sich an den Hals und rieb an der verblassten roten Stelle.

»Ich studiere Philosophie und Psychologie und bin Social-Media-Managerin bei einem Start-up, klingt gut, ist aber eigentlich kinderleicht und schlecht bezahlt. Mein Vater hat mehrere Mietshäuser geerbt und arbeitet aus Bock als Motivationstrainer. Ich seh ihn so gut wie nie, aber er überweist mir jeden Monat dreitausend Euro und hat mich noch nie gefragt, was ich damit mache. Er hat zwei neue Kinder.«

»Warum willst du in einer WG wohnen?«

»Ich kann nicht alleine sein.«

Nikki lächelte, sie mochte Lieses ungefilterte Aufrichtigkeit.

Liese griff nach Nikkis Zigarettenschachtel.

»Darf ich?«

»Ja, klar, du rauchst?«

»Ich fange jetzt damit an.«

»Jetzt in diesem Moment?«

»Ja, dann stört es mich weniger, wenn du rauchst, ich würd hier gern einziehen, du bist so … ähm, nett.«

Nikki verschränkte die Arme hinterm Kopf, lehnte sich zurück und grinste.

»Nett« hatte sie noch niemand genannt. Eher charismatisch, trinkfest, loyal, tolerant, dickhäutig. Das waren zumindest die nettesten Adjektive, die ihr jetzt einfielen. Aber »nett«? Vielleicht könnte sie nett sein, vielleicht wäre das der Anfang von irgendetwas, vielleicht würde das etwas in Gang setzen. Wie war man eigentlich nett? Sie würde das googeln. Liese hustete kein bisschen, nachdem sie an der Zigarette gezogen und inhaliert hatte.

»Kann ich hier einziehen?«

»Ich geb dir morgen Bescheid.«

Die alte Muräne

Hendrik streifte unruhig durch die Schanze. Voll war es, voll und heiß. So wie er selbst. Irgendeine würde er heute noch aufreißen. Es waren ja nicht alle Ladys bei den Festivals. Einige, o ja, so einige jeden Alters und jeder Liga traf man auch hier beim Saufen und Eskalieren.

Aber es war nicht mehr so einfach wie früher, nichts war mehr einfach. Er war nicht mehr der Jüngste, und wenn er seine Umrisse zufällig in einer Fensterscheibe erblickte, erschrak er, beschämt über seine zwar hochgewachsene, doch nun auch ausufernd rundliche Silhouette. Frauen durften rund sein, rund und weich, aber er, er musste Eindruck machen mit seiner Statur, die lange Zeit die eines Kriegers gewesen war, so wie sich Frauen, auch heute noch archaisch motiviert, einen Krieger und Beschützer ersehnten, obwohl sie keinen mehr brauchten. Doch schon seit Langem war Hendrik nicht mehr besonders schnell zu Fuß und oft aus der Puste, obwohl er nur noch eine halbe Schachtel rauchte, und sein Bauch war immer irgendwie im Weg. Doch wenn er trank oder es schaffte, eine hübsche Lady zu beeindrucken, störte ihn seine wabernde Beschaffenheit weniger, und manchmal vergaß er dann, dass alles zu Ende ging, schleichend und rasend zugleich. Hendrik war noch immer auf der Suche, nur hatte er früher gewusst wonach.

Seine gute Zeit durfte noch nicht vorbei sein, er hatte doch noch immer diese stechend blauen »Wikinger-Augen«, wie Verica sie nannte, seine Verica.

Er brauchte heute dringend einen Ausgleich, ein gutes

Erlebnis, denn es war nicht so geil gelaufen in letzter Zeit. Liese hatte vor ein paar Wochen endgültig ihre Sachen gepackt. Aber auch sonst war alles anders in diesen Sommer. Mitten in der Festivalzeit nahm man ihm seinen Job als Roadie weg, und jetzt war er nur noch ein alter, aber kein cooler alter Typ mehr. Schon zu Beginn der Saison gab es Ärger, und er wurde zu Unrecht verwarnt. Angeblich weil er zu viel trank. Er sei ein Alkoholiker, hatten sie ihm unterstellt. Alles Arschlöcher, die ganzen Bubis, die da jetzt was zu sagen hatten, die ganzen Kiffer waren doch nur neidisch, weil sie nicht so trinkfest waren wie er. Was sollte das denn sein, ein Alkoholiker? Jemand, der Alkohol trank eben. So wie einer, der Basketball spielte, ein Basketballer war, einer, der Fußball spielte, war ein Fußballer und einer, der kiffte, war ein Kiffer. Schwachsinn, diese neuen Theorien von hysterischen Psychologen, die gerade mit dem Studium fertig waren und überall ihr Zeugs verbreiteten. In Podcasts und Online-Magazinen wurde alles breitgelabert und analysiert, geteilt, und alle erlaubten sich nun Urteile über jede Psyche im Freundeskreis oder beim Job. Sein siebenundzwanzigjähriger neuer ganz aufgeweckter Boss hatte gesagt, Hendrik solle im Internet mal so einen Sucht-Test machen und bitte ehrlich antworten, was seinen Konsum anbelangt. Pah. Er wusste auch so, wie viel er kippte, und er könnte jederzeit drauf verzichten. Neulich wollte ihn so eine junge Busfahrerin nicht mitnehmen, weil er ne Flasche Wodka in der Hand hielt, da hatte er die Flasche mit Wucht auf dem Asphalt zerschmettert, die Hände gehoben und ihr zugezwinkert, also sogar noch Humor gezeigt. Aber die Spießlette hatte keine Lust zu lachen, hat einfach machtgeil die Türen vor ihm verschlossen und war abgedampft mit ihrem riesigen Ziehharmonikabus, als wäre es ihr eigener.

Die jungen Leute waren einfach nicht mehr entspannt, dosierten alles vernünftig, waren besserwisserisch und gemein, ja, gemein waren sie, die würden sich noch wundern. Alt wurde man von ganz allein, auch wenn man sich das lange nicht vorstellen konnte und sich ein Festivalsommer an den nächsten reihte und man sich zur Winterzeit vorfreudig durchs Leben schlängelte und die Sommermonate über einfach in der Masse versank.

Wegen der öden ÖPNV-Pferdeschwanztussi hatte er sein Vorstellungsgespräch im Elektromarkt verpasst. Sein ganzes Leben fühlte sich seit ein, zwei Jahren an wie an dieser Bushaltestelle, er gab, was er konnte, machte sich devot zum Affen und trotzdem verschlossen sich mehr und mehr Türen vor ihm.

Alles hatte mit dem Verlust seiner Liebe begonnen, der Liebe seines Lebens. Verica hatte ihn damals schon seit einem Jahr gar nicht mehr rangelassen, nicht mal mehr, wenn er komplett nüchtern gewesen war, und dann hatte sie ihn genau einen Tag nach seinem vierzigsten Geburtstag verlassen und gesagt, er wisse selbst genau warum. Aber er wusste es nicht genau, wirklich nicht. Was er genau wusste war, dass er seitdem nicht mehr so richtig zurück in die Spur kam. Seit sechs Jahren nicht, und sogar seine Tochter Paloma, die ihn als Kind vergöttert hatte, wurde immer frecher zu ihm. Selbst wenn er sich nur einmal im Monat blicken ließ, freute sie sich nicht die Bohne, ihn zu sehen. Er wusste, Verica hetzte Paloma nicht gegen ihn auf, so war sie nicht. Aber sie hetzte quasi ihn selbst gegen sich auf, hatte ihm immer aufgezählt, was alles falsch an ihm war, und behauptet, dass er langsam mal etwas Erwachseneres arbeiten müsse oder zumindest auf eine Führungsposition innerhalb der Festivalhierarchie hinarbeiten könnte.

Dass sie so mit ihm umging, lag bloß an den Hormonen, Hormone waren die Magie, die alles zum Schillern brachte, und ihr Absacken war eben der Killer jedes Paares, das eigentlich gar nicht zusammenpasste, das hatte Hendrik neulich in dem Psychopodcast gehört, den Liese so toll fand und den er nun manchmal nebenher laufen ließ, weil sie weg war.

Verica hatte in ihren späten Dreißigern einfach aufgehört, auf ihn zu flashen, und deshalb sah sie ihn nicht mehr durch die rosarote Brille. Er hatte immer schon gewusst, dass er nicht gut genug für sie war, und dann hatte sie es eben bemerkt.

Die jungen Mädels, die sich manchmal in seine Reife und seine blauen Augen verguckt hatten, waren meist lieber zu ihm, die verstanden seinen Schmerz ohne große Worte, sie gingen schnell mit ihm ins Bett, ohne ewiges Blabla, ohne genau wissen zu wollen, mit wem sie es da eigentlich zu tun hatten, zumindest einige von ihnen, und es war auch gar nicht wahr, dass er den anderen nachgestellt hatte. Das war auch zur Sprache gekommen bei dem Rauswurfpalaver. Angeblich hatte er im Alkoholrausch Festivalbesucherinnen bedrängt.

Er war nicht in der Lage gewesen, es glaubwürdig zu bestreiten, ja, da hatte es wohl das ein oder andere Missverständnis gegeben. Da wusste man ja heute als alte Muräne gar nicht mehr Bescheid, die jungen Dinger trugen kürzeste Höschen, bauchfrei, die halben Brüste guckten unter den abgeschnittenen Shirts raus, Glitzer und Gloss auf den Lippen, sodass man ohne Filter gleich an das volle Programm dachte, und dann waren das gar nicht selten halbnackte verkopft hitzige Feministinnen! Alter, was sollte die Verarschung. Nichts war heutzutage mehr eindeutig, das machte ihn so nervös und manchmal wütend, Nazis sahen auch nicht mehr aus wie Nazis, und letztes Jahr hatte er ehrenamtlich nem muslimischen Syrer bei allem bürokratischen Kram geholfen, ihm n bisschen Deutsch beigebracht und so weiter, und der hatte sich dann in ihn verliebt und war damit auch ziemlich offensiv umgegangen, sodass Hendrik wegen der zunehmend furiosen Avancen leider den Kontakt radikal abbrechen musste, dabei hatte er ihn echt lieb gewonnen und Hamoudi ne Zeit lang für seinen einzigen Freund gehalten. Je älter er wurde, desto unübersichtlicher erschien ihm alles, und jetzt hatte er nicht mal mehr einen Job, der ihm das Leben strukturierte, und er lebte von Vericas Unterhalt. So konnte er sich diesen Sommer nicht mal mehr ein läppisches Ticket für ein einziges Festival leisten, um privat da abzuhängen. Verica hätte ihm was erzählt, denn sie war jetzt so richtig sein Boss und eigentlich sogar seine Schutzheilige, weil sie für sein Überleben sorgte. Ihrer Meinung nach fehlte ihm der Wille, sich einen gut bezahlten Job auf dem Bau zu suchen, dabei hatte er seit der abrupten Trennung mit einem Schlag Rückenprobleme bekommen, aber Verica sagte oft, er bilde sich die Schmerzen nur ein, um es sich bequem zu machen.

Irgendwann ging es in ihrer Ehe nur noch um das Kind, sie zumindest hatte sich nur noch für Paloma interessiert, und dann jammerte sie ständig, dass alles an ihr hängengeblieben sei, und verlor völlig den Draht zu sich als die heiße, smarte Lady, die er immer noch in ihr sah. An ihm hatte es nicht gelegen, dass die Sexyness zwischen ihnen im Orbit verpufft war. Nichts lag an ihm, er war wie er war, und das hatte früher ja auch gepasst. Sogar Liese hatte sich in die alte Muräne verliebt, obwohl sie ne ziemliche Intelligenzbestie war. Das hatte ihm anfangs gar nichts ausgemacht, sie war so blond und zierlich, das relativiete alles. Aber irgendwann sagte sie, sie wolle mal Kinder, und das war nun wirklich das Allerletzte, was ihm zum Glück fehlte, und dann fing sie final an, ihm reinzuquatschen, er solle die Beziehung zu seiner Tochter vertiefen und so ein Psycho-Senf. Sogar kennenlernen wollte sie Paloma! Nee, nee, nicht die süßeste Süße zwang seine zwei Welten zusammen, auch nicht, wenn sie von Natur aus nach Vanille roch.

Hendrik holte sich ein Bier am Kiosk am Neuen Pferdemarkt, goss es in seinen letzten Hartplastikbecher aus alten Festivalzeiten und sah sich um. Es war noch früh am Abend, da waren die Frauen nur beschwipst und noch nicht so ausgelassen, da redeten sie noch nicht mit jedem. Er hatte heute extra ein bisschen mit der alten großen Hantel trainiert und sein weißestes T-Shirt mit dem tiefsten V-Ausschnitt angezogen, sodass man auch das Brust-Tattoo sehen konnte. Seine Tattoos konnte ihm niemand nehmen, die blieben bis zum bitteren Ende, und pfänden ließen sie sich auch nicht. Hendrik dachte, je älter er wurde, immer häufiger in Ewigkeitskategorien, und wenn er morgens halbwegs nüchtern seine drei Espresso kippte, fragte er sich manchmal, woran das lag.

Er setzte sich auf den Kantstein vor der Toast Bar und trank abwechselnd Bier aus seinem Becher und Wodka aus dem Flachmann. Nachdem er eine Weile auf Instagram rumgeguckt hatte, ob die Frauen aus Hamburg, die er gut fand, in ihren Stories posteten, wo sie feierten, nahm er seinen Becher wieder zur Hand, und gerade als er ansetzen wollte zu trinken, entdeckte er eine ziemlich dicke Fliege, die in dem Bier um ihr Leben strampelte. Sofort steckte er einen Finger hinein, um sie zu retten, doch dann zog er ihn zurück und überlegte, ob es nicht besser für die Fliege wäre, sie tief ins Bier hineinzudrücken, weil es ohnehin schon zu spät war. Würde er sie retten und auf dem Asphalt aussetzen, würde das ihr Sterben womöglich nur qualvoll verlangsamen. Was sollte er tun? Ihm kamen fast die Tränen, so sehr haderte er, und dann hörte sie auf, sich zu bewegen, und trieb dahin. Hendrik schob seinen dicken Zeigefinger unter das regungslose Insekt, und plötzlich begann die Fliege wieder zu zappeln und fand Halt auf seiner Fingerkuppe. Dort thronend spreizte sie die Flügel, putzte sich ausgiebig, und er hielt sie ganz nah vor sein Gesicht, um ihr in die Augen zu sehen. In dem Moment flog sie davon, ein wenig schlingernd vielleicht, aber sie flog, und Henrik dachte, solange sie noch fliegen kann, ist alles paletti, sie wird sich wieder auf die Reihe kriegen, und er verspürte ein kurzes Glücksgefühl.

Drei Frauen setzten sich neben ihn und unterhielten sich angeregt, lachten herum, wie Frauen lachten, wenn sie wollten, dass man auf sie aufmerksam wurde. Sie verströmten eine Energie, die ihn packte. Diesen Spirit, dass das Leben noch unmittelbar bevorstand, dass alles gerade erst begann.

Und auch durch das Überleben der Fliege motiviert, wandte er sich der Frau direkt neben ihm gut gelaunt zu: »Hey, warum seid ihr nicht beim Dockville?«

»Ist nicht so mein Ding«, sagte sie schroff, ohne ihn groß anzusehen.

»Was? Das Dockville?«

»Nee, Festivals, steh ich nicht so drauf, zu viele durchgedrehte Menschen auf einen Haufen.«

»Was? Echt nicht? Festivals sind mein Leben, ich arbeite da.«

»Und wieso bist du dann hier?«

»Ach, ich hab gerade andere Projekte! Projekte, Projekte, Projekte, ich mach viele neue Sachen, starte noch mal durch.«

»Was denn so?«

»Ja, so Sachen, die liegengeblieben sind über die Jahre.«

»Warum sind die Sachen denn liegengeblieben und was für Sachen denn genau?«

Was fragte die so unlocker nach? Das lief irgendwie nicht in die richtige Richtung, aber Hendrik blieb dran.

»Ach, ich wollt mich beispielsweise immer mal als Tätowierer selbstständig machen.«

»Hast du da ne Ausbildung gemacht?«

»Mal angefangen. Ey, was soll das, Lady, sind wir hier beim Berufsberater?«

»Ich bin einfach nur neugierig. Du wirkst so ganz interessant gebrochen.«

»Für ne Psychologin bist du aber ein bisschen jung, lass mich raten, zweites Semester Psychologie?«

»Seh ich aus wie Anfang zwanzig?«

»Ende zwanzig, maximal Anfang dreißig, älter kannst du nicht sein.«

Sie guckte ihn frech an, aber war ja ne Hübsche, da ging das durch, da mochte er das Spiel.

Sie sagte: »Da hab ich aber ein Höllenglück gehabt, dass du auf mich stehst.«

»Ja, von so einer heißen alten Muräne wie mir kannst du richtig was lernen, und in erotischer Massage bin ich Weltmeister. Dabei verliebt sich am Ende jede in mich. Wollen wir wetten?«

Sie machte ein Gesicht, das er nicht deuten konnte, und wandte sich ihren Freundinnen zu. Dann sah sie ihn wieder an und sagte: »Erzähl doch mal ein bisschen von dir, ich bin Dramaturgin, ich interessiere mich für kaputte Menschen. Wie bist du so traurig geworden?«

Jetzt übertrieb sie es langsam.

»Was soll das, Lady? Wir reden gerade, als wären wir schon ewig in ner Beziehung! Dabei haben wir uns noch nicht mal geküsst, worauf ich trotz deiner Unverfrorenheit zu deinem Glück noch immer Bock hätte.«

»Seit wann und warum bist du so eine chauvinistische Ruine?«

Jetzt reichte es.

»Auf Beleidigungen steht kein Mann, davon geht nicht gerade die Sonne auf, Newsflash, junge Lady!«

»Ich bin fünfundvierzig Jahre alt und null interessiert an deinem Penis«, sagte sie und wandte sich ab.

Nervosität gepaart mit Hitze stieg in ihm auf, schnell wurde daraus Wut und Hitze. Er kam auf die Beine und baute sich wankend vor den Frauen auf.

»Warum glaubst du, du kannst mich hier auch noch fertig machen, hä? Glaubst du, ich hab kein Herz, nur einen Schwanz, oder was? Und glaubst du, weil du scheißfünfundvierzig bist, darfst du jetzt allen Männern wehtun? Glaubst du, du hast alles und alle durchschaut für die Ewigkeit, oder was?! Du bist nicht fünfundachtzig, n paar Jahre wirst du noch ganz schön interessiert an Sex sein, ich bin hier nicht das Scheißproblem, ich mach bloß Scheißkomplimente, weil ich nämlich ein krass netter Mann bin. Und ich bin auch ein Mensch, Lady, ich bin immer noch auch ein Mensch, und du kannst nicht auf mir rumhacken, weil ich bin auch ein Mensch!«

»Verpiss dich, du Wicht!«, sagte eine.

»Seh ich aus wie ein Wicht, oder was? Dann siehst du aus wie ne Hexe!«

Eine Gruppe junger Männer näherte sich und fragte die Frauen, ob alles okay sei.

Sie sagten: »Ja, danke, alles gut bei uns, wir kommen klar, der kann ja kaum noch stehen.«

Hendrik spannte seinen Körper an, wie viele waren das? Vier oder fünf? Er konnte nicht mehr richtig gucken und ballte die Faust um den Flachmann.

Der Tiefseeschwamm

Linus saß am Tresen und versuchte einen netten Eindruck zu machen, indem er freundlich vor sich hinstarrte. Er kam jetzt seit drei Wochen fast täglich in die Bar, trank aber nie zu viel. Immer nur ein bis zwei Gläser Rotwein, die seine Gedanken auflockerten. Während seiner Ehe war er weder in Bars gegangen noch hatte er abends etwas allein unternommen. Wenn er mit Freunden oder seiner Frau ausging, dann in ein gutes Restaurant, ins Theater, Jazzkonzert oder Programmkino.

In der schäbig plüschigen Bar wurde geraucht, als gäbe es nichts Schöneres, sie lag in der Nähe der Wohnung des Freundes, der für ein halbes Jahr in Tokio arbeitete, und so wohnte er dort, bis seine Maklerin was Passendes gefunden oder Marlene es sich doch noch anders überlegt haben würde. Marlene hatte wieder mit dem Rauchen angefangen und sich einen Tag später von ihm getrennt. Bei zwei hektischen Zigaretten auf der Terrasse hatte sie die Karten auf den Tisch gelegt. Sie wirkte so entschlossen, dass er nicht einmal versucht hatte, sie dazu zu bewegen, die Trennung noch einmal zu überdenken.

Die nächste Bar, in der das Rauchen nur im Hinterzimmer erlaubt war, lag zwei Stadtteile entfernt und war keineswegs gemütlich, sondern steril und mit Preisen ausgezeichnet. Dort saßen meist Geschäftsleute, die ihre Sätze zu jedem Thema aufsagten.

Linus ließ sich lieber herzlich einräuchern, und man kannte ihn mittlerweile, er kam fast jeden Abend nach der Arbeit her, nachdem er nebenan im türkischen Imbiss sein Hähnchenkebab gegessen hatte. Das Handy ließ er in seiner Manteltasche. So wirkte er ansprechbar. Solange niemand kam, sich zu ihm setzte und ihn ins Vertrauen zog, schaute er den Ausführungen der Barleute zu. Die jungen Männer und Frauen, die hier arbeiteten, waren freundliche Menschen. Wenn er, wie jeden Abend, beiläufig sein Alter zum Thema machte, sagten sie etwas Relativierendes in aufmunterndem Ton: dass er gar nicht alt sei, dass sein Alter ja gar kein Alter sei, dass er noch gut aussehe für sein Alter, sich gut gehalten habe. Er lächelte dann und dachte: wie eine kürzlich abgelaufene Salami, die man hinten im Kühlschrank entdeckt.

Im Grunde störte er sich nicht am Älterwerden – er mochte seine Arbeit, scherte sich kaum mehr darum, was andere über ihn dachten, und Frauen interessierten sich viel mehr für ihn als in seinen nerdigen Zwanzigern.

Linus hatte viele gute Freunde, er war immer schon beliebt gewesen, denn er löste seine Probleme allein und auch bevor sie sich auswuchsen. Er hatte sich immer darum bemüht, seine Launen nicht an anderen auszulassen, und wenn es ihm doch mal passiert war, dann bemerkte er es bald, bat um Entschuldigung oder machte seinen Fehler mit einem kleinen persönlichen Geschenk wieder gut. Alles war in bester Ordnung gewesen, solange er eine Partnerin gehabt hatte, die perfekt zu ihm passte.

Sich nun erneut ungebunden dem Leben aussetzen zu müssen, verschob die Perspektive in ungeplanter Weise, und eigentlich hatte Linus auf seine friedliche Art nichts anderes im Sinn, als diesen Umstand bald wieder zu ändern. Doch er war kein Mensch, der etwas erzwang.

Als Marlene ihn vor ein paar Monaten verließ, hatte sie gesagt, es gebe keinen anderen, sie habe nichts an ihm zu kritisieren, er sei ein ganz wundervoller Mensch und Vater, aber sie liebe ihn nur noch wie einen Kumpel und wolle noch etwas Neues erleben, ihrem Leben eine neue Richtung geben, vielleicht wieder Vollzeit arbeiten, reisen, mal woanders leben, alles sollte wieder offen sein – darum war es ihr gegangen. Sich neu verlieben, dachte er und fragte sich, ob er das auch wollte, aber diese Vorstellung löste vor allem Stress aus.

Er hatte nie den Eindruck gehabt, ihre Liebe basiere auf großer Leidenschaft, weswegen er ihre Entscheidung nicht verstehen konnte. Es war ja nie groß anders gewesen als zuletzt. Alles war in bester Ordnung, Hauptsache, sie blieben zusammen. Er sah Marlene einfach gern an und hatte sie gern um sich, egal, was sie tat. Es beruhigte ihn auf unspektakuläre Weise. Das hatte er immer für Liebe gehalten, denn er hielt Liebe nicht für ein Spektakel, sondern für etwas, bei dem man zur Ruhe kommt. Frauen, die alles in ihm zum Überlaufen brachten, hatten ihn immer schon zu nervös gemacht – er fühlte sich in ihrer Gegenwart einfach nicht wohl, wurde fahrig, redete Blödsinn und hatte manches Mal angefangen zu zittern. Er projizierte aus dem Nichts alle seine Sehnsüchte und Ängste zugleich auf diesen Typ Frau, der ihn optisch immer ein bisschen an Jennifer Beals in *Flashdance* erinnern musste oder zumindest Locken hatte. Es waren Frauen, die zu viel tranken, manchmal auch sorglos koksten oder kifften, die nur lächelten, wenn ihnen wirklich danach war, Frauen, die nie Kompromisse in der Liebe machten und deshalb meist Single waren. Die sich anzogen, als wären sie Rockstars und nur sich selbst gefallen wollten, weil sie wussten, dass nichts aufregender war als ein gesundes Ego. Frauen mit zu rotem Lippenstift und einem Parfum, das man ertrug und dann sogar mochte, nur weil sie es waren. Marlene trug niemals Parfum, auf den Lippen nur Labello und war auch sonst in allem das Gegenteil.

Als sie damals zum Sushi-Essen »zwischen den Jahren« in hellblauen Hüftjeans und kurzem weißen Rolli in seiner WG aufgetaucht war, hatte sie eine warme Solidität ausgestrahlt, die seine eigene innere Haltung spiegelte. Zudem war sie durchaus hübsch, und er fühlte sich auch sexuell ausreichend zu ihr hingezogen. Aber nicht in dieser unangenehm entgleisenden Weise. Nach einem längeren Blick in ihre hellbraunen Augen hatte er gewusst, die würde nicht durchdrehen, mit der könnte er Kinder großziehen. Eigentlich hatte sie eine Bettgeschichte mit seinem Mitbewohner Ben gehabt, die aber mehr und mehr ins Leere lief. Ben war längst wieder hinter ein, zwei neuen Frauen her. In den nächsten Tagen gingen sie im Schneeregen spazieren, tranken auf dem Boden vor der Nachtspeicherheizung Glühwein aus dem Tetrapak und führten offene Gespräche. Silvester schliefen sie zum ersten Mal miteinander, und in der Nacht, als die Uhr auf Sommerzeit gestellt wurde, fragte Linus Marlene, ob sie ihn heiraten wolle. Nie zuvor war Linus so überzeugt gewesen.

Nur einmal während ihrer langen Ehe hatte er gezweifelt, weil er sich in Verica verknallt hatte. Die beste Freundin seiner Frau war ein paar Jahre zuvor oft bei ihnen gewesen, nachdem sie sich endgültig von ihrem bizarren Trunkenbold von einem Mann getrennt hatte. Hendrik war ein fast zwei Meter großer narzisstischer Vollpfosten mit hässlichen Tätowierungen, der seinen Lebensunterhalt auf Musik-festivals und Baustellen verdiente. Bis auf seine blauen Augen war an ihm nichts Schönes zu entdecken gewesen.

Verica war eine dieser Frauen, die Linus' Herz aus dem Takt brachten. Schon deshalb hatte er sich jeden weiteren verirrten Gedanken in ihre Richtung verboten. Auch jetzt in Freiheit schloss er eine Aktivität in diese Richtung kategorisch aus. Es würde Marlene verletzen, wenn er etwas mit Verica anfinge, und ihre langjährige Freundschaft könnte daran zerbrechen. Davon abgesehen konnte es ohnehin nicht sein, dass sie sich für ihn interessierte, wenn doch einer wie Hendrik ihr gefallen hatte. Ein Grobian, ein Süchtiger, ein simpler Rumtreiber, der zuletzt eine Freundin von Anfang zwanzig hatte.

Linus wollte keine Affären, er war nicht gut in Dingen ohne klare Regeln, und er fühlte sich nach der Analyse aller Risiken wohler bei dem Gedanken, erst einmal für sich zu bleiben, bis er wieder mit Marlene zusammenkam oder ihm eine neue Marlene begegnete. Manchmal ging er zu einer Prostituierten, weil er das anständiger fand, als mit Frauen zu schlafen, die sich vielleicht mehr versprachen. Er wollte sich zwar gern wieder binden, aber nicht an die Erstbeste, die das auch wollte. Er wollte warten, bis ihn wieder diese wärmende Gewissheit überkommen würde. Wie damals Ende Dezember, als Marlene am Tisch unter der Lichterkette Platz genommen hatte, ihm direkt gegenüber.

Die Frauen, die auf etwas Ernstes aus waren, die ebenso wie er Sicherheit in Sachen Zweisamkeit liebten, waren, außer den Prostituierten, die einzigen Frauen, bei denen er sich entspannen und eine Erektion halten konnte. Aber ebendiese Frauen durfte man nicht einfach »schmutzig machen«, wie sein alter Freund Ben Kubik es früher zu WG-Zeiten immer genannt hatte. Für Ben hatte es nichts Schöneres gegeben, als eine Frau schmutzig zu machen, wozu auch gehörte, sie in sich verliebt zu machen und ihre Seele für eine Weile zu stehlen. Der Körper allein reichte ihm nicht. Und wenn er damit fertig war, zog er weiter. Linus hatte Ben immer gemocht, sie kannten sich aus der Grundschule, aber als Mann war Ben eine Katastrophe gewesen. Selbst sturzbetrunken und mit fast geschlossenen Augen hatte er noch die schönsten Frauen rumbekommen. Wahrscheinlich lag es daran, dass ihm jede von ihnen mehr oder weniger egal war. Linus hatte einmal darüber nachgedacht, dass es immer hieß, Frauen würden auf Arschlöcher stehen, aber das war es nicht, vielmehr waren auch sie Jäger, Jägerinnen. Für sie war der Reiz der Jagd ebenso groß wie für einen Mann, aber weil eigentlich jeder Mann in körperlicher Hinsicht leicht zu haben war, waren sie vielmehr hinter seinem Herzen her. Linus hatte Lust, seinen Kopf auf den Tresen zu legen und einfach einzuschlafen, doch in dem Moment nahm der Bartyp sein Telefon zur Hand und machte dieses Lied an, »Closer than close« von Rosie Gaines, zu dem er und Marlene später an diesem Sushi-Abend in der WG-Küche getanzt hatten. In den Wochen danach hörte er es ständig im Auto und hatte dabei jedes Mal eine so stimmige Idee von Glück in Theorie und Praxis wie noch nie.

Sogar Ben hatte es dann doch noch richtig erwischt. Zur Überraschung aller heiratete er Leila ziemlich schnell. Über zehn Jahre waren sie zusammen gewesen. Linus wusste nicht, was passiert und warum es zerbrochen war.

Etwa ein Jahr nach der Sache in Griechenland brach der Kontakt zu seinen Freunden Mats und Ben ab. Sie hatten ihre Freundschaft durch dieses traumatische Ereignis verloren. Linus war der Einzige, der sich um sie bemüht hatte. Seinen Sohn nannte er nach Mats' kleinem

Bruder, aber Mats freute sich nicht. Vielmehr reagierte er nicht mal auf die Nachricht.

Jetzt, da Linus oft allein in dieser Bar saß, überhaupt viel allein war, dachte er auf eine andere Weise an seine alten Freunde: Es musste ja nicht für immer vorbei sein, nur weil sie gemeinsam etwas erlebt hatten, das sie nicht verkraften, über das sie nicht einmal miteinander sprechen konnten. Mats und Nikki waren auch nicht mehr zusammen, und Linus hatte auf Instagram gesehen, dass Mats gerade mit irgendeiner jungen Frau in Italien war, die in ihren Storys vollkommen überdrehtes Zeug erzählte und politischen Aktionismus anderer postete, immer mit dem Satz: *Das ist so krass.*

Leila hatte einen Instagram-Account, postete aber nur selten mal eine ihrer Kolumnen oder ein längst bekanntes Pressefoto. Linus hatte gehört, Leila sei jetzt mit einem bekannten Journalisten zusammen oder hätte da zumindest was am Laufen.

Natürlich hatte Ben es versaut. So wie wir alle, dachte Linus und fragte sich wieder, was er falsch gemacht hatte, obwohl Marlene mehrfach betont hatte, dass es nicht an ihm lag, sie wollte einfach nur frei sein, sich noch mal ganz anders erleben, sich lebendig fühlen. Das hatte sie in so überzogen begeisterter Art gesagt, dass er sofort wusste, er hatte wirklich nichts falsch gemacht, es war viel schlimmer. Er *war* falsch, langweilig, ein Hardcore-Normalo. Genauso hatte Mats ihn früher immer genannt. Nur weil er es ordentlich mochte, keine Butterspuren in der Leberwurst mochte, sein Brot in ein Tuch einschlug und nicht in der Gegend rumschlief. Ben hatte ihn oft verteidigt, Linus sei eben Linus, und auf Linus sei immer Verlass, jeder vertraue ihm, ohne ihn hätten sie nie die Wohnung gekriegt.

Vielleicht rief er Ben einfach mal an. Zuletzt hatte Linus sich bei ihm gemeldet, als er vor zwei Jahren vom Tod seiner Mutter erfahren hatte. Aber Ben war nicht ans Telefon gegangen, die Mailbox war ausgestellt. Linus schrieb ihm eine lange Nachricht, nachdem er sich mühsam zusammengegoogelt hatte, was man in so einem Fall Gutes schreiben könnte.

Während der Ehe war Marlene auch seine beste Freundin geworden, und er hatte darüber hinaus keine weiteren Anstrengungen unternommen, neue Freundschaften zu knüpfen. Es gab zwei Kollegen, mit denen er manchmal zum Sport oder was trinken ging.

Was Linus am meisten vermisste, waren die Gespräche mit Marlene, der ständige Austausch mit ihr, sie war aber nicht bloß sein verfügbares, sondern ebenso sein Lieblingsgegenüber gewesen. Auch das Banale, das ganze Blabla im Alltag fehlte ihm: Was kochen wir heute, wann kommst du nach Hause, kannst du die Kinder fahren, am Sonntag könnten wir, weißt du, wo das Ladegerät ist ... Er wusste jetzt immer, wo sein Ladegerät war, und er musste es auch nicht mehr aus der Steckdose ziehen, damit es nicht explodierte oder unnötig Strom zog.

Er fragte sich jeden Morgen nach dem Aufwachen, ob Marlene heute merken würde, dass sie einen Fehler gemacht hatte. Sie musste von selbst drauf kommen, sonst wäre ihr gemeinsamer Neuanfang nicht solide, nicht nachhaltig genug. Aber sie war ja nicht mal von selbst auf die Kleinigkeit gekommen, das Ladegerät aus der Steckdose zu ziehen, wie sollte sie dann darauf kommen, dass sie ihn eigentlich brauchte oder sogar liebte und dass ihr Leben ohne ihn irgendwann zum Chaos werden würde?

Vermutlich ging es ihr noch immer zu gut, und nur *sein* Leben geriet aus den Fugen, saß er doch hier allein auf dem Barhocker mit leichtem Sodbrennen von dem fettigen Hähnchenkebab, das er nebenan zu schnell in sich hineingeschlungen hatte, um schneller zu seinem Glas Rotwein zu kommen.

Tränen stiegen ihm in die Augen, schnell kniff er sich in den Handrücken und bestellte noch einen Côtes du Rhône. Der Barkeeper drehte jetzt »Dancing with tears in my eyes« von Ultravox laut auf. Auch die jungen Leute hier liebten die Musik aus seiner Teenagerzeit. Damals war er in Stefanie Peter verliebt gewesen, und sie hatte im Kirchenkeller allein zu diesem Lied getanzt. Immer war sie die Erste auf der Tanzfläche, und ihr Parfüm Trésor hatte er beim Einschlafen noch in der Nase gehabt.

Linus war immer ein bisschen verliebt gewesen, solange er denken konnte, auch schon als kleiner Junge in Mädchen aus der Kindergartengruppe. Er konnte sich keine bessere Grundierung des Lebens vorstellen als den Zustand leichter Verliebtheit. Sie relativierte jede Angst.

Linus fürchtete sich nicht davor, älter zu werden, er fürchtete sich bloß vor dem Tod. Das hatte Marlene nie verstanden, denn sie fürchtete nur das Sterben, wozu sie das Älterwerden zählte. Die Vorstellung, irgendwann nicht mehr hier zu sein, versetzte sie in keinerlei Unruhe. Nur eben die Zeit, die man hatte, nicht effektiv zu nutzen, das war ihre große Sorge geworden, und so etwas hatte sie auch gesagt, als sie sich von ihm getrennt hatte, und dabei rauchte sie eine Zigarette der Marke American Spirit.

Obwohl Linus das Leben ohne Marlene viel weniger gefiel, hatte sich seine Angst vorm Tod in den letzten Wochen absurderweise verstärkt, und Beschwerden in der

Leibesmitte gingen mit dieser Angst einher. Ein Stechen, ein Pochen, Druck oder ein Ziehen im Unter- oder Oberbauch. Manchmal, wenn er gerade einschlief, wurde das Stechen im Bauch mit einem Mal so schlimm, dass ihm davon der Schweiß ausbrach, er hellwach aus dem Bett sprang und sein Herz so schnell schlug, dass er befürchtete, es würde jeden Moment stehen bleiben. So etwas war ihm während seiner Ehe nur passiert, wenn er versehentlich oder aus Unvernunft Knoblauch gegessen hatte.

Marlene war immer vom Geräusch des Wasserkochers aufgewacht, wenn er sich nach Mitternacht einen Fenchel-Anis-Kümmel Tee zubereitete, und sie hatte wütend gerufen, er solle die Küchentür schließen.

Nun trank er seinen Tee allein im Bett und sah sich dabei ein paar *Friends-* oder *Modern-Family*-Folgen auf seinem Laptop an. Er kannte alle Staffeln in- und auswendig, und meist half es, um sich wieder wohl und sicher zu fühlen.

Sein Arzt sah keinen Handlungsbedarf, da er Linus für überuntersucht hielt. Zweimal im Jahr nahm Linus alle Vorsorgeuntersuchungen in Anspruch. Seine Blutwerte waren, bis auf einen zu niedrigen Vitamin-D-Spiegel, immer alle in bester Ordnung. Eine Darm- und Magenspiegelung hatte er erst vor einem halben Jahr vornehmen lassen. Der heitere Internist, der Linus ein wenig betrunken vorkam, hatte ihm die Bilder gezeigt, ihm wie ein Kumpel auf die Schulter geklopft und mit Begeisterung ausgerufen, so müsse das aussehen, die Bilder könnte man Medizinstudenten als glänzendes Beispiel für ein gesundes Gewinde zeigen.

Auch bei allen kardiologischen Untersuchungen schlug Linus' Herz exakt so, wie es sollte, und bei keiner Hautkrebsvorsorge hatte es je eine klitzekleine Auffälligkeit gegeben, obwohl er der sehr helle Hauttyp war.

Gegen den Vitamin-D-Mangel nahm Linus nun Präparate, und er aß einmal die Woche hundert Gramm fetten Fisch, Lachs, Makrele oder Hering. Thunfisch mied er wegen der zu hohen Schwermetallbelastung. Linus beschäftigte sich gern mit dem Thema Gesundheit. Über Jahre war er dreimal die Woche Laufen gewesen und den Weg von der Arbeit nach Hause oft zu Fuß gegangen. Das waren, laut seiner Fitness-App, fast elftausend Schritte. Sein Hausarzt hatte mal gesagt, wer täglich zehntausend Schritte gehe und sich anständig ernähre, könne locker hundert Jahre alt werden.

Und einmal stellte er ihm wegen des Bauchdilemmas ein paar ziemlich direkte Fragen zu seinem Privatleben und seiner mentalen Situation, und Linus beantwortete sie bereitwillig. Irgendwann musste der Arzt gar nicht mehr fragen, Linus redete unbeirrt weiter und weinte wohl auch ein wenig. Der Arzt nickte und nickte und nickte, sah ein paarmal auf die Uhr, verschrieb Linus Johanniskraut und empfahl gute Freundschaften zur Stabilisierung der Psyche. Und er riet ihm an der Tür mit einem zu festen Händedruck, Linus solle mal etwas ganz Neues im Leben ausprobieren, wozu man ordentlich Mumm brauche. Das tat er ja nun, indem er ständig in diese Bar ging, bei der er zwar keine Freundschaften schloss, aber immerhin Kontakt zu anderen Menschen hatte und nicht nur Jazz hörte.

Das Pochen, Stechen und Ziehen trat in der Tat immer nur dann auf, wenn Linus allein war – egal, ob er sich ausreichend bewegt hatte, oder nicht.

Seit ein paar Wochen bewegte er sich nun nicht mehr als nötig, auch das war neu und somit im Sinne seines

Arztes. Zur Arbeit fuhr Linus nun mit der Bahn oder einem Drive Now, da er Marlene das Auto überlassen hatte.

Im Internet hatte er mit großem Interesse alles über die ältesten Lebewesen dieser Erde gelesen. Es gab eines, das allen anderen überlegen war und vermutlich niemals verenden würde – den Tiefseeschwamm. Seinem Wesen nach nur fremdbewegt und sehr aufnahmefähig. Der Energieverbrauch auch anderer beeindruckend langlebiger Geschöpfe war sehr gering. Die Riesenschildkröte und der Hummer gehörten dazu. Allesamt sympathische Genossen, neben denen man gern Platz nehmen würde, die stoische Ruhe ausstrahlten und die niemanden bedrohten. Sie schienen bestechend unschuldig sowie leicht verletzbar zu sein und lebten gemächlich vor sich hin.

Wenn Linus an der Bar Platz genommen hatte, verfiel er in eine Art Tiefseeschwammtrance. Er saß dann einfach da, versuchte friedlich zu wirken und wartete auf Menschen, die sich zu ihm setzten, die anfingen zu reden und deren Geschichten, Leben, Traurigkeit und Wirrnis er in sich aufnehmen konnte. Zeitweilige beste Freunde. Wenn er einfach zuhörte, was sie zu erzählen hatten, verschwanden seine Beschwerden, verschwand sein Kummer – sie nervten ihn nicht, wie sie wahrscheinlich alle anderen in ihren Kreisen längst nervten –, sie kamen mehr und mehr aus sich heraus und begannen oft zu weinen. Dann öffnete er die Arme, sie lehnten sich an, senkten den Kopf auf seine Schulter und ihre Tränen drangen in den Stoff seines Mantels.

Heute hatte sich niemand neben ihn gesetzt. Es war Montag, schon fast Mitternacht, und nur noch zwei Frauen hockten in der Ecke vor den Toiletten und unterhielten sich ketterauchend und ineinander versunken mit großem Ernst. Linus spürte das Vibrieren des Handys in der Hosentasche. Eine Nachricht war eingetroffen:

Hey Linus, danke für deine liebe Nachricht als meine Mutter gestorben ist. Tut mir leid, dass ich mich nie gemeldet habe. Also, was ich fragen wollte: Wie geht es dir? Mir gehts nicht so toll. Also echt beschissen, um ehrlich zu sein. Ich bin nicht mehr derselbe, aber ich vermisse unsere nächtlichen Küchengespräche von früher und würde mich freuen, von dir zu hören.

Gruß, Ben

Ben lag auf dem Sofa, hielt das Telefon vor sein Gesicht und starrte auf WhatsApp. Die beiden Häkchen waren nach wenigen Sekunden blau geworden. Für die Nachricht an seinen alten Freund hatte er alle Einstellungen geändert und jegliche Kommunikationsverschleierung aufgehoben, die er wegen seiner Frauenkontakte konfiguriert hatte.

Ben hatte keine Wahl, wollte er sehen, ob Linus WhatsApp regelmäßig nutzte und seine Nachricht gelesen hatte, musste auch er seine Aktivität für alle rekonstruierbar machen. Nun fühlte Ben sich ein wenig zu sichtbar, beinahe nackt, alle würden wissen, wann er zuletzt online gewesen war. Alle bindungswütigen Frauen, die ihm vermutlich nicht mehr nachstellten. Niemand interessierte sich mehr dafür, die letzten Dates und Enttäuschungen, die er einigen verpasst hatte, lagen Wochen zurück.

Ben hatte gesehen, dass Linus heute am frühen Abend zuletzt online gewesen war, exakt um 17.34 Uhr. Diese Genauigkeit der Zeitangabe erschreckte ihn, ohne dass er verstand warum, aber so war es ja mittlerweile mit fast all seinen Gefühlen.

Eine Weile hatte Ben gezögert, Linus zu schreiben. Nachdem er Leila in den letzten Tagen mehrere Nachrichten geschrieben hatte und sie nicht mal auf die geantwortet hatte, in der er sublim auf seinen möglichen Selbstmord anspielte, würde er eine weitere unbeantwortete Nachricht nicht verkraften. Linus war hingegen der verlässlichste und angenehm uncoolste Mensch, den Ben kannte, daran hatte sich mit Sicherheit auch in den letzten vierzehn Jahren nichts geändert. So lange schon hatten sie sich nicht mehr gesehen. Linus' Profilbild zeigte seine zwei Kinder, niedlich uncoole Teenager. An den Lebensumständen der alten Freunde, mit denen man wieder in Kontakt trat, erkannte man auf einen Schlag und vollkommen ungefiltert das eigene Alter.

Jetzt war Linus wieder online, bestimmt las er Bens Nachricht mehrmals, bevor er begann, eine Antwort zu formulieren, so kannte Ben ihn. Linus war ein gründlicher Mensch, einer, der immer gut über alles nachdachte, bevor er antwortete, wodurch Gespräche mit ihm manchmal sehr gemächlich, aber auch nachhaltiger ausfielen.

Linus schrieb ... hörte auf ... schrieb ... Dann ging er offline. Irgendwo im Haus schrie ein Baby. Das war neu. Ben war keiner schwangeren Nachbarin begegnet und von einem Neueinzug hatte er auch nichts mitbekommen, aber er bekam ja ohnehin nichts mehr mit und schlich bestenfalls nach Mitternacht mit seinem Müll durchs Treppenhaus. Irgendwo brüllte sich also ein neues Leben die Gefühle aus dem Leib, und Leila war zuletzt um 20.12 Uhr online. Vor gut zwei Monaten hatte sie ihm das letzte Mal geschrieben. Wegen des Dachbodens, wegen der Kartons seiner Mutter. Er hatte die Sachen aus dem Keller seiner toten Mutter damals dort hinaufgetragen. Zur Hälfte hatte er den Dachboden damit zugestellt, noch bevor sie von Altona aus dem Rotklinker an der viel befahrenen Straße in die schöne neue Altbauwohnung in Eimsbüttel gezogen waren. In die neue größere Wohnung, in der es endlich ein Arbeitszimmer für Leila gab, und sie hatte gesagt, nach Eimsbüttel ziehe man zum Altwerden in Frieden. Dort wollten sie endlich zusammen erwachsen sein, oder wenigstens zur Ruhe kommen, in ihren Vierzigern.

Niemand außer ihm passte zu Leila, und niemand würde sie jemals so gut kennen wie er, niemand wäre in der Lage, sie so unglücklich zu machen wie er.

Ein Idiot, der immer schon hinter ihr her gewesen war, hatte ihm neulich ungebeten über Instagram geschrieben, gefragt, was er so mache blabla, und dann hatte das Arschloch einfach so geschrieben, Leila date jetzt einen älteren Journalisten und einen viel zu jungen Lektor, beide Geschichten seien nichts Festes, und Leila sei ja früher immer schon eine Wilde gewesen, also vor Ben! Und krass, dass er sie überhaupt so lange habe halten können.

Der Typ war nichts als ein notgeiler Wichtigtuer, der leider bei einem ziemlich relevanten Kunden arbeitete, sonst hätte Ben ihn sofort blockiert.

Aber das Arschloch hatte recht, Leila war nicht leicht zu beeindrucken, nicht mal ihm war es gelungen, und trotzdem heiratete sie ihn ziemlich schnell. Im Scherz sagte sie oft, und das auch gern laut vor anderen in lustiger Tischrunde, sie habe ihn nur wegen seines großen Penis so schnell geheiratet, und inzwischen glaubte er es sogar, manchmal. Aber natürlich liebte sie ihn, das wusste er, alle wussten es, sonst hätte sie diesen platten Scherz nie gemacht.

Leila konnte absolut und mit Hingabe lieben, ohne den Mann adäquat zu respektieren oder gar zu ihm aufzuschauen. Das hatte er so noch nie erlebt, und es hatte ihn in den Wahnsinn getrieben. Sie war schuld an seinem Wahnsinn und daran, dass er nicht aufhören konnte, sie zu lieben. Den Dachboden würde er nicht freigeben. Da würde kein narzisstischer Journalist oder notgeiler Junglektor mit Profilneurose seinen Dreck stapeln.

Leila hatte Ben allerdings ein Ultimatum gestellt, sonst würde sie den Sperrmülldienst beauftragen. Aber sie pokerte nur. Das würde sie nicht tun, dazu war sie zu bequem, und er wusste, dass sie ihn noch immer liebte, so wie er sie, er hatte nie damit aufgehört, und er würde nie damit aufhören. Sie war seine letzte Ewigkeit, und das Gefühl zu diesen Worten war zutiefst kitschig, ohne dass es sich eine Spur kitschig anfühlte. Und das nannte man »Liebe«, Leila. Der Groll, der in ihm waberte, überlagerte die Erkenntnis, er könnte sie bereits für immer verloren haben, wie eine Schicht aus lauwarmem Teer. Leila hatte mal gesagt, wahrhaftige Leidenschaft sei, wenn man die ganze Nacht im kalten Regen ohne Schirm vor dem Haus von jemandem stehen würde. Das hatte er nicht verstanden, es klang wie aus einem der Filme, die selbst hochintelligente Frauen ab und an gern sahen, so wie er Gewaltnonsens.

Das Baby hatte aufgehört zu schreien, Ben trat ans Fenster und sah nach den Jugendlichen, die sich aus Langeweile oder Trunkenheit lautstark unterhielten, während sie die Straße entlangliefen, auf dem Weg zu irgendeiner überflüssigen Party und Leuten, mit denen sie unbedingt ins Bett wollten. Die allermeisten dieser Partys und Love Interests würden sie mit Mitte vierzig vollkommen vergessen haben.

Ben hoffte, seine ewige theatralisch-kitschig-kitschlose Liebe würde Leila in einer Art von absurder Gedankenübertragung, quasi telekinetisch, davon abhalten, sich ernsthaft in jemand anderen zu verlieben, und er hoffte, sie wüsste, dass seine Sachen auf dem Dachboden der tagtägliche Ausdruck seiner eingelagerten Liebe und Nähe in Abwesenheit waren.

Ben schaute auf sein Telefon, Linus schrieb wieder. Marlene und Linus waren immer das perfekte Paar gewesen, schon optisch. Nie hatte Ben in diesen Kategorien gedacht, aber bei den beiden dachte man es auf eine rührende Weise sofort, sie hätten als Figuren in jeden ZDF-Sonntagsfilm gepasst, und es war klar, dass sie für immer zusammenbleiben würden. Linus und Marlene gehörten zu der wenig autonomen Sorte Mensch, die solo einfach nur ein trist-hilfloses Bild abgaben, ihre Persönlichkeiten waren dafür schlicht nicht geeignet.

Aber ein Vorfall hatte Ben dennoch irritiert, und er war davon ein wenig peinlich berührt gewesen: Marlene hatte ihm vor einer Weile über Instagram geschrieben und gefragt, was er so treibe. Damals zu WG-Zeiten hatte Ben ein paarmal mit Marlene geschlafen, und sie wirkte nie, als hätte sie Spaß dabei. Aus dem Grund hatte er damals angenommen, sie müsse in ihn verliebt sein. Weil er nicht so empfand, hatte er angefangen, die Sache einschlafen zu lassen, ständig in ihrer Anwesenheit von anderen Frauen geschwärmt, er hatte sich nicht mehr mit ihr verabredet, sondern sie immer nur am Ende einer Party mit nach Hause genommen, um nicht in die Verlegenheit von Verantwortung zu geraten.

Irgendwann war sie dann mit Linus zusammen, Ben erinnerte sich nicht mehr daran, wie es dazu gekommen war, es war so lange her, noch bis in seine Dreißiger war er so unreif und zerstreut gewesen. Aber die beiden nahmen einander und ihre Verliebtheit ernst. Es hatte gepasst, sie waren beide auf eine liebenswürdige Weise spießig. Ben erinnerte sich, dass Marlene nach dem Sex immer so seltsam verlegen wie ein kleines Mädchen gelächelt hatte und ihn das wahnsinnig nervte, weil er davon absurde Schuldgefühle bekam. Es war eben Sex. Er hatte damals so viel gleichgültigen Sex gehabt. Einfach nur, weil er es konnte, weil immer irgendeine in ihn verliebt gewesen war und ihm deshalb zumindest über das Sexuelle nahe sein wollte.

Wie lange Ben das Foto von der Therapeutin im Internet angestarrt hatte, bis er ihre Nummer wählte, wusste er nicht mehr, aber das unablässige Gefühl des ängstlichen Zögerns wurde ihm irgendwann vor sich selbst peinlich. Aber als sie ranging und nach dem Grund für seinen Anruf fragte, teilte er ihr ohne Umschweife mit, er wolle sich in die Psychiatrie einweisen lassen, wisse aber nicht, wie das gehe, und ob sie ihm da weiterhelfen könne. Freundlich erwiderte sie, er solle erst mal vorbeikommen und bot ihm sofort einen Termin für den nächsten Tag an.

Dr. Arenas Gesprächszimmer war ganz in Mattblau gehalten. Ben setzte sich auf den blauen Sessel und sah die Therapeutin direkt und neutral an, so wie sie ihn, und sie fragte: »Wie geht es Ihnen?«

Als er versuchte, darauf eine Antwort zu finden, sah er Helmut. Sein Vater stand direkt hinter Frau Dr. Arenas. Der Vater, der immer wusste, wie die richtige Antwort lautete, der wusste, wie alles noch besser ging, der ihn nie gelobt hatte, ohne zuvor ausführlich Kritik zu üben. Der Vater, der nie gefragt hatte, wie es Ben ging, und der gestorben war, bevor Ben ihn als erwachsener Mann von sich hätte überzeugen können.

Nun drückte er Dr. Arenas die Hände auf die Schultern und packte zu, so wie er es früher immer bei Petra, seiner Mutter, getan hatte, wenn sie versuchte, sich mit zaghaft erhobener Stimme zu wehren, lasch drohte, ihn zu verlassen. Dann legte Helmut ihr zuerst fest die Hände auf die Schultern, packte Petra dann an den Armen, zerrte sie vor den Spiegel im Flur, blieb hinter ihr stehen und sagte: »Sieh dich an, Petra. Such den Fehler nicht bei mir. Wenn du mich verlassen willst, dann tu es doch endlich, ich werde dich nicht hindern, aber du wirst niemanden finden, der deine Launen aushält, niemanden, der darin so generös ist wie ich.«

»Generös« war das Lieblingswort seines Vaters. Er benutzte es ständig und ausschließlich in Bezug auf sich selbst.

Ben informierte Dr. Arenas darüber, dass Helmut hinter ihr stand, aber es schien sie gar nicht nervös zu machen, dass sein Vater versuchte, sie zu verunsichern, so wie seine Mutter, die dann bitter geschluchzt hatte und vor dem Spiegel in sich zusammengesunken war. Dort kauerte sie dann auf dem Flur, manchmal für eine ganze Stunde, während Ben ihr den Kopf streichelte, sein Vater sich in der Küche ein Clubsandwich machte, daraufhin im Esszimmer die »Goldberg-Variationen« von Bach auflegte, bevor er allein am gläsernen Esstisch aß und dabei die *Süddeutsche* las.

Dr. Arenas drehte sich nicht nach Helmut um. Sie fragte Ben einfach nur irgendwas auf unauffällig geschickte Art, was dazu führte, dass er zu erzählen begann:

»Bevor meine Mutter gestorben ist, war sie ihr ganzes Leben über verletzt, ihr ganzes Leben, ich hab nie erlebt, dass sie sich mal leicht gefühlt hat. Mein Vater hat schon vor meiner Geburt angefangen sie zu betrügen, auch als sie hochschwanger war, und er hat sich nie dafür geschämt. Er hielt es für sein Recht als hart arbeitender Mann, sich zu nehmen, was er wollte. Meine Mutter hat oft darüber gesprochen und nie etwas beschönigt, nicht das Verhalten meines Vaters, nicht ihre Schwäche. Trotzdem ist sie bis zu seinem Tod bei ihm geblieben, hat ihn immer wieder einziehen lassen, obwohl es sie und auch mich unglücklich gemacht hat. Deshalb will ich, dass Frauen gehen, wenn man sie schlecht behandelt. Sie sollen mich verlassen, jedes Arschloch sollen sie verlassen, ich will, dass sie gehen. Das hört sich jetzt vielleicht bescheuert an, aber ich bin Feminist. So viele Frauen sind bereit, sich schlecht behandeln zu lassen, nur, um zu irgendeinem Idioten von Mann zu gehören. Das ist doch längst nicht mehr zeitgemäß. Ich will, dass sie es begreifen, verstehen Sie das?«

Dr. Arenas nickte nicht, aber sie wirkte auch nicht schockiert, also redete Ben weiter.

»Wenn auch die mit dem allerkleinsten Selbstwertgefühl endlich genügend Wut auf mich haben, ihre Nachrichten immer seltener werden und dann endlich ganz ausbleiben, erfüllt mich das mit so einer komischen, aber tiefen Genugtuung, so ähnlich wie der Sex davor, in der Anfangsphase, Sex ohne Liebe. Dann bin ich immer wieder losgezogen, durch Bars gestreift und hab mir die Nächste gesucht, seit Leila weg ist, hab ich das so gemacht, bis die komischen Sachen in meinem Kopf passiert sind. Ich bestand ne Zeit lang nur noch aus Adrenalin und Hormonen. Wie auf Droge war das, aber für den Moment hat es sich angefühlt wie Glück, jede fremde, interessante Frau ein kleines trügerisches Glück, ein Kick, es war nicht mehr wie Lieben, so wie ich Leila geliebt habe und immer noch liebe, es war mehr wie auf Liebe sein, wie Liebe aus einer Pille oder so, und jetzt ist alles wie ein Dauerentzug, ohne jemals runterzukommen ... von mir selbst? Ich weiß nicht, aber mit Trugbildern und allem Drum und Dran, ich bin echt drüber, ich kann nicht mehr, verstehen Sie?«

Die Therapeutin nickte und fragte: »Und es gab immer wieder Frauen, die sich einfach so auf Sie eingelassen haben?«

»Ja. Frauen verlieben sich schnell und heftig in mich, selbst wenn ich nicht so tue, als würde ich was Ernstes im Sinn haben, ich weiß nicht, woran das liegt. Es ist so einfach, sie dazu zu bringen, dass es mich eigentlich langweilt. Keine Ahnung, ich seh glaub ich ganz gut aus, gut genug, ich weiß zumindest, was mir steht, ich bin schnell im Denken und kann ganz gut erzählen, ich kenne mich mit vielem aus, und ich bleib immer ein bisschen auf Distanz, dränge sie nie zum Sex, und ich hab oft Gefühle gezeigt, manchmal geweint, wenn auf der Welt was Schlimmes passiert ist, und das passiert ja jeden Tag. Ich hab so eine gewisse Melancholie, die ich leicht abrufen kann, ja, vielleicht ist das manipulativ, aber ich will das alles ja nicht mehr, deshalb bin ich hier, ich weiß gar nicht mehr, was ich will, ich will nicht mehr wütend sein und keine Angst mehr haben, ich dachte lange, Leila sei der Grund für meine Probleme, für meinen Frust.«

»Und? War Ihre Frau der Grund?«

»Ich weiß nicht, es ist komplex, zum Teil vielleicht, aber mich zieht so vieles runter, vor allem unterdrückende Politik. Ich muss echt weinen, wenn Leute sich gegen Autoritäten auflehnen in Ländern, wo sie deswegen vom Militär gefoltert oder umgebracht werden oder für immer verschwinden, wenn Menschen ihr Leben für die Freiheit riskieren, sie sich opfern, bereit sind zu sterben, um Autoritäten zu Fall zu bringen, politische Ungerechtigkeit bringt mich völlig aus der Fassung.«

Dr. Arenas nickte und fragte: »Was machen Sie eigentlich beruflich?«

»Ich arbeitete als Werberegisseur und bin Künstler.

Die Kunst ist mir wichtiger, aber als Regisseur für Bullshit verdiene ich echt viel Geld, davon hat ja auch Leila profitiert. Aber das war lange okay, ich bin gern in Bewegung und ruh mich nur aus, wenn ich kurz vorm Zusammenbruch steh. Niemand bewundert Faulheit, oder? In Faulheit ersäuft man doch.«

»Haben Sie schon als Kind gemalt?«

»Ja! Ich kann alles visuell besser begreifen, und deshalb habe ich meinen Vater damals auch aus allen Winkeln fotografiert, als er gerade gestorben war, und ich habe mir die Bilder immer wieder angesehen. Und Leila hat nur wieder rumkritisiert, dass ich da draufstarre, statt richtig zu trauern, ja, ja, sie wusste immer alles besser, aber das hat null geholfen.«

Dr. Arenas nickte und fragte ihn wieder irgendwas, und irgendwann weinte er und hörte gar nicht mehr auf, und Dr. Arenas sah ganz nebenbei auf die Uhr und fragte ihn nach seinen derzeitigen Lebensgewohnheiten, und er erzählte ihr, dass er nicht mehr schlafen konnte, nicht mal mehr mit außerordentlich viel Marihuana, und dass er Lebensmittel meist vom Supermarkt bestellte, weil er nur selten in der Lage war, rauszugehen, weil er nicht angesehen werden mochte, und er dachte, wenn er sich gründlich zu Hause ausruhte, dann würde es ihm besser gehen, da Leila immer gesagt hatte, er ruhe sich nie aus und sei nie in sich versunken, und mittlerweile dachte er, sie hätte doch recht gehabt, mit allem eigentlich, weil sie es immer besser wusste und er sich der Tatsache hingeben musste, dass es stimmte, und da er nicht wusste, wie man sich ausruhte, ohne zu kiffen, hatte er eben ohne Ende gekifft.

Sein Dealer hatte da so neues Zeug, das noch besser und stärker war, und er brachte es Ben auch mal nach

Hause, er war der Mensch, den er zurzeit am häufigsten sah.

Eine Zeit lang hatte das neue Zeug seines alten Dealers grandios gewirkt, und Ben konnte sogar wieder schlafen. Doch dann war Helmut bei ihm zu Hause aufgetaucht, meist aber nur im Flur, und dann traf Ben seine Mutter im Badezimmer.

Dr. Arenas nickte, sie schien ihn nicht für verrückt zu halten. Sie fragte, wie seine Mutter ihm genau erschienen sei. Er berichtete, dass sie auf dem Badewannenrand saß, leise weinte und eine Dauerwelle trug, so wie damals in den Achtzigern. Seit Petra im Badezimmer weinte, duschte Ben nicht mehr, er stopfte nur seine Kleidung in die Waschmaschine in der Küche.

Dr. Arenas nickte und sagte ihm freundlich und mit Nachdruck, er müsse aufhören zu kiffen.

Da Ben sonst nichts zu tun hatte, ging er direkt nach der Sitzung zu der Adresse der Drogenberatung, die Dr. Arenas auf einem grünen Zettel notiert hatte.

Dort sprach Ben seitdem regelmäßig mit einem Typen namens Behrend. Behrend war eine gut gelaunte menschliche Ruine und trug immer einen Blaumann. Er hatte nur noch Haare am Hinterkopf, die als Zöpfchen von einem viel zu großen blauen Frotteeband zusammengehalten wurden, und er roch nach Grapefruit. Behrend tupfte sich den Duft als ätherisches Öl auf die Schläfen und den Puls, weil es ausgleichend auf die Psyche wirke.

Dass Ben regelmäßig mit Behrend sprach, war Dr. Arenas Bedingung dafür, dass sie weiterhin mit Ben sprach.

Behrend fragte Ben ständig, was er fühle. Ben fand darauf zunächst kaum Antworten und sprach stattdessen über das Schwitzen in all seinen Facetten, das der körperliche Entzug mit sich brachte. Behrend war sehr offen und redete genauso gern über sich, und er hatte wirklich alle Drogen genommen, die es gab, nicht alle gleich lang, aber das fast überall auf der Welt, und er betonte, das klinge womöglich hölleaufregend, aber er sei ein paarmal fast krepiert. Jetzt trank Behrend nur noch Rotbuschtee mit fairtrade zertifiziertem Manuka-Honig, rauchte rosa Manitous, meditierte jeden Morgen und definierte sich als temporär asexuell.

Ben mochte es, dass Behrend ein wandelndes Klischee war, und er begann sich ihm anzuvertrauen, weil Behrend sich auch ihm anvertraute, und Ben mochte es, dass Dr. Arenas Regeln aufstellte. Tabletten hatten ebenfalls zu ihren Bedingungen gehört, und sie wirkten nach ein paar Monaten immer besser. Ben war nun oft tieftraurig und weinte viel, dachte dabei sogar an seinen Vater, und Dr. Arenas nannte diese vordergründige Traurigkeit einen Erfolg.

Ben hörte Petra noch manchmal im Bad wimmern, wenn er schon fast eingeschlafen war, aber wenn er aufstand und nachsah, war sie nicht mehr da. Deshalb duschte er nun wieder ein-, manchmal auch zweimal die Woche, aber bislang nur im Dunkeln. Ben akzeptierte, dass er ein Typ war, der im Dunkeln duschte, weil es ihm damit besser ging, und das, sagte Dr. Arenas, sei das Wichtigste.

Doch noch immer befürchtete Ben, seine Mutter könnte wieder auf dem Wannenrand sitzen und weinen, aber Dr. Arenas versprach, er sei auf einem guten Weg.

Seine Agentin hatte er inzwischen darüber informiert, dass er eine Auszeit nehme, weil er ein Burn-out habe. Aber er hatte kein Burn-out, er war nur wütend

und traurig gewesen. Und war es auch immer noch wegen all dem Elend auf der Welt, der Ungerechtigkeit, der
Kriege und der Diktatoren, vor allem wegen der Diktatoren. Dr. Arenas sagte, das sei in Ordnung, solange er sich
dann auch auf sich und seine Gefühle konzentriere; Dinge, die nur mit ihm zu tun hatten und auf die er in der
Lage war, Einfluss zu nehmen. Dann dachte er immer an
Leila, und daran, dass er keinen Einfluss mehr auf sie
hatte.

Ben war noch immer wütend auf Leila, und sie schlief
jetzt mit anderen Männern. Trotz der Tabletten und des
Grapefruitöls, das er sich besorgt hatte, musste er daran
denken, dass Leilas Leben auch ohne ihn weitergegangen
war. Es kränkte ihn entgegen aller Logik, und Behrend
sagte, da müsse Ben noch mal ran zu guter Letzt, wenn
er seine Eltern und den ganzen Drogensuchtscheiß bis
zum Happy End durchgekaut habe, wieder arbeite, sich
auf der Reihe habe, Leila sei im Endeffekt der Casus
knacksus. So grauenvoll Behrend es auch formulierte, er
hatte recht. Und immer, wenn Behrend wusste, er hatte
es auf den Punkt gebracht und Ben erreicht, zog er sich
das Frotteeband vom Zopf, fuhr sich ein paarmal durch
die grauen Strähnen und band sich den Zopf erneut.

Im Haus und auf der Straße war es still, die Jungs waren
auf ihren Partys, das Baby schlief und Ben lag auf dem
Sofa auf der Seite und hielt sich das Telefon vors Gesicht.
Linus schrieb noch immer. Leila war online.

Ben wünschte sich, in Verbindung mit ihr zu treten.
Er schrieb: *Hey*. Das Wort benutzte er eigentlich für
Frauen, die er kaum kannte, es war seine Aufreißer-An-
rede. Und er löschte es wieder, so ein Blödsinn, als könnte ein einzelnes bescheuertes Wort ernsthaft ein Game-

changer sein. Er schrieb: *Leila.* Und löschte es. Er schrieb: *Hallo Leila.* Und löschte es. Er schrieb: *Hallo liebe Leila.* Und löschte es. Er schrieb: *Liebe Leila.* Und löschte es. Er schrieb: *Ich werde dich immer lieben.* Es war die Wahrheit, und sie klang albern und deprimierend, deshalb löschte er die Wahrheit wieder.

Linus' Nachricht ploppte auf.

Lieber Ben, ich freue mich so, von dir zu hören. Wollen wir uns mal treffen, vielleicht sogar mit Mats? Das fänd ich besser, als hier jetzt ewig lang und breit zu schreiben.

Für das bisschen Nachricht hatte Linus jetzt so lange gebraucht? Ben schrieb zurück: *Okay. Wann und wo?*

Nikki stand am Herd, rührte in der Bolognese und rieb mit dem Kochlöffel über den Boden des Topfes, wo sich bereits Soße festgesetzt hatte.

Liese saß in einem schwarz-violett gestreiften Kleid von Nikki, in das Nikki schon lange nicht mehr reinpasste, am Küchentisch und kommentierte Instagram-Posts, die Posen und das Aussehen von Frauen, die sie flüchtig kannte, und sie kritisierte mit gnadenloser Schärfe deren erbärmlich unreflektierten Autosexismus.

In Lieses Zimmer lagen zwischen vielen bunten Tüchern und BHs und zwei Science-Ficton-artigen Vibratoren auch Werke von Simone de Beauvoir und Judith Butler herum. Oft hörte sie Christine and the Queens oder King Princess, und manchmal las sie Nikki aus ihrem Handy die Texte von älteren Feministinnen oder Tweets und Kolumnen von jüngeren vor. Mit den Jüngeren könne sie nichts anfangen, sie wolle es aber gern und wisse nicht, warum sie da keinen Zugang finde und alles als zu beliebig lasch oder platt radikal empfinde, obwohl sie doch ein Alter und dieselbe Generation seien.

Mit einem Knall legte Liese das Handy auf den Küchentisch und sagte, es sei der Horror, sie müsse eklektizistisch, aber schöpferisch ihren eigenen Feminismus kreieren und bei Gelingen ein Buch darüber schreiben. Neulich habe sie nach Mitternacht und Exzess einen Literaturagenten in einer Bar kennengelernt, der bereit sei, es zu lesen, und der nicht versucht habe, mit ihr intim zu werden, er habe nicht mal sporadisch seine Hand auf ihrem Körper platziert. Zudem plane sie seit einigen Tagen ihren eigenen YouTube-Kanal.

»Ich will interessante Frauen auf dem Klo interviewen, weil das so ein intimer Raum ist, vielleicht auch mal einen Mann, aber der müsste irgendwie fest umrissen was mit Feminismus am Hut haben!«

Nikki öffnete den oberen Knopf ihrer Jeans. Seit sie wieder schrieb, saß sie mehrere Stunden am Tag, und es war ihr irgendwie seltsam egal, dass sie jede Woche bestimmt ein Kilo zunahm.

Auch Liese war dabei, sich neu aufzustellen: Sie hatte ihren Social-Media-Job gekündigt, und jeden Tag erzählte sie Nikki, sie habe keine Angst mehr vor dem Älterwerden, weil Nikki so cool sei und gerade sexy darin, nicht mehr superjung auszusehen, das habe sie bisher nur bei Männern so wahrgenommen.

Nikki hatte absolut keine Ahnung, wie sie angstlindernd wirken konnte und was an ihr cool sein sollte, denn sie fürchtete sich seit einer Weile jeden Morgen nach dem Aufwachen. Einfach so, ohne auch nur eine Idee zu haben, worum es bei dieser Furcht ging, worauf sie gerichtet war. Wenn sie begann zu schreiben, ging es ihr besser, und ihr Schlaf war tief und fest. Was es mit der morgendlichen Panik auf sich hatte, wusste sie nicht, aber sie ließ sich zumindest nicht von ihr untergraben.

Die Furcht war da, seit sie keine Angst mehr davor hatte, Mats für immer zu verlieren, weil sie womöglich aufgehört hatte, ihn zu lieben, und vielleicht war es das, was sie fürchtete, dass Liebe einfach endete, und nun hatte sie neue Sorgen, oder vielmehr standen andere Sorgen im Vordergrund, Sorgen, in denen sie sich nicht zurechtfand, weil der Kummer um Mats zuvor alles peinlich unfeministisch überdeckt oder verwässert hatte.

Jetzt dachte Nikki mehr an ihr Drehbuch, obwohl sie bisher das meiste wieder gelöscht hatte, machte sie jeden Tag weiter. Das fürchtete sie, die Anstrengung, die Strapazen, die die Fertigung eines Werks mit sich brachte, die Ablehnung von Verlagen oder Produzenten. Am Ende war doch alles mehr Ökonomie als Kunst.

Nikki kippte abgestandenes Wasser aus dem Wasserkocher in die eingedickte Bolognese und rührte weiter.

Noch weniger Lust hatte sie, weiterhin der Schauspielerei nachzugehen. Es würde bedeuten, wieder Castings zu besuchen, um sich die Ablehnung persönlich abzuholen. Eine Freundin, die mit Anfang zwanzig mehrere größere Nebenrollen und sogar eine Kinohauptrolle hatte, war, seit sie über vierzig war, nicht mehr engagiert worden. Bloß noch einmal für eine Werbung, die sie als lustig-banale Mami beim Zubereiten von Ofenbaguette zeigte, bevor sie dem Hipster-Mann in der Tür strahlend einen Kuss aufdrückte.

Nicht mal ein Jahr hatte Nikki Mats nachgetrauert, und die Wut wurde immer schwächer, sie dünnte regelrecht aus, was das Traurigste war, denn was hatte man noch, ohne Wut. Die Erinnerung spiegelte nie das, was wirklich gewesen war, nie die Relevanz und Intensität großer Gefühle, sondern immer nur das, was neu interpretiert davon übrigblieb.

Die Wut darüber, dass alles vergänglich war, war das Einzige, was sie noch hatte, die Wut, die im Grunde die Furcht vor dem Tod und dem Leben gleichermaßen kompensierte, die Wut, die als Ablenkung diente von der Tatsache, dass sie keinen Schimmer hatte, wie sie den Rest ihres vielleicht zur Hälfte gelebten Lebens nun gestalten sollte.

Sie brachte die Bolognese wieder zum Kochen, salzte nach, warf groben Pfeffer dazu und rührte, damit sich nicht erneut etwas am Boden absetzte. Auf ihrer Stirn stand der Schweiß, und sie fragte Liese: »Ist dir auch so warm?«

»Nö.«

Man machte sich einfach weitaus weniger Gedanken über den eigenen Zustand, wenn man die Wohnung mit einem geliebten Menschen teilte, und manchmal grübelte Nikki nun herum, ob sie vielleicht doch noch ein Kind kriegen sollte. Könnte es sie doch tagein, tagaus von der Freiheit der Gestaltungsmöglichkeit ablenken, und auch davon, dass sie für sich selbst, ihre Launen und die ganze triste Alltagsrealität verantwortlich war. Vielleicht hätte sie sich von Mats überreden lassen sollen, ein Baby zu bekommen, warum war Mats so wenig willensstark gewesen und sie so bequem?

Da ihre Mutter so früh gestorben war, hatte Nikki keine natürlich orientierte Ahnung, wann sie in die Wechseljahre kommen könnte, und eigentlich war es ihr immer egal gewesen, sie hatte die Menopause eine Zeit lang sogar herbeigesehnt, da sie dem Babydruck endlich auf biologische Weise den Garaus machte.

Nikki hatte darauf verzichtet mitzuentscheiden, wie ihre Serienfigur sterben würde, und die Drehbuchautoren hatten bestimmt, dass die Ü-Vierzigjährige äußerst mies vorbereitet einen Selbstfindungstrip in den Anden in Peru unternehmen, sich im Klettern versuchen und einfach verschwinden sollte.

Nikki hasste es, auch nur einen Tag in der Serie mitgespielt zu haben, und sie hatte es fast zwanzig Jahre lang getan. Sie wusste jetzt, dass Mats sie sehr geliebt haben musste, sonst hätte er ihren Selbsthass niemals ausgehalten.

Neulich war sie auf dem Dachboden gewesen, um nach dem Drehbuch zu suchen, an dem sie geschrieben hatte, als sie in Lieses Alter gewesen war. Niemand wollte es damals finanzieren, es sei zu zynisch, Nikki habe zu wenig Empathie für die Figuren, sie gehe zu hartherzig mit ihnen um, das sei untypisch für einen Frauenstoff. Niemand hatte sie oder ihr Drehbuch ernstgenommen. Aber Lothar, der letzte Produzent, dem sie das Skript angeboten hatte und von dessen Arbeit sie eigentlich gar nichts hielt, lobte ihre einnehmend natürliche Schönheit und bot ihr die Rolle in der Serie an.

Sie war Mitte zwanzig, und er wollte mit ihr schlafen. Das hatte sie nie getan und vermutlich war das der Grund dafür, dass ihre Figur sich nie weiterentwickeln durfte. Nikki hatte gar keine Lust mehr, hübsch zu sein, es brachte einfach nichts Nachhaltiges ein.

Liese war nun wieder auf Instagram zugange und entdeckte ein neues Foto von Mats, das sie Nikki unter die Nase hielt: Sein Gesicht sah peinlich überarbeitet aus, und auf einem weiteren Bild trug er eine übergroße lavendelfarbene Cordhose, dazu ein weißgraues Camouflage-T-Shirt. Er mochte Lavendel eigentlich nicht, und sie hatten einmal eine ganze Nacht gestritten, nachdem Nikki in seiner Abwesenheit die Wohnungstür von innen in Lavendel gestrichen hatte. Tiefdunkles Grün war seine Lieblingsfarbe. Deshalb war ihre halbe Küche waldgrün. Und nun flammte Liese in Nikkis altem Kleid vor der waldgrünen Wand, scrollte weiter herum und sagte: »Robert Habeck ist irgendwie echt hot und, obwohl der superlieb rüberkommt, doch irgendwie mein Beuteschema, aber leider ist seine Frau total übersympathisch und hart intelligent, das ist dann ein absolutes No-Go für mich!«

»Was ist das No-Go?«, fragte Nikki, leckte den Kochlöffel von allen Seiten ab und rührte dann weiter damit in der Bolognese.

»Eine real glückliche Ehe zu crashen!«

»Ah, das hattest du nicht gesagt.«

»Hatte ich doch.«

»Nein, du sagtest nur, seine Frau sei smart oder so.«

»Smart hab ich nicht gesagt, das Wort benutz ich nie, das klingt so intelligenzverharmlosend.«

»Wie du meinst, Scheiße, wo bleibt Leila, sie ist immer zu spät, aber heute noch später.«

Liese hörte nicht zu, sie sagte: »Weißt du, ich habe großen Respekt vor glücklichen Ehen.«

»Woher weißt du, ob eine Ehe glücklich ist? Ich hab lange nicht mal gemerkt, dass meine eigene Ehe unglücklich war.«

Liese öffnete schon die zweite Flasche Rosé, zündete sich eine Zigarette an und kam auf ihr Lieblingsthema, ihre Mutter, zu sprechen.

»Weißt du, warum ich eine glückliche Ehe in Ruhe lasse? Meine Mutter hat angefangen so richtig, richtig ... also richtig übermäßig viel zu trinken, als ich in die Pubertät kam ... Ich war Ende zwölf und hatte gerade meine Periode bekommen, mein Papa war seit ein paar Tagen endgültig weg ...«

Nikki kannte die Geschichte schon, Liese sprach ständig von der Trennung ihrer Eltern, so als wäre sie an der Stelle in gewisser Weise hängengeblieben. Nikki dachte, anstatt zuzuhören, an den Urlaub in Frankreich mit ihrem ersten Freund. Felix war damals einmal so weit rausgeschwommen, dass sie ihn nicht mehr sehen konnte, und als sie dachte, er wäre ertrunken, wollte sie auch sterben. Und jetzt wusste sie nicht mal, wo Felix lebte und ob er überhaupt noch lebte, und es spielte gar keine Rolle. Und im Moment des erneuten Erschreckens über die Flüchtigkeit von tiefschürfender Relevanz dachte Nikki daran, dass sie sich unbedingt bei ihrem Vater melden müsste, der in Kiel lebte und der ihr manchmal kommentarlos ein Paket mit einem ausgelesenen Buch zukommen ließ, das ihm vermutlich gefallen hatte. Mit seinen Unterstreichungen, Ausrufezeichen am Rand und Eselsohren darin. Sie kommentierte diese stummen Geschenke nie, und trotzdem ließ er sich nicht beirren.

Nikki setzte sich Liese gegenüber, nahm einen großen Schluck Wein und gleich noch einen. Liese war voll in Fahrt.

»Ich mein, warum? Mit Ende dreißig hatte sie plötzlich keine Lust mehr, verheiratet zu sein, wollte ganz neu sein, alles sollte neu sein, aber irgendwas ist emotional schiefgegangen, und sie wollte ziemlich schnell wieder zurück in die Ehe, aber er war dann schon mit einer Innenarchitektin zusammen, die fast zehn Jahre älter und rein oberflächlich betrachtet auch echt unattraktiver war als meine Mutter, und das hat sie irgendwie gebrochen, oder zumindest ihre Eitelkeit komplett verwirrt. Danach hat sie so viel getrunken, dass wir Heiligabend nur Beilagen gegessen haben, weil sie einfach vergessen hatte, die Ente in den Ofen zu schieben. Sie hatte die Ente zum Antauen in die Badewanne gelegt, und dort hab ich sie gefunden. Ich starrte auf den abgetauten, nackten Vogel ohne Kopf und wurde sofort Vegetarierin, bis ich meinen ersten Freund hatte.

Meine Mutter wollte noch mal neu anfangen und wurde eben Alkoholikerin. Sie hat den Zeitgeist und sich selbst falsch eingeschätzt, und vor allem hat sie meinen Vater falsch eingeschätzt, man darf Männer nie unterschätzen, egal, wie degeneriert die sind. Mein Bruder denkt, sie hat alles kaputt gemacht, er ist verheiratet und hat ein Kind, das heißt Benedikt! Mit zweiundzwanzig spießt er total rum, hat ne megalangweilige Frau, eine, die ihn nie verlassen wird, sie heißt Björk, weil ihre Mutter so ein Fan war, aber sie ist null Björk, nichts an ihr ist Björk.«

»Und du glaubst, du machst es besser als dein Bruder?«, fragte Nikki und schenkte sich nach, obwohl ihr Glas nicht gerade leer war.

»Ich führe zumindest kein Normcore-Schablonenleben, um meine Wunden zu heilen.«

Nikki bekam Lust, sich zu streiten, weil Lieses Über-Reflektiertheit ihr auf die Nerven ging. Da klingelte es schrill und viermal hintereinander, so wie Leila immer klingelte, um ihren typischen Gemütszustand schon vorab zur Schau zu stellen.

Nikki hatte Leila zum Essen eingeladen, damit sie Liese kennenlernte, und sie wollten auf Leilas neuen Roman mit dem Titel *Symptome* anstoßen, der in ein paar Tagen erscheinen würde. Seit Leila Bens WhatsApps nicht mehr lang und ausführlich beantwortete, hatte sie den Roman ziemlich schnell zu Ende gebracht.

Es klingelte nun an der Wohnungstür, immerhin nur noch zweimal hintereinander, aber ausdauernd.

Liese verschwand schnell aufs Klo. Wie Nikki beobachtet hatte, tat sie das jedes Mal, wenn jemand vorbeikam. Sie blieb immer ein wenig zu lange fort und machte danach einen charismatisch freundlichen Eindruck, so als wäre die Toilette eine Art Backstage-Bereich. Leila stürmte herein und stellte eine Flasche Rotwein auf den Tisch, und noch bevor sie ihren langen Mantel auszog, erklärte sie: »Der Wein ist großartig, macht überhaupt nicht schläfrig, hat aber trotzdem Charakter. Wirklich was Besonderes, der einzige Wein, den Ben und ich gleich gern mochten.«

Nikki sah sie streng an: »Du hast Ben schon im ersten Satz erwähnt.«

Leila blickte auf, gepresster Zorn markierte ihre Stimmlage: »Es ging um den Wein, nicht um Ben! Geht es jetzt darum, den Scheiß-Bechdel-Test zu bestehen? Ben ist mir nicht egal, warum soll ich so tun, als ob? Ich bin seit zwei Jahren nicht mehr mit ihm zusammen, ich habe ein Liebesleben, sogar zwei, wenn man es genau nimmt, was denn noch? Es geht mir gut, zumindest gut genug, unterlass die Anmaßungen, Nikki. Man soll vor seiner eigenen Tür kehren, das sagst du doch immer, oder? Hat Mats endlich sein Fahrrad abgeholt?«

Nikki ging zum Fenster und sah hinab auf die Straße, da stand das rostige grüne Rennrad noch immer unter dem Baum, völlig verdreckt.

»Nein. Aber warum auch? Es kann doch da verrotten, wir wären nicht getrennter, würde er sein Rad abholen. Hat Ben seinen Scheiß vom Dachboden geholt? Lasst ihr euch endlich scheiden?«

Leila warf den fuchsiafarbenen Mantel auf die Bank, riss das Alu vom Flaschenhals, warf es auf den Tisch, haute die Spitze des Öffners mit Wucht in den Korken, zündete sich mit einer Hand eine Zigarette an, ließ sie im Mund, drehte die Spirale mit Karacho hinein und antwortete: »Nein und nein. Es macht auch keinen Unterschied.«

»Hast du beim Sperrmüll angerufen?«

»Nein, ich hatte zu viel zu tun.«

»Ach komm.«

Leila zog den Korken raus, legte den Öffner samt Korken auf den Tisch und nahm direkt einen Schluck aus der Flasche. Nikki stellte ihr ein Glas hin, entriss ihr die Flasche und schenkte ein.

»Für den Sperrmüll muss man alles einzeln ausmessen und auflisten, ganz exakt, sonst hassen sie dich und nehmen es nicht mit«, sagte Leila.

»Dann mach das doch, das ist keine große Sache.«

»Für mich schon, solche Dinge machen mich nervös, wenn alles formal perfekt sein muss, das kostet mich zu viele Nerven im Moment. Ich musste so viel schreiben, ich brauche Zerstreuung. Ich kann nicht auf den Dachboden gehen und die Kisten von Petra listen, das macht mich elendig traurig, ich bin doch keine Lyrikerin, also, lass uns trinken und sehr gemischte Musik hören.«

Leila setzte sich, schloss die Augen und rauchte.

»Wo ist deine neue Mitbewohnerin?«

»Auf der Toilette.«

Man hörte, wie Liese den Metallhaken an der Toilettentür löste, den Mats angebracht hatte, nachdem er begonnen hatte, mit Tula zu schlafen.

Liese kam langsamen Schrittes zurück in die Küche, lächelte devot, ging mit gefalteten Händen vor der Brust auf Leila zu und sagte: »Es ist mir eine Ehre, Frau Amin, ich habe Ihr erstes Buch so sehr geliebt, es war eine Befreiung! In der Schule hab ich Lesen gehasst, es war eine verkopfte Qual, nichts handelte von mir, aber als ich Ihr Debüt las, fühlte ich mich zum ersten Mal lebendig, wirklich lebendig und maximal durchblutet im Liegen, ich habe es drei Mal gelesen und schaue immer mal wieder rein, es steckt so viel Freimütiges darin, ich habe vieles mit Filzstift markiert.«

Nikki musste ein Lachen unterdrücken.

Leila stand auf und nahm Liese in den Arm.

»Hör auf, mich zu siezen, ich bin Leila.«

»Okay, danke, ich war nicht sicher ...«

Nikki setzte sich auf Leilas Mantel. Leila hob ihr Glas,

betrachtete es und sagte: »Hübsch, ist das Kristall? Aber so klein, ich mag Rotwein nicht aus so kleinen Gläsern trinken, er schmeckt dann anders, so kraftlos, wisst ihr, was ich meine?«

»Ja!«, rief Liese.

»Nein«, sagte Nikki und seufzte.

»Jetzt gib mir doch bitte irgendein riesiges Rotweinglas, meinetwegen auch eins von Ikea.«

Nikki seufzte lauter.

»Es gibt nur noch die, jetzt nerv mich nicht mit deinem überzogenen Gedöns!«

»Dann gib mir ein Wasserglas, Hauptsache, es ist groß, ich ertrage keine kleinen Gefäße, außer es ist Espresso drin.«

Liese strahlte.

»Es ist toll, wie ihr miteinander redet, wie Männer«, sagte sie.

Nikki und Leila sahen sich an, und Leila fragte: »Wie meinst du das?«

»Na ja, ihr schont euch nicht oder so.«

»Frauen schonen sich sonst?«

»Sie sind meist nicht so direkt, und wenn doch, fängt sofort eine an zu heulen.«

»Wow, wie alt bist du?«

»Vierundzwanzig.«

Leila stützte das Kinn auf die Hände, sah Liese an und sagte: »Ich dachte, da wächst jetzt ne naturfeministische Generation nach, scheint doch nicht so zu sein.«

»Vielleicht ist Liese nicht repräsentativ«, sagte Nikki, stand auf und goss etwas von Leilas Rotwein in die blubbernde Bolognese.

»Jetzt rede nicht in der dritten Person über deine reizende Mitbewohnerin.«

Liese lief rot an.

»Danke, das ist schon okay, ich mag es sogar, dadurch werde ich irgendwie für den Moment Teil einer Geschichte, ich würde mir nichts mehr wünschen, als einmal in einem Roman vorzukommen, dann hätte ich alles im Leben erreicht.«

»Wünsch dir das besser nicht«, sagte Leila.

»Welches Genre würdest du wählen?«, fragte Nikki.

»Gegenwartsliteratur, ohne dass groß was passiert, nur so das Leben, leicht und abgründig, wies ist, ohne Schnickschnack und Tamtam.«

Leila schnipste, zeigte dann mit dem Finger auf Liese und rief: »Ich hab Hunger, ich fall gleich vom Fleisch!«

Nikki probierte die Bolognese, schüttete Chiliflocken und noch mehr Olivenöl rein und dachte an das Leben, so, wie es eben war, und an Tula aus der WG, mit der Mats nun in Berlin wohnte, und es fühlte sich nur noch an wie etwas Erzähltes, ohne eigenen Schmerz. Sie stellte den Topf mit Wasser für die Pasta auf den Herd und drehte die Temperatur auf Maximum. Leila und Liese unterhielten sich über die politische Dimension der halbgrauen Haare von Susan Sontag.

Tula hatte Nikki vor ein paar Wochen eine Nachricht geschrieben, in der sie ihr Bedauern ausdrückte: Ihr Verhalten verstoße eigentlich gegen ihre feministischen Grundsätze, Mats sei aber der erste Mensch auf der Welt, von dem Tula sich verstanden gefühlt habe, und es sei sofort so eine Magie zwischen ihnen gewesen. Mats sei der Mann, für den sie sterben würde, und deshalb habe sie all ihre feministischen Prinzipien über Bord geworfen und sich fallen lassen.

Dieses verlogene, hohle Drecksstück.

Nikki hatte ihr geantwortet: *Du willst für einen Mann*

sterben? *Das ist nicht Liebe, das ist eine pathologische Selbstwertstörung. Du hattest nie Prinzipien, alles an dir ist Idee, du bist selbst nichts als eine Idee, eine Projektion, du bist nicht mehr als dein Instagram-Profil. Nein, du bist weniger als das! Und eure Magie nennt man Hormone. Fick dich, kleines, plattes Mädchen, du bist nichts.*

Sofort hatte Tula zurückgeschrieben: *Wenn ich nichts bin, warum schreibst du mir dann?*

Und Nikki: *Komm erst mal in mein Alter.* Dann blockierte sie Tula.

Diesen Satz hatte Nikkis Vater immer gesagt, wenn ihm nichts Besseres mehr einfiel. Nikki hatte ihren Vater am Abend nach der grausigen Konversation mit Tula angerufen und sich zum ersten Mal für die ganzen Bücher bedankt.

»Hey, bist du in Trance?«, fragte Leila in Nikkis rekonstruierte Wut hinein, die sie dazu bewegt hatte, gedankenverloren auch die Herdplatte unter der Bolognese wieder voll aufzudrehen.

Die Soße warf unappetitlich große Blasen, und sie roch nun völlig verbrannt. Nikki goss noch einen Schuss Rotwein hinein, und dann noch einen und sagte: »Ich hab an meinen Vater gedacht.«

Leila nickte und wandte sich unvermittelt an Liese: »Warst du ein glückliches Kind?«

Nikki kannte niemanden, der direkter und dreister im Gespräch mit Fremden war, Leila saugte alle mit ihrer Neugier aus, und Nikki wusste, dass sie sich eigentlich nicht unterhielt, sondern recherchierte.

Aber Liese war narzisstisch genug, um bereitwillig Auskunft zu geben. Sie hoffte zudem auf potenziell therapeutisch hilfreiche Kommentare älterer Frauen. Somit war sie das perfekte kaputte Opfer für eine psychologisierende Schriftstellerin wie Leila. Liese begann auf der Stelle wieder von ihrer Mutter zu reden, denn ihre Mutter war ja ihre Muse für die desolate Ausgestaltung ihres Lebens.

»Ich sollte nicht von meiner Mutter reden«, warf Liese dann und wann ein, wenn sie von ihrer Mutter redete, ohne zu erläutern, warum sie nicht von ihrer Mutter reden sollte oder warum sie es dann trotzdem tat.

Nikki hörte gar nicht mehr hin, sie füllte drei Teller mit Tagliatelle und der halbverbrannten Bolognese und stellte sie auf den Tisch. Leila hob den Teller an und roch.

»Mmh, tolle Röstaromen, aber nur mit Geflügelleber ist eine Bolognese echt italienisch, ich rieche keine heraus«, grätschte Leila in Lieses Redefluss.

Leila war immer eine gute Gesellschaft. Sogar wenn es ihr beschissen ging. Alle hatten sie dafür bewundert, wie lässig sie damit umging, dass Ben sie so banal wie klischeehaft mit einer Jüngeren betrogen hatte. Leila hatte diese Bewunderung nicht verstanden und betont, sie habe ja nicht bloß aus ihrer Beziehung bestanden, ihr Liebesleben sei vielleicht dreißig Prozent Lebensinhalt, es sei okay, zu weinen, einen Mann zu vermissen, zu verfluchen, je nachdem. Aber man müsse sich eben auch mit anderem beschäftigen, das sei ja nur einer von vielen Schauplätzen.

Nikki dachte ohne Romantik an Mats, es ging vielleicht nur noch um ihr Ego, und das glich leider dem Charakter der Soap-Rolle, in der sie versauert war.

Vielleicht lag es an Tula, daran, dass Nikki durch seine Affäre ins Verhältnis zu einer Jüngeren gesetzt worden war und sich deshalb zum ersten Mal fühlte, wie Frauen sich angeblich in ihren Vierzigern fühlten oder zu fühlen hatten. Dieses Instagram-Mädchen ließ nicht nur Mats, sondern alles, was sie mal miteinander gehabt hatten, so furchtbar banal wirken.

Nikki hatte immer viel auf Mats' Solidität und Solidarität gegeben, und jetzt war er nicht mehr solide und solidarisch, sondern peinlich und instabil, so wie sie selbst, damals, als sie sich kennengelernt hatten. Nikki wusste nicht mehr, was Liebe war, sie konnte es nicht mehr definieren, obwohl sie es im letzten Jahr immer wieder versucht hatte, wenn sie nachts um drei mit Todesangst aus dem Schlaf gefahren war. Liebe hatte irgendwas mit Kontinuität zu tun und damit, jemanden so zu sehen, wie er war, und gleichzeitig blind zu sein. Man integrierte jemanden auf drastische und nachhaltige Weise in die eigene Identität, Sex und Leidenschaft war nichts dagegen.

»Nikki, jetzt iss doch auch mal! Nikki?«, rief Leila.

»Was zur Hölle ist Liebe?«, fragte Nikki.

Liese antwortete, ohne auch nur ein paar Sekunden Nachdenken vorzutäuschen.

»Liebe ist, wenn jemand zu dir gehört, wie du zu dir selbst. Auch in Abwesenheit oder nach dem Tod.«

Leila zog die Brauen hoch.

»Woher weißt du das? Hast du das schon mal erlebt?«

Leila wirkte erstaunlich ernsthaft interessiert.

»Nicht mit einem Mann, aber mit meiner Mutter. Ich lieb die wie bescheuert, obwohl sie mich irre macht, seit ich denken kann.«

Natürlich, dachte Nikki. Die Mutter ist die Antwort auf alle Fragen, nur, dass die Mutter kurz vor Nikkis zehntem Geburtstag an Krebs gestorben war, und Nikki musste daran denken, dass sie die Anrufe der Sprechstundenhilfe ihrer Gynäkologin ignoriert hatte, die Anrufe die sich häuften, bis die Gynäkologin schließlich selbst eine Nachricht auf Nikkis Mailbox hinterließ, weil sie ihren Vorsorgetermin nicht wahrgenommen hatte. Nikki dachte, sie habe einfach gar keine Reserven dafür, ihre Brust in dieses Ding klemmen zu lassen und dabei an ihre Mutter zu denken und daran, dass am Ende alles umsonst und ihre Mutter einfach nur noch gestorben war. Jeder bedrückende Arzttermin und jede Behandlung im Krankenhaus, alles umsonst, alles nur ein hellwacher Albtraum vor dem Ende.

Zum Glück wollte Leila offenbar weder über Mütter noch weiter über die Liebe reflektieren und fragte: »Am Ende bleibt die große Liebe für das Essen mit Freunden, so viel ist sicher! Geflügelleber hin oder her, stimmt doch, Nikki?«

Und als Nikki schweigend eine Träne laufen ließ, sagte Liese schnell: »Ich mag keine Leber, ehrlich gesagt, finde ich sie supereklig, sie schmeckt einfach nur hart nach Tod, genauso wie alle anderen Innereien.«

Leila streckte den Arm aus und strich Nikki sanft über das Gesicht, überlegte kurz und erwiderte: »Zunge mit meiner Zunge zu essen, finde ich auch pervers.«

»Ich habe gerade weder Lust über den Tod noch über Perverses zu reden«, sagte Nikki.

Leila sagte: »Ich hab keine Angst mehr vor dem Tod, seit ich nicht mehr glücklich mit Ben bin, alles fühlt sich leichter an, seit ich nicht mehr befürchte, mein Glück könnte im nächsten Moment vorbei sein. Das unperfekte Leben ist ein Segen, weil es auf nichts zuläuft, weil man das Ende schon hinter sich hat, die Unvollständigkeit ist befreiend, weil man sich nicht an ihr festhalten kann und sich viel mehr anstrengt. Ich hätte *Symptome* nie schreiben können, wäre ich glücklich geblieben.«

»Ist das der Titel deines neuen Romans?«, fragte Liese unerträglich pathetisch.

Leila nickte, und Nikki fragte: »Du meinst also, deine Liebe zu Ben war das Beste, was du je erlebt hast?«

»Nein, es war nur das, was ich in bewusster Weise am meisten fürchtete zu verlieren.«

»Das bedeutet, das Ende einer großen Liebe nimmt den Tod vorweg?«

Ohne zu zögern antwortete Leila: »Ja, natürlich.«

Lieses Telefon vibrierte, sie nahm es zur Hand und starrte dann gebannt und mit ungewohnt verzerrter Miene aufs Display, tippte darauf herum, ohne wie üblich Bericht zu erstatten. Egal, ob es um private oder politische Nachrichten oder Skandale von albernen Prominenten ging, sie bezog Nikki stets ungefragt mit ein. Aber jetzt: nichts.

Als Leila und Nikki leere Teller vor sich stehen hatten, fragte Nikki schließlich: »Was ist los, ist was passiert?«

»Ja, aber ich weiß nicht, was.«

»Wem schreibst du?«, hakte Leila nach und zündete sich eine Zigarette an.

»Verica, das ist die Ex von meinem Ex. Sie hat mir über Instagram mitgeteilt, dass Hendrik verschwunden ist, also, so richtig verschwunden, seine Wohnung ist verwaist, die Polizei sucht jetzt nach ihm, sie wollte mir Bescheid geben, bevor es in den Medien kommt, und sie fragt, wann ich zuletzt mit Hendrik in Kontakt war, ob ich irgendwas weiß.«

»Verica?«, fragte Nikki. »Wir kannten mal eine Verica, ganz früher, die beste Freundin von Marlene, diesem nett-harmlosen Mädchen, das Linus geheiratet hat.«

Leila zog kräftig an ihrer Zigarette, schenkte sich viel Wein ein und sagte: »Genau, Marlene! Harmlos war die aber nicht, die war passiv-aggressiv und immer in dieser reaktionären Konkurrenzhaltung, die konservative Frauen oft gegenüber anderen Frauen haben.«

Nikki drehte die Espressokanne über dem Waschbecken auf.

»Verica war cool, anders als CDU-Marlene, sie hat uns mal alle in das Ferienhaus ihrer Familie nach Kroatien eingeladen, aber niemand hatte Bock drauf, weil ihr Typ damals so unangenehm war, und sie hatte diese tollen Locken, sie sah ein bisschen aus wie Jennifer Beals.«

»Zeig mal her, Liese, wie sie aussieht.«

Liese hielt ihnen das Profilbild hin.

Leila rief: »Das ist sie! Das ist Locken-Verica, Marlenes Freundin!«

Nikki sagte: »Scheiße, stimmt, jetzt erinnere ich mich, der Typ hieß Hendrik, der Dreckstyp von Verica ist dein Ex? Und der ist jetzt weg?«

Liese antwortete nicht und tippte wieder auf ihrem Handy rum. Nikki fragte: »Was ist mit Linus und Marlene? Sind die noch zusammen? Ja, oder? So harte Normalos trennen sich nicht. Die denken, sie sind dann wertlos, lösen sich in dunkle Materie auf oder so.«

»Keine Ahnung«, antwortete Leila, »ich hab die beiden seit ner Ewigkeit nicht mehr gesehen, und auf Instagram postet er nur Tomaten, Marlene nichts. Ich habe Ben oft gesagt, er soll sich mal bei Linus melden, aber irgendwie war da was kaputt in der Freundschaft, seit der Sache auf Kreta.«

»Aber das war ja auch der Horror, Leila«, sagte Nikki und stellte die Espressokanne auf den Herd.

»Ben wollte nie mit mir über Kreta sprechen.«

»Für Mats war es am schlimmsten«, erwiderte Nikki, »es war sein kleiner Bruder. Ben hätte die größte Distanz haben müssen. Linus hat sich schuldig gefühlt, weil er in der Nacht eigentlich mit Milan mitfahren sollte, aber zu besoffen war. Und Mats ...«

»Ja, Nikki. Ich weiß, ich bin aber nicht schuld daran, wie Ben tickt. Das war für alle traumatisch. Ja, vor allem natürlich für Mats.«

»Mats hat nie so richtig mit mir darüber gesprochen. Er wurde so wütend, wenn ich es versucht habe, auf ne aggressive Art, die ich nicht an ihm kannte, damit konnte ich null umgehen, ich war ja sonst immer die, die geschrien hat.«

Liese sah die beiden an, Tränen standen ihr in den Augen.

»Hendrik ist verschwunden, ich raste gerade innerlich aus, und ihr redet über irgendwas von früher, und ich kann nicht folgen, ich kann gerade echt nicht folgen, sorry, hört auf, bitte, ich muss mal kurz atmen, Fuck, einfach nur atmen, ohne groß drüber nachzudenken, sonst fang ich an zu hyperventilieren!«

»Bitte entschuldige«, sagte Leila, und der Espresso zischte laut in der Kanne. Nikki holte die Hafermilch aus dem Kühlschrank, drehte den Herd aus und sagte: »Bitte entschuldige. Leila, hol ihr doch mal Klopapier.«

Liese liefen Tränen über die Wangen, sie hatte das Telefon gerade beiseite gelegt, als es klingelte. Sie ging ran, verließ die Küche, lief in ihr Zimmer und schloss die Tür. Als sie zurückkam, fragte sie: »Ist es okay, wenn Verica vorbeikommt? Sie erinnert sich an euch. Sie ist gerade völlig fertig und wohnt gar nicht weit von hier.«

Marlene stand unter der Dusche, heiß prasselte das Wasser auf ihren Rücken, ungeschickt und zudem in großer Eile versuchte sie sich das Schamhaar zu rasieren und dabei gleichzeitig die Nackenmuskulatur zu entspannen. Schon mehrmals hatte sie sich geschnitten, und ihr Nacken schmerzte, seit sie die Kinder hektisch bei Linus abgeliefert hatte.

Ihr Mann hatte ein weißes Unterhemd zu seinen alten schwarzen Lieblingsjeans getragen, und er gab ihr ein gequältes Lächeln mit von Rotwein verfärbten Zähnen und voll tiefer Verunsicherung mit auf den Weg. Früher fand sie dieses schlichte Outfit sexy, und es war für sie beide gravierend unangenehm, dass er es aus ebendiesem Grund trug.

Nicht dran denken, nicht dran denken, freu dich auf den Abend, wiederholte sie mantraartig, während im Bad der Dunst aufstieg. Kurz zuvor hatte sie den orangefarbenen Maxirock und eine blaue Bluse für ihr absurdes Date aufs Bett gelegt. Den Rock hatte sie sich extra im Internet bestellt, in jener Farbe, die sie oft mit Anfang zwanzig trug.

Marlene hatte vergessen, Rasierschaum zu kaufen, und so benutzte sie für die mittlerweile blutige Rasur das überteuerte Duschgel von Hermès, das sie Linus letztes Jahr zu Weihnachten geschenkt hatte. Nach dem Auspacken hatte er es prompt aufgeschraubt, daran gerochen und gesagt: »Ach, schön, mal was ganz, ganz anderes«, und dann hatte er es in sein Fach in der Dusche gestellt und niemals benutzt. Marlene ärgerte sich noch immer darüber, dass Linus nicht einfach gesagt hatte, dass er es nicht mochte oder eben einfach nichts anderes in seinem Leben wollte als sein Sebamed-Sport- oder Algemarin-Duschgel, wie zu WG-Zeiten, immer nur diese beiden im Wechsel, seit zwanzig Jahren. So war er eben, sie hätte es wissen müssen, und jetzt vermischte sich das teure Hermès-Zeug mit ihrem Blut, und es brannte entsetzlich.

In ihrer Kulturtasche hatte sie einen angerosteten Einwegrasierer mit nur zwei Klingen entdeckt.

Es war der letzte Rasierer, der noch übrig geblieben war, unbenutzt und trotzdem angerostet in der verknüllten Plastikpackung, die sie im letzten gemeinsamen Urlaub auf Teneriffa in dem kleinen Laden nahe ihrem Appartement gekauft hatte. Es war wohl der letzte Urlaub mit der ganzen Familie gewesen.

Wie in vielleicht jedem Urlaub war Marlene unmittelbar vor dem ersten Strandbesuch eingefallen, dass sie ihr Schamhaar entfernen oder zumindest anständig stutzen musste, was sie als Singlemädchen in den Neunzigern routiniert eitel bei jedem Duschvorgang vor dem Ausgehen getan hatte.

Linus war die letzten Jahre jedes Mal so dankbar gewesen, wenn Marlene sich zum Sex bereit erklärt hatte, dass er sich überhaupt nicht mehr dafür interessierte, wie ihr Venushügel und das Drumherum mittlerweile gestaltet war.

Auf Teneriffa hatte sie sich bloß wegen der möglichen Blicke anderer Strandbesucher rasiert, und dann nicht mehr, und auf Teneriffa hatte sie Linus auch zum letzten Mal geküsst. Die Dachterrasse sah im Sonnenuntergang so romantisch aus, und somit empfand Marlene auch ein wenig romantisch oder bildete es sich zumindest ein.

Die Kinder saßen gerade in ihren Zimmern vor den Tablets und nahmen ihre Internetstunde in Anspruch, und Marlene überlegte, jetzt könnte man sich eigentlich mal wieder mit Zunge küssen, vielleicht würde es unter diesen Umständen irgendwie doch ganz schön werden, aber das wurde es nicht, sie dachte nur, Zunge auf Zunge, und fühlte ein asexuelles Unbehagen, und daraus war trotzdem oder deswegen ein Miteinanderschlafen im Stehen von hinten geworden. Linus hatte sich diese Position beim Geschlechtsakt all die Jahre immer mal wieder – für seine Verhältnisse überdeutlich ausformuliert – gewünscht. Aber Marlene hatte das unbeirrt abgelehnt, weil sie fand, ohne Augenkontakt und Küssen hätte Sex etwas Erniedrigendes für die Frau, und im Stehen stellte sie sich ohnehin nur notgedrungenen, schnellen oder billigen Straßensex in einer dunklen Gasse vor. Warum sollte man sonst in so einer unbequemen Position intim miteinander sein? Auch sie hatte das deutlich ausformuliert und jedes Mal den Eindruck gehabt, die Beschreibung ihres Ausschlusskriteriums würde Linus erst recht sexuell ansprechen.

Aber dort auf der Dachterrasse in Teneriffa kam ihr dieser Vorgang plötzlich absolut passend vor. Also war es auf Teneriffa das erste und letzte Mal passiert, und Marlene hatte die Entscheidung dazu vollkommen bewusst getroffen. Vielleicht, um ihn oder sich selbst über den vagen Gedanken, der ihr im Flugzeug beim Start gekommen war, nämlich dass sie ihren Mann auch verlassen könnte, hinwegzutäuschen. Bei der Landung war aus dem Gedanken eine Idee geworden, und beim Autoverleih und seinen peinlich stolzen Versuchen, das Geschäft mit Google-Übersetzer auf Spanisch abzuwickeln, war aus der Idee eine lebendige Sehnsucht mit Adrenalinschub aufgeblitzt, der in Marlene zum ersten Mal seit Jahren die dezidierte Lust auslöste, an einer Zigarette zu ziehen.

Linus war hinter ihr noch schneller gekommen als sonst, während Marlene vornübergebeugt, die Ellen auf das Terrassengeländer gestützt, auf seine Birkenstocks am Boden starrte, die er vor dem Akt noch schnell abgestreift hatte.

Vermutlich hatte er ihre Bereitschaft zu dieser Art von Sex als Auftakt zu einer Phase neuer Verliebtheit in ihrer Ehe verstanden, oder eben als den lang ersehnten frivolen Befreiungsschlag oder Sieg seiner passiv-dominanten Persönlichkeit. Wie er es auch einordnete, es war trügerisch, denn in Wahrheit bedeutete ihre Hingabe zwar Kapitulation oder auch Leidenschaft, aber nicht in der Hinsicht, die er sich erhoffte, und seine hasenhafte Lust an dem finalen Gnaden-Akt erleichterte Marlene bloß den Anfang vom Ende. Marlenes Weg zur Trennung von ihrem Mann begann genau in diesem Moment seiner entrückten Übererfüllung, vor dem Hintergrund eines berauschenden Sonnenuntergangs, wodurch er sich noch einmal ganz neu in sie verliebte. Der Prostituiertensex war Marlenes Abschiedsgeschenk gewesen, welches die Wahrheit ihrer sexuellen Beziehung mit seinem postorgastisch gekeuchten Lieblingswort vollendet auf den Punkt gebracht hatte: Danke.

Marlene hatte darauf bisher nie geantwortet, aber an diesem Abend tat sie es, sie sagte: »Bitte.«

Linus schlüpfte wieder in seine Birkenstocks, gab ihr einen Kuss auf den Hinterkopf, und dann spielten sie mit den Kindern Monopoly.

Marlene hatte sich ihre gesamte Ehe über, trotz der frustrierenden erotischen Bilanz, durch Linus immer wie die schönste Frau der Welt gefühlt, und ihr dämmerte, dass es wohl weitaus Wichtigeres gab.

Aber Marlene fürchtete sich vor der Unsicherheit, die es mit sich brachte, selbst mehr zu begehren und zu lieben, als mehr begehrt und geliebt zu werden. Noch nie hatte sie es erlebt, dass beide im selben großen Maß füreinander empfanden. Sie hatte es bei ihrer Freundin Verica und Hendrik beobachtet, und der Mann war von Beginn an nichts als eine Katastrophe, selbst als er noch weniger trank. Darin war sie sich mit Linus immer absolut einig, man sah ja, wohin so eine große gegenseitige Liebe führte. Linus wäre nie einfach so verschwunden, dazu war er viel zu sortiert, und er hatte noch nie zu viel getrunken, wirklich noch nie, er kannte jede seiner Grenzen und hatte einfach nicht gewusst, wie er Marlene leidenschaftlich verunsichern konnte.

Sie hatte es nicht nur bei Ben Kubik schlecht ertragen, auch zuvor hatte es zwei Affären gegeben, die sie entschieden verunsichert hatten, da sie ihr eigenes Verlangen gegenüber Männern nicht aushielt. Sie empfand darüber tiefe Scham und setzte ihre sexuelle Lust deshalb mit Liebe gleich, um ihr Selbstverständnis als Frau wieder ins rechte Licht zu rücken. So zumindest interpretierte Marlene es, doch sie war sich in vielem nicht sicher, nur in einem: Sie hatte noch nie geliebt.

Indem sie Linus' Heiratsantrag angenommen hatte, entschied sie sich dazu, nie wieder raus in die Arena zu müssen, nie wieder Zurückweisung ausgesetzt zu sein und sich bis zum Ende ihres Lebens in ihrer Ehe-Blase als die schönste Frau der Welt zu fühlen. Und nun war sie mit Mitte vierzig scheintot und lebte in einer Serie, die nicht einen dramaturgisch großen Moment hatte, deren Charaktere sich nie weiterentwickelten und deren Fort-

setzungsberechtigung nur in der gewünschten Vorher-
sehbarkeit bestand.

Linus liebte Marlene, und er liebte Sitcoms, und er erklärte ihr mit ermüdender Begeisterung, dass die Charaktere sich niemals ändern würden und das Setting
kaum variiere und die Serien vom selben Fanpublikum
lebten, das mit seinen Protagonisten altere, das alle
Staffeln wieder und wieder aufs Neue und vor allem zum
Einschlafen konsumiere. So wie Linus es tat.

Er sah sich seine zwei Lieblingssitcoms Staffel für
Staffel immer wieder von vorn an und sprach manchmal
die Dialoge einer ganzen Episode fehlerfrei mit, ohne den
bitteren Ernst von Marlenes Groll zu registrieren.

Nie hatte Linus etwas anderes mit ihr ansehen wollen, eine Drama-Serie oder einen Thriller oder gar Hor-
rorfilm. Dabei mochte sie es gern spannend und war un-
empfindlich gegen fiktionale Gewalt, denn ihr war zu jedem Zeitpunkt klar, dass alles nur gespielt war, vermutlich weil es sich mit ihrem eigenen Leben ähnlich verhielt,
oder sie war eben doch ein »harter Hund«, wie Linus es
zum Spaß ausdrückte. Linus mochte kein Filmblut, er ertrug es nicht, wenn gelitten wurde, nicht mal fiktional,
dafür sei er zu mitfühlend, zu grundsensibel, von mehr
als nötiger Gewalt bekomme er Alpträume, gestand er
stets aufs Neue mit zittrigem Stolz in der Stimme und
lehnte jeden ihrer Vorschläge ohne Diskussion ab.

Seine Empfindsamkeit veredelte ihn natürlich zu einem besonderen und wertvollen Mann. Seine hohe Sen-
sibilität war im Grunde sein Argument für und gegen alles, vor allem dafür, dass sich niemals etwas zwischen ihnen ändern durfte, weil ihm das wehtun könnte. Marlene
glaubte irgendwann nur noch, dass es bei allem, was er
sagte, nur darum gehen würde. Alles zwischen ihnen

war in den letzten Monaten zum letzten Mal passiert, ohne dass sie es gewusst hatten, und diese unbewussten Momente der Endgültigkeit, die den Ausklang komponierten, waren in Marlenes Vorstellung das Aufregendste, was jemals zwischen ihnen passiert war.

Und nun hatte sie Linus aus ihrer Serie geworfen, und deshalb war es keine Serie mehr, sondern eine Geschichte mit schmerzlichem Ende, bei dem kein Blut geflossen war, wenn man von Marlenes Rasur absah.

Schon wieder hatte sie sich geschnitten, Blut rann ihr das Bein hinab. Mit ihrem Gesichtswasser für sensible Haut betupfte und desinfizierte sie ihre Wunden, zog einen schwarzen Slip drüber und betrachtete im Schlafzimmer vor dem Spiegelschrank ihren Körper.

Linus hatte auch ihre Brüste nicht mehr beachtet, es war ihm in den letzten Jahren wegen der raren Gelegenheiten nur noch ums Reintun gegangen. Einmal versuchte Marlene, diese Angelegenheit anzusprechen, als er schon halb in ihr drin war. Da stand er auf, verließ das Schlafzimmer und schrieb ihr vom Sofa im Wohnzimmer aus, dass er ihren Standpunkt verstehe, aber eben immer noch verrückt nach ihr sei, und wenn sie Petting oder so was in der Art als Vorspiel wolle, sie öfter als dreimal im Jahr mit ihm schlafen müsse. Marlene fing an zu rechnen, sie hatte ihn im letzten Jahr ganz sicher fünf Mal gelassen. Und das schrieb sie ihm auch sofort zurück. Er antwortete nur, dass er sich weder an Nummer vier noch Nummer fünf erinnere, worauf sie mit *Na, gut, wie du meinst* reagierte. Sie stritten nicht einmal richtig. Es war einfach nicht nötig. Einer stimmte dem anderen früher oder später zu, meist früher, um zu ausgiebige Unannehmlichkeiten zu vermeiden.

Teresa, Marlenes junge Nachbarin, mit der sie nun ab

und zu ein paar Gläser Rotwein auf dem Balkon trank, hatte ihr geraten, bei Tinder die Altersschranke der Männer auf unter dreißig zu setzen, damit klar sei, worum es ging.

Es ging darum, dass Marlene mit jemand anderem schlafen wollte als Linus. Mit jemandem, der ihr äußerlich gefiel und keine Beziehung wollte. Das war fürs Erste alles. Als Jugendliche hatte sich Marlene oft auf etwas Ernstes eingelassen, obwohl sie nicht mal verliebt war, einfach, weil sie sich geschmeichelt fühlte, dass jemand mit ihr zusammen sein wollte, und weil sie glaubte, man müsste mit jemandem zusammen sein, weil ihre Eltern es auch waren, obwohl sie sich schon seit den Achtzigern nicht mehr leiden konnten und in getrennten Schlafzimmern schliefen.

Teresa hatte ihr erklärt, wenn eine über Vierzigjährige einen Typen in den Zwanzigern date, seien die Absichten beidseitig völlig klar, und sie hatte ihr vorhin geschrieben, sie solle sich komplett rasieren, das seien die jungen Typen heutzutage so gewohnt.

Ihr Date hieß Jupiter, er nannte sich zumindest so. Jupiter war siebenundzwanzig, und ihr war nicht klar, was er machte, außer sexy zu rauchen und tätowiert zu sein.

Sie wünschte sich plötzlich, sie hätte sich niemals von Linus getrennt, und er wäre in der Küche und würde den Tisch decken, während ihr Hühnchen in Butterzitronenthymiansoße im Ofen schmorte und die Kinder ihre abendliche Internetstunde hatten.

Ohne die Distanz wäre ihr das Ausmaß der Erbärmlichkeit ihrer Ehe genauso wenig aufgefallen wie das Ausmaß der Geborgenheit, die mäßigende Banalität des Alltäglichen, die sie mehr vermisste als ihren Mann.

Vor ein paar Tagen hatte sie ihr Ladegerät mit dem

Stecker in der Steckdose neben dem Bett betrachtet, und es machte sie zum ersten Mal traurig. Jedes Mal, wenn Linus es herausgezogen und sie es später mit dem Kabel umwickelt auf ihrem Nachttisch gefunden hatte, war sie ein wenig verärgert. Aber es bedeutete auch etwas: Du bist nicht allein, jemand achtet darauf, was du tust, jemand achtet auf dich und deine Sachen, jemand nervt, jemand weiß es besser, jemand stellt die Geschirrspülmaschine in den Night-Modus, und du hörst die Maschine stundenlang im Hintergrund und kannst von dem Rauschen besser schlafen. Jemand tut genau das, was du erwartest, und gewinnt damit jeden Tag gegen deine Sehnsucht, aus allem auszubrechen. Jemand kennt deine gewöhnlichsten Seiten und dein Gesicht und deinen Körper ohne Pose, jemand liebt dich, jemand ist da.

Während Marlene den Rock und die Bluse anzog, fragte sie sich, ob Linus sie noch liebte, und sie versuchte sich in seiner Abwesenheit vorzustellen, dass er es noch tat, um sich vor ihrem Date sicherer in ihrer Haut zu fühlen. Sie nahm ihr Telefon zur Hand und schrieb ihm: *Liebst du mich noch?*

Bevor sie die erbärmliche Nachricht abschickte, traf eine Nachricht von Jupiter ein, sie öffnete den Chatverlauf, es war ein Foto. Sie verstand es nicht. Er hatte sich im Spiegel im Fitnessstudio fotografiert, trainierend auf einem Gerät. Sie leitete das Bild an ihre Nachbarin weiter. Teresa schrieb, er zeige ihr damit, dass er sich für sie in Form bringe.

Marlene hatte schon lange keinen Sport mehr gemacht, und ihr fiel auf die Schnelle nicht mal mehr eine Übung ein. Sie schickte Jupiter einfach einen Daumen hoch zurück. Die Nachricht an Linus erschien ihr jetzt lächerlich und unnötig, sie löschte sie, zog sich an und schminkte sich routiniert dezent, als würde sie in den Supermarkt gehen.

Jupiter hatte vorgeschlagen, sich in dieser kleinen Raucherbar am Neuen Pferdemarkt zu treffen. Marlene würde sich dem Urteil eines durchtrainierten Fremden aussetzen, der vermutlich ständig Sex mit vollkommen enthemmten jungen Frauen hatte.

Ihr Bauch war etwas aus der Form geraten und auch der Hintern weniger straff. Ein angenehmes Desinteresse daran erfasste sie. Es war Marlene egal, Hauptsache, sie würde etwas Neues erleben. Vielleicht brachte langsam fünfzig zu werden eine solide Form der expandierenden Gleichgültigkeit mit sich.

Marlene dachte an Verica, die sich im gegenteiligen Gemütszustand befand, und Marlene war in Sorge um ihre Freundin. Hendrik war verschwunden, und die Situation zog sich auf eine Weise hin, dass es unheimlich wurde.

Die beiden waren zwar schon lange kein Paar mehr, hatten aber noch immer ihren symbiotischen Hass aufeinander, der nichts war als eine vergiftete große Liebe. Seit dem Ende ihrer Beziehung richtete sich Hendrik langsam aber sicher mithilfe von Alkohol zugrunde und hatte Affären mit jungen Frauen, mit denen er auf Instagram angab.

Sollte Verica doch froh sein, dass er weg war, sie fütterte Hendrik seit Jahren mit durch. Das Einzige, worin er wirklich gut war, womit man ihn unbeaufsichtigt lassen konnte und wobei er mal die große Klappe hielt, war Grillen.

Marlene schrieb Verica eine Nachricht, fragte, wie es ihr gehe und ob sie heute wirklich ohne sie klarkomme. Verica antwortete, dass sie auf dem Weg zu Nikki sei,

Leila sei auch da, zufällig wohne die Ex-Freundin von Hendrik bei Nikki, Nikki sei auch getrennt von Mats, und Marlene solle den Abend genießen.

Marlene holte tief Luft. Nikki. Sie mochte Nikki nicht, und sie hatte gehofft, es nie wieder mit Nikki zu tun zu bekommen. Sie konnte Nikki von Anfang an nicht leiden, seit sie ihr bei ihrer eigenen Hochzeit vorgestellt wurde, kurz nachdem sie mit Mats, Linus' Trauzeugen, zusammengekommen war. Neuzugang Nikki hatte sich auf Marlenes und Linus' Hochzeit maßlos betrunken und zuletzt sogar an Marlenes Vater rangemacht, und an jeden anderen Mann eigentlich auch. Am Ende war sie in die Alster gefallen, als sie versucht hatte, einen Schwan zu umarmen. Linus hatte hinterher plump tröstend gesagt, Nikki könnte man ihm nackt vor den Bauch binden, da würde sich nichts regen.

Die Soap-Schauspielerin Nikki, die privat so gar nichts von einer glatten Protagonistin hatte und aussah, als würde sie sich extra nicht frisieren, und deren Nagellack immer abgeblättert war, was Marlene nur bei einer Teenage-Punkerin legitim und stilecht fand, was sie Nikki gegenüber auch einmal erwähnt hatte. Betrunken war Nikki manchmal halbwegs freundlich zu Marlene gewesen, während sie sie liebevoll herablassend »Spießi« genannt hatte, nur weil Marlene einmal am Tisch gesagt hatte, für sie sei »spießig« genauso wenig ein Schimpfwort wie »feministisch«. Nikki hatte aber auch an allen anderen hemmungslos ihre schlechte Laune ausgelassen, nur Leila gegenüber schien sie mehr Respekt zu haben. Aber mit Mats trug sie Dispute gern in Anwesenheit anderer aus, und es war Marlene ein Rätsel gewesen, was er außer ihrem Aussehen Tiefschürfendes an ihr fand, zumal sie nicht mal Kinder wollte, was sie ständig stolz und ungefragt rausposaunte, und einmal hatte Nikki Marlene die »CDU-Freundin« von Linus genannt, und Marlene hatte keine Ahnung gehabt, warum, sie hatte noch nie die CDU gewählt, sondern immer entweder SPD oder die Grünen. Als »CDU-Freundin« bezeichnet zu werden, hatte sie lange beschäftigt, sie lag sogar manchmal nachts wach und ärgerte sich darüber, aber sie hatte Nikki nie mit dem konfrontiert, was sie damals auf der Bar-Toilette zufällig mitgehört hatte, Nikki hatte es vielleicht nicht mal zynisch gemeint, sie hatte einfach nur gesagt, Linus und seine CDU-Freundin seien auch da.

Nach und nach war der Kontakt zu Mats und Ben abgebrochen. Darüber war Marlene aus blankem Egoismus froh gewesen, weil sie auf Leila auch gut verzichten konnte. Warum tauchten die ausgerechnet jetzt wieder auf? Und dann auch noch Leila, die penetrante Schriftstellerin, die Ben geheiratet hatte und in geselligen Runden lauter redete als die Männer, die alle unterbrach und selbstverliebt übertönte und dabei Schnäpse trank, als gäbe es kein Morgen.

Linus' nervig theatralische Seite würde jetzt zu ihr sagen, dass es keine Zufälle gebe.

Immer, wenn Marlene nervös war, neigte sie zu dem Manöver, sich mit abfälligen Gedanken über andere abzulenken. War die Nervosität vorüber, blickte sie auf dieselben Angelegenheiten und Personen mit größerem Wohlwollen. Aber auf Nikki nicht, niemals, nicht mal am Tag ihrer ansonsten perfekt schönen Hochzeit hatte Marlene das hinbekommen.

Und warum hatte Ben Leila im Nullkommanichts geheiratet, obwohl Marlene zwei Jahre lang hingebungsvoll in ihn verliebt gewesen war und sein Scheißego und seinen Penis befriedigt hatte? Ach, Männer, eigentlich waren sie doch egal, wenn die Sache mit der Fortpflanzung abgeschlossen war, irgendwann verschwanden sie alle, in andere Stadtteile, Länder oder eben spurlos. Sie soffen sich woanders tot, so wie Hendrik, oder sie zogen eben nicht mehr das Ladekabel raus, so wie Linus, dann waren sie fort, und man stand nackt vorm Spiegel und betrachtete sich in aller Ruhe. Bis dahin musste man es mit ihnen versuchen, das lag an der Libido, weil man als Heterofrau eben dazu verdammt war.

Männerruine Hendrik war immerhin der Vater von Paloma, die aber auch entsprechend missraten war, was man zumindest zu denken angeregt war, wenn man sich die freizügigen Fotos auf dem Instagram-Profil des Mädchens ansah.

Marlenes Tochter Paula war zwangsbefreundet mit Paloma gewesen, aber als die Mädchen gravierend in Richtung Pubertät schlingerten, hatte es zwischen den beiden überhaupt nicht mehr gepasst. Paloma hatte schon zwei Freunde gehabt, und einer davon war nach einem Drogentrip in der Psychiatrie gelandet. Marlene wusste, dass Paula noch Jungfrau war, so wie es sich für eine Fünfzehnjährige gehörte, und auf ihrem Instagram-Profil postete sie nur Bilder vom Ausreiten.

Verica hatte Marlene, ebenso wie die Nachbarin, geraten, sich als Erstes mit einem Typen zu treffen, mit dem sie sich niemals etwas Ernstes vorstellen könnte, um locker zu werden, um sinnlich neu zu erwachen.

Marlene fand Jupiter gutaussehend und gleichzeitig abstoßend durch sein Hals-Tattoo, und diese Kombination erregte sie auf unbekannte Weise. Er schrieb partout nicht, was er beruflich machte, schrieb, es mache ihn nicht aus, also tue das nichts zur Sache. Zuerst fand Marlene das selbstbewusst und geheimnisvoll, aber jetzt dachte sie, wahrscheinlich hatte er einfach keinen Job. Streng genommen hatte Marlene ja auch keinen Job, aber sie hatte zu Ende studiert, sie war Juristin und hatte sich schon bei einigen Kanzleien für einen Bürojob beworben. Verica legte ihr immer freundlich herablassend nahe, sie könne jederzeit bei ihr im Lokal anfangen.

Marlene war fertig angezogen und hielt ihr Calvin-Klein-Eternity-Parfum in der Hand, das sie benutzte, seit Linus es ihr zum dreißigsten Geburtstag geschenkt hatte. Marlene besaß kein anderes Parfum, nicht mal eine Probe. Im Zimmer ihrer Tochter nahm sie aus der Schublade mit dem Tagebuch ein Fläschchen Vanille-Öl und tröpfelte es sich aufs Dekolletee.

Marlene stand fertig vorm Spiegel im Flur und bürstete die langen blonden Haare, sie war so müde, sie wäre am liebsten in ihrem perfekten Look direkt ins Bett gegangen. Vielleicht wirkte das Vanille-Öl zu entspannend.

Doch dann fiel ihr ein, dass sie früher unmittelbar vor Prüfungssituationen erst wütend und dann müde geworden war, genau dann, wenn andere in zittrige Panik verfielen. Manchmal war sie dabei so schläfrig gewesen, dass sie die Aufgaben kaum verstand, und bei der Beerdigung ihres Großvaters hatte sie ein paarmal angefangen zu kichern, ohne zu wissen, warum. Es stimmte einiges nicht mit ihrer Reaktionsweise, ihr ganzer Gefühlshaushalt war im Ungleichgewicht.

Sie war also jetzt vermutlich bloß furchtbar aufgeregt, so hoffte sie zumindest, sie hoffte so sehr, dass ihr nicht längst alles vollkommen egal war, so wie ihre Ehe, so wie Linus, so wie das Klima oder ihre Sterblichkeit oder ob Jupiter Jupiter hieß, noch zu Hause wohnte oder sie heiß genug fand. Wenn ihr wirklich alles egal sein sollte, dann hatte sie ein Problem, denn vor ihr lagen noch um die vier Jahrzehnte Leben, zumindest wenn sie sich den vor Gesundheit strotzenden rauch- und trinkfröhlichen Teil ihrer Verwandtschaft zum Maßstab nahm.

Ihr Handy vibrierte, Jupiter hatte wieder eine Nachricht geschickt, ein Selfie mit Sonnenbrille, auf dem er seine weißen, geraden Zähne mit einem Lächeln präsentierte: *bis gleich, freu mich!*

Sie schickte ihm wieder einen Daumen hoch, dazu das Feuer-Emoji. Ihr Telefon klingelte, ein Video-Anruf von Linus. Verdammt, hatte sie die Liebes-Frage-Nachricht von vorhin doch versehentlich abgeschickt? Sie sah nach, nein, die Nachricht war weg, sie schrieb: *Passt gerade nicht, ist es wichtig?*

Er hinterließ daraufhin eine viel zu lange völlig redundante, denkerpausendurchzogene Sprachnachricht, einen »Podcast«, wie Marlene Linus' überladene Sprachnachrichten immer nannte, was Linus nicht witzig fand und was ihn bisher auch nie veranlasst hatte, sich kürzer zu fassen.

Sie hörte sich nur die Hälfte davon an, es ging um ihren Sohn, Milan hatte irgendwas aus der Schule erzählt, von einem Jungen, der ihn schon seit Wochen auf dem Kieker hatte, und mit dem er sich deswegen auch schon geprügelt hatte, und Linus wollte sich ausgerechnet jetzt darüber mit Marlene beraten. Weil der rabiate Junge ein vermutlich traumatisiertes und zudem schwarzes Flüchtlingskind war, fand Linus die Angelegenheit moralisch überaus, ja dramatisch kompliziert, wie er in Minute eins schon zweimal betont hatte, und dagegen vorzugehen würde ihn in absurder Weise beschämen, aber man könne das ja auch nicht einfach so stehen lassen.

Ja, ja, jetzt hatte er natürlich einen bestechend triftigen Grund, mit ihr in Kontakt zu treten, dafür würden sie sich natürlich auch mal in Ruhe treffen müssen. Marlene schrieb: *Wieso, Linus? Falsch bleibt falsch, egal, was wen auch immer antreibt, anderen Schmerz zuzufügen! Ich kann gerade nicht ausführlich, Verica ist am Durchdrehen, wir sprechen morgen.*

Linus schickte den Daumen hoch und schrieb dazu: *Grüß sie bitte lieb, und sie kann sich auch gern bei mir melden, wenn sie mal meine Schulter will, ich spring ein, wenn es dir zu viel wird #team.*

Marlene zog die braune Lederjacke an, für die sie immer Komplimente bekam, flache Schuhe, damit sie Jupiter nicht womöglich überragte und tupfte noch etwas mehr von dem Vanille-Öl hinter die Ohren. Das Öl roch ziemlich stark, was auch der Taxifahrer kommentierte: »Ihr Parfüm riecht aber mal toll orientalisch, echt ein Hallöchen, wenn ich das mal so sagen darf, noch was Süßes geplant heute?«

Mats stand wie jeden Morgen seit Beginn des Urlaubs erst eine Weile nach Tula auf. Er konnte sich nicht daran erinnern, wann er zuletzt so viel geschlafen hatte.

Von der Terrasse ihres Appartements konnte er hinunter zum Meer sehen, und er betrachtete seine junge Freundin jeden Morgen beim Schwimmen, während er seine erste Pueblo rauchte. Immerzu nervte Tula ihn mit Bemerkungen übers Rauchen, die implizierten, er wisse nicht, was er da eigentlich tue, woraufhin er sie seit ein paar Tagen einen »Gesundheitsnazi« nannte, woraufhin sie tatsächlich eine Gender-Diskussion zum Nazi-Begriff hatten, von dem es keine weibliche Form gab, und Tula schloss daraus, dass der Feminismus erst dann Mainstream werden würde, wenn auch das Böse feministisch eingenommen sei.

Ein Zimmer des Appartements hatte Tula sich als Yoga-Raum eingerichtet. Jeden Tag machte sie dort zwei Stunden nackt ihre Übungen, und sofort danach bestand sie darauf, ihm einen zu blasen.

Viel mehr tat Tula nicht. Aber beinahe alles, was sie nicht nackt tat, postete sie auf Instagram. Oft bat sie Mats, sie zu fotografieren. Sie nahm in wenigen Sekunden stets die perfekte Pose ein, und wenn er sich das Bild hinterher auf Instagram ansah, dachte er jedes Mal: Wow, das ist echt meine Freundin, beneidenswert, so viel ist sicher. Wenn sie ihm gegenüber am Tisch saß, herumspazierte oder beim Einkaufen voll affektierter Freude eine Wassermelone aussuchte, dachte er das nicht mehr.

Tula war immer leicht überspannt, ostentativ sinnlich und gab vor, sich für wirklich alles und jeden zu interessieren, was womöglich sogar stimmte, aber ihre ständige Begeisterung, die er zu Beginn mitreißend und zuckersüß gefunden hatte, erschien ihm jetzt aufgesetzt. Heute Morgen hatte er extra mit dem Aufstehen gewartet, bis sie zum Strand aufgebrochen war, weil er für sich oder ohne sie sein wollte, er wusste es nicht genau. Von dem Urlaub in diesem zauberhaften kleinen Ort in Kalabrien waren noch fünf lange Tage übrig.

Schon einmal hatte er hier Urlaub gemacht. Vor Jahren, zwei Wochen mit Nikki. Nikki beschimpfte ihn per Nachricht als geschmacklos, nachdem sie von Shirin, aus Tulas Ex-WG, erfahren hatte, dass er sogar im selben Appartement wohnte.

Damals war er schon über ein Jahr mit Nikki zusammen und noch immer sehr verliebt gewesen, und nichts, was sie tat oder nicht tat, hätte daran etwas ändern können. Es war ein Urlaub inmitten einer existenziell stressigen Phase gewesen. Deshalb hatte er jeden Tag auf genau dieser Terrasse gesessen und an seinem Laptop gearbeitet, um einen wichtigen Pitch zu gewinnen.

Nikki hatte gerade ihr Germanistikstudium abgebrochen, dieses wunderbare Drehbuch geschrieben und war ständig pleite. Einer hatte das Geld verdienen, den Brotjob machen müssen. Dabei wollte er damals eigentlich zusammen mit Ben diese Installation in der Favela in Rio machen, zu der sie das Goethe-Institut eingeladen hatte. Er bereute die Absage dieser Reise bis heute.

Mats hatte kurz nach Kalabrien einen festen Job bei einem Start-up angenommen, das Massenkunst produzierte, Rechte armer Künstler für 'n Appel und 'n Ei erwarb und deren Motive auf Becher, Handtücher, Grußkarten und Duschvorhänge druckte, und die Sache war immer größer und einträglicher, aber nicht besser geworden. Er hatte mit dieser Drecksscheiße viel Geld verdient, denn das Volk liebte erschwingliche Gebrauchskunst.

Als Nikki schließlich anfing, in der Soap zu spielen, hätte er eigentlich wieder frei illustrieren oder sogar Skulpturen bauen können, worauf er immer Bock gehabt hatte. Aber Mats scheute die erneute Unsicherheit und Frustration, wenn auf eine Vernissage nichts folgte als eine gute Party und Lob von den richtigen Leuten, die aber meist zu pleite waren, um auch nur eine Zeichnung zu kaufen.

Und Nikki wirkte so frustriert und verwelkte immer mehr wegen ihrer Rolle in dieser banalen Serie, dass Mats sich nicht nur wünschte, dass sie wieder schrieb, sondern es ihr dringend nahelegte. So sehr vermisste er ihren wachen Geist und ihre einnehmende Seligkeit der ersten drei Jahre. Aber sie wurde trotz ihrer Unzufriedenheit seltsam träge und versank mehr und mehr in dieser fremdorganisierten Regelmäßigkeit und Arbeitsstruktur. Alle paar Monate sagte sie, sie würde die Serie hinschmeißen, aber sie tat es nicht, und so dümpelte ihre große Liebe bei überquellenden Konten und bequemer Selbstverachtung vor sich hin.

Jetzt hatte Nikki es plötzlich getan, sie hatte alles hingeschmissen, ohne etwas Neues in Aussicht zu haben und ohne die Sicherheit seines Einkommens. Sie hatte ihm neulich eine Nachricht geschrieben, dass sie endlich gekündigt habe. Sie habe die Autoren darum gebeten, ihre Serienfigur sterben zu lassen. Das war mutig, aber es war zu spät, er war mit Tula in diesem traumhaften italienischen Dorf direkt am Meer, und Nikki war höllisch verletzt. Er fürchtete sich vor ihrem Schmerz, der sie noch stärker, überzeugender, wacher, gedankenschneller, präziser und aggressiver machte.

Mats war noch nie so verliebt in Nikki gewesen wie seit ein paar Tagen, dabei hatte er sie schon seit Monaten nicht mehr gesehen.

Es gab kein Zurück, und Mats entschied sich jeden Tag aufs Neue dafür, das zu schätzen, was er nun hatte, und schob seine Zweifel beiseite. Er hatte nun, was er verdiente, ob es richtig war oder falsch, spielte keine Rolle mehr, er hatte eben ein paar Entscheidungen getroffen. Auf seinem Telefon klickte er Tulas Instagram-Profil an, ein neues Bild war zu sehen, sie hatte es eben erst hochgeladen. Ihre Haare waren nass, ihr Gesicht sommersprossig gebräunt und wunderschön, die Augen leuchtend grün und im Hintergrund hoch oben in der Ferne er selbst in klitzeklein auf der Terrasse. Mats steckte das Telefon in die Tasche seiner Shorts.

Tula war jung, inspirierend, sie lernten sich ja gerade erst richtig kennen ... Sie hatte in echt nicht so leuchtgrüne Augen wie auf dem nachbearbeiteten Bild, aber sie war irgendwie besonders, zwar nie rational dezidiert wie Nikki, doch sie hörte ihm immer, wirklich immer zu, egal, wie aus- oder abschweifend er erzählte, und dann und wann war sie durchaus schlagfertig, manchmal beinahe scharfsinnig, auf eine etwas bauernschlaue, aber auch kindlich bezaubernde Art, und ihr Hang zu Esoterischem, den er nicht teilte, löste immerhin sinnlich etwas Neues in ihm aus, zumindest war ihm das am Anfang so vorgekommen ... Er gähnte.

Nikki hatte ihn immer unterbrochen und gesagt, dies oder das tue doch gar nicht zur Sache, das führe nicht zum Punkt, obwohl sie gar nicht gewusst hatte, was der Punkt war und somit auch nicht wissen konnte, was etwas zur Sache tat, und was nicht. Um Gottes willen, er liebte diese Klugscheißerin noch immer, er liebte Nikki so sehr, das musste aufhören. Er hatte diese Trennung so hart durchgezogen, er hatte so viel in diesen Absprung investiert, weil er Nikki für den Grund seines ganzen Frusts gehalten hatte.

Er stellte sich vorn an die Terrasse, das Meer lag ganz ruhig da, und obwohl fast September war, waren es schon am Morgen dreißig Grad, und er dachte an Milan, seinen kleinen Bruder, der vielleicht irgendwo da draußen ein Teil des Meeres geworden war, Spuren von ihm, seiner Existenz, die einfach so aufhörte, als er zum ersten Mal verliebt gewesen war. Er wusste nicht mal, ob Milan schon Sex gehabt hatte, sie sprachen nicht über so was, die Zeit erschien ihnen endlos, aber Milans Zeit endete in den Neunzigern am Ende eines sehr heißen Tages.

Mit Tula sprach Mats zum ersten Mal wieder darüber, was passiert war, und sie reagierte sensibel, hörte ihm einfach zu und betrank sich nicht dabei, und dann hatte Tula gesagt, er solle ruhig weinen, alles rauslassen, und als er nicht weinte, fand sie auch das okay. Nikki hatte immer angefangen zu weinen, wenn sie wütend war, mitten im Streit, während sie ihn anschrie und überhaupt nicht traurig wirkte, und er hatte das nie verstanden. Tula trank nie Alkohol, sie zog vielleicht mal an einem Joint, aber sie trank wirklich Unmengen von Matcha. Seit Kurzem produzierte sie einen unterhaltsamen Ernährungspodcast zusammen mit ihrer älteren Schwester. Sie hatte sich für Ökotrophologie eingeschrieben und würde mal eine großartige Mutter werden.

Nikki hatte immer geschnarcht oder im Schlaf geschmatzt, wenn sie betrunken war, bestimmt dreimal die

Woche. Kinder hatte Nikki nie gewollt und nicht erklären können, warum, sich nicht mal um eine Erklärung bemüht, sie hatte nur einmal gesagt, sie wolle es einfach nicht, ebenso wenig wie sie auf dem Land leben oder religiös sein wolle.

Tula nannte Alkohol »Gift für den Körper«, er sei wie Plastik für den Weltkörper, sie sagte, alle, die regelmäßig Alkohol tranken, seien im Grunde Alkoholiker, und sie machte sich einmal im Monat einen Einlauf, um so richtig zu entgiften. Tula litt offensichtlich unter der Vorstellung, niemals an Nikki ranzukommen, und Mats vermutete, dass sie ihm deshalb jeden Tag einen blies.

Eine andere Erklärung hatte er dafür nicht, sein Penis war okay, aber nichts Besonderes, und er schien Tula auch nicht besonders zu erregen, sie war einfach nur happy und strahlte, weil sie ihm was Gutes tun konnte. Nikki hatte ihm nie bis zum Schluss einen geblasen, in all den Jahren nicht ein einziges Mal. Immer, wenn er gerade total abging, wollte sie mit ihm vögeln, um auch zu kommen. Jedes Mal, sie wollte unbedingt kommen. Bei Tula war er nicht mal sicher, ob sie überhaupt schon mal gekommen war, sie tat zwar so, wirkte aber nie wirklich entrückt.

Als er Nikki einmal gefragt hatte, warum sie ihm nicht ein einziges Mal bis zum Schluss einen blase, hatte sie nur gesagt: Sie wolle es einfach nicht, und als er nachgehakt und genervt hatte, sagte sie grinsend, irgendwas Spannendes müsse man sich doch aufsparen, wenn man für immer zusammenbleiben will.

Tula hatte ihm eine Nachricht geschrieben: *Was koch ich denn heute Schönes für dich?*

Er wäre abends so gern mal in dem kleinen Lokal unten im Dorf was essen gegangen, aber Tula wollte nicht, sie wollte immer nur mit ihm allein sein und kochen und dass sie sich gegenseitig alle Geschichten und Gefühle aus ihrem Leben erzählten, damit sie sich so schnell wie möglich näherkamen, sie wollte aufholen, ihm möglichst bald so nahestehen wie Nikki, sie wollte absolute Vertrautheit und Verbundenheit und somit die Ewigkeit erzwingen, eine Ewigkeit, die er schon längst hatte, die in ihm verwurzelt war und die sich ihrer Natur nach nicht beschleunigen oder erzwingen ließ.

Tula wollte in den nächsten Jahren Sober-Partys veranstalten, eine Yogaschule oder ein Frühstückscafé oder am liebsten beides in denselben Räumlichkeiten eröffnen, sie wollte zwei Kinder möglichst direkt hintereinander bekommen, bevor sie dreißig war, sich später nie die grauen Haare färben, und Mats, der längst ergraute, wusste, er war als Teil und strammer Gehilfe dieser imaginierten Zukunft vorgesehen.

Ein alter Arbeitskollege hatte Nikki vor ein paar Wochen auf Tinder entdeckt und sich deshalb bei ihm gemeldet, gefragt, ob er okay damit sei, wenn er sie nach rechts wischen würde, Mats hätte doch jetzt eine neue Freundin. Mats hatte dem Penner einfach gar nicht geantwortet. Natürlich konnte Nikki machen, was sie wollte, aber bitte nicht mit dem, bitte mit niemandem. Tula sagte ab und an mit esoterisch sanftem Nachdruck, er müsse seinen kosmischen Frieden mit Nikki und der ganzen Trennung an sich machen, er brauche einen emotionalen Cut, um wieder so richtig ultimativ glücklich werden zu können, und damit meinte sie natürlich, er müsse das tun, um sie so richtig glücklich zu machen.

Wie machte man seinen Frieden mit jemandem, den man liebte und zugleich hasste? Alles an dieser Gefühlslage war unfriedlich, und es war unmöglich, nicht ständig an jemanden zu denken, den man liebte und hasste.

Tula sagte, er müsse ein Bild finden, eine Metapher, und als er sagte, er verstünde nicht, wie sie das meine, sagte sie, er solle Nikki in einen großen weißen Ballon imaginieren, und diesen Ballon solle er dann in seinen Gedanken mit all seinen Gefühlen wegfliegen lassen. Da stellte Mats sich bloß vor, wie Nikki anfangen würde, über Tulas Ausführungen schallend dreckig zu lachen, und er lachte mit ihr und war wieder sehr verliebt in sie.

Mats ging in die Küche und machte sich noch einen Espresso. Der Geruch antiker italienischer Möbel hatte sich mit dem von Tulas Sandelholz-Massageöl gemischt, mit dem sie ihn jeden Abend massierte, wenn er nach dem Essen doch noch ein Bier unten am Hafen trinken gehen wollte.

Nun kam sie hereingestürzt und fragte in stark gekränktem Ton: »Warum antwortest du mir nicht? Du hast meine Nachricht doch längst gelesen!«

»Was? Ich dachte, wir sehen uns doch eh gleich und planen dann.«

Sie wickelte sich das Handtuch vom Leib und setzte sich in ihrem neongrünen Häkelbikini an den Tisch.

»Und?«

»Was und?«

»Was kochen wir heute Schönes?«

»Wir könnten doch mal was essen gehen, n bisschen unter Leute, n Fisch oder ne Pasta in dem kleinen Lokal da unten.«

»Morgen, Mats, okay? Lass uns heute noch mal kochen, ich find das so schön hier oben, wenn die Sonne untergeht, nur mit dir auf der Terrasse und einfach ewig reden.«

Was denn noch reden, dachte Mats, sie hatten über

alles aus ihrem Leben mindestens schon einmal geredet, und Tula redete darüber hinaus nie über etwas anderes als über das, was sie irgendwo gelesen oder gesehen hatte, was ihre Schwester ihr erzählt hatte oder ihre Eltern, einer ihrer hundert Freunde, etwas von dem sie irgendwo irgendwas gehört hatte, in einem Podcast, irgendwo im Internet, neue Kochrezepte, wie Avocado-Carbonara, Rote-Bete-Glasnudeln und ständig neue Lebenshilfetipps. Aber sie redete nie über etwas, was ihr gerade so komplett autonom im Kopf rumging, ihr ganz allein, etwas Neues, Schräges, Märchenhaftes, Weitergedachtes. Nikki sagte Sachen wie: »Ich fühle mich an leeren Stränden unwohl, weil ich meine Einsamkeit plötzlich sehen kann. Deshalb bin ich gern an überfüllten Orten voll fremder Menschen und Gerüche, weil ich mich dann in der schmutzigen Illusion suhlen kann, ich sei mit anderen über sämtliche Moleküle verbunden. Doch auch die Tiefe von abstrakten Bindungen vergeht, die Ewigkeit ist nur eine Idee, zu guter Letzt so substanziell wie ein sehr guter Unterhaltungsfilm, alles ist nur ein Zauber der Projektion, am Ende bleibt doch nur, in einer ewigen Schleife, das Selbst.«

»Mats?« Tula winkte mit den Händen vor seinem Gesicht herum und lachte, obwohl es nichts zu lachen gab, das tat sie häufig, weil sie dann Komplimente für ihre tollen Zähne bekam, die sie alle drei Monate aufhellen ließ. Auch Botox hatte sie sich schon mal in die Stirn spritzen lassen. Und das hielt sie für ein Geheimnis, und nicht etwa für eine vollkommen egale Information. Nur er wisse das über sie, er, ein paar ihrer besten Freundinnen, ihre Cousine in Hannover und ihre Schwester. Nikki sagte immer, »nur« solle man nicht sagen, wenn es nicht stimme.

Er liebte nur Nikki. Und das dachte er in diesem Moment zum ersten Mal, ohne dagegen anzukämpfen, und verfluchte es zugleich.

Er wandte sich an Tula, es war seine Schuld, dass sie zusammen an diesen Ort gekommen waren, zu dieser Zeit in seinem Leben. Dieses junge Mädchen hatte er vor ein paar Monaten verantwortlich für alles Gute gemacht, was er vom Leben noch erwartete. Vollkommen verblödet hatte er erwartet, dass ihn das hier, dass sie ihn wieder glücklich machen würde, mit ihrer Schönheit und ihrer Ahnungslosigkeit darüber, wer er eigentlich war. Er war so froh gewesen, dass Tula sich in ihn verliebt hatte, es war eine augenblickliche Erleichterung, dass es einfach passiert war, und über diese Erleichterung hatte er sich auch in sie verliebt, und er erinnerte sich daran, wie berauschend selbstvergessen ihm zumute gewesen war, und er sagte: »Na gut, dann kochen wir heute noch mal im Appartement.«

»Toll, danke, das wird schön. Ich hab gefragt, wo man heute einkaufen gehen kann, es ist doch Sonntag. Aber die Frau, die am Strand das Eis verkauft, hat gemeint, es gäbe einen kleinen Laden am Ende des Dorfes, der jeden Tag geöffnet hat.«

Zusammen machten sie sich auf den Weg, liefen durch die schmalen Gassen mit den pittoresk-braunverwaschenen Häusern, und Mats fühlte sich wieder erfüllt von der Idee, ein neues Glück gefunden zu haben. Auch Nikki war langfristig gesehen irgendwie austauschbar, man konnte sehr wohl aufhören, sie zu lieben, er würde es ihr beweisen. Nach ihrem ersten Sex damals hatten sie nackt im Bett gelegen, geraucht und sie hatte gesagt: Fang bloß nicht an, mich zu lieben, und wenn, überleg es dir gut, denn es ist nicht möglich, damit aufzuhören.

Tula trug ein pastellblaues Maxikleid, und sie lief immer ein Stück vor Mats her, drehte sich ab und zu um, strahlte ihn an, ging mal ein paar Schritte rückwärts und formte, wie so oft, das Herzsymbol mit Daumen und Zeigefingern, was er jedes Mal unwürdig banal fand, aber es nicht sagte, um ihr nicht wehzutun. Zu guter Letzt reichte Tula Mats ihr Telefon, damit er sie beim demonstrativen Lustwandeln filmte, und sie hatte das Video als Story auf Instagram gestellt, noch bevor sie den kleinen Laden am Ende des Ortes erreichten.

Sie legten Bavette, ein Glas getrocknete Tomaten, ein Bund Chilis, zwei Auberginen, Knoblauch, Basilikum, Pecorino und zwei Rollen Klopapier auf den Tresen, hinter dem eine sehr alte Frau in einem schwarzen Kleid saß. Mit ernster Miene nickte sie immerzu, dann hielt sie die Hände über die Waren und fragte: »Tutto?«

»Si, si!«, rief Tula mit aufgebauschter Herzlichkeit, die für Mats eine Art touristischer Arroganz darstellte, die Nikki und er gleichermaßen verachtet hatten. Noch immer nickend schrieb die Frau die Summe auf einen kleinen Block, wendete ihn und stellte eine rote Plastikschale daneben. Während Mats das Geld hineinlegte, holte die Frau unter ihrem Tresen eine grüne, dünne Plastiktüte hervor, und als sie begann, die Sachen hineinzulegen, begann Tula wild mit den Armen zu wedeln.

»No! No! No!!!«

Die alte Frau zuckte zusammen, schaute irritiert auf und reichte Tula die Tüte in der Annahme, sie wolle das Erworbene lieber selbst einpacken. Doch Tula rief aufgebracht: »No! No plastic, it's not good, it kills the earth!«

Die alte Frau verstand kein Wort, sie zuckte mit den Schultern, lächelte ein wenig, da griff Tula nach der Tüte, hielt sie ihr hin, zerknüllte sie mit großer Geste und ver- zerrtem Gesicht, schüttelte wild den Kopf und sagte in einem schrillen Tonfall, den Mats bisher nicht von ihr ge- kannt hatte: »Mats, check jetzt mal superschnell in der App, was Klimakrise auf Italienisch heißt!«

Mats entriss Tula das Tütenknäul und sagte zu der al- ten Frau, die nun völlig verdutzt und ein bisschen ängst- lich wirkte: »Scusa, tutto bene.«

Tula bebte, ihr Gesicht war rotfleckig, Tränen stan- den in ihren Augen.

»Nichts ist bene, Mats. Aber so gar nichts ist hier bene! Wieso stellst du dich bei so einem großen Thema gegen mich? Kannst du das bitte ernst nehmen, es geht um die Zukunft unserer Kinder!«

»Jetzt fahr mal wieder runter, Tula, die arme Frau ist völlig verstört, und ich will auch gar keine Kinder.«

»Das klang aber neulich nicht so.«

»Neulich ist neulich.«

»Du hast gesagt, du willst Kinder!«

»Weiß ich nicht mehr, vielleicht, jetzt will ich aber kei- ne mehr, wir sollen alle im Moment leben, sagst du doch immer, oder ich will keine mit dir, weil du unschuldige alte Menschen anbrüllst.«

»Was kommt denn da plötzlich alles aus dir raus, Mats? Du liebst Nikki noch immer, oder? Ich wusste es!«

»Was hat denn das jetzt bitte mit Nikki zu tun? Bring nicht immer Nikki ins Spiel. Tula, das ist einfach peinlich, was du hier abziehst.«

»Peinlich?! Ich bin also peinlich? Ich brenne wenigs- tens noch für ein Thema, es ist ein Thema, das uns alle angeht, auch die Alten!«

»Ich bin also alt?!«

»Das hab ich nicht gesagt, Mats.«

»Tula, die Frau hier freut sich einfach, wenn sie ein bisschen was verdient mit uns Touris.«

»Ja, es geht immer um Geld, Mats, und universal global gesehen ist das nämlich unser Ende, dass es immer nur um Profit geht! Klimaschutz geht alle an, du musst das mal weiterdenken, vom ganz Kleinen ins große Ganze! Jeder ist verantwortlich und jede! Nur weil die Frau hier bald tot ist, heißt das doch nicht, dass sie für kommende Generationen keine Verantwortung trägt, wann, wenn nicht jetzt und hier, Mats?!«

»Jetzt lass gut sein, Tula, du bist nicht Greta Thunberg!«

»Greta Thunberg kann das nicht alleine wieder geradebiegen, das ist doch der springende Punkt!«

Die alte Frau hinterm Tresen rief: »Ah! Greta Thunberg, fantastica!« Sie klatschte in die Hände, strahlte und reckte den Daumen hoch.

Tula verstummte, und Mats entgegnete: »Si!«, packte die restlichen Sachen in die Plastiktüte, legte zusätzlich zu der Summe, die auf dem Block stand, alle Münzen, die er in seiner Hosentasche fand, auf den Tresen und sagte: »Grazie!«

Die Frau griff hinter sich in ein altes Holzschränkchen, überreichte ihnen jeweils einen in Plastik gewickelten Lolli, nickte freundlich und fügte hinzu: »L'amore é difficile!«

Auf dem Weg zurück ins Appartement lutschte Mats seinen Lolli, und sie sprachen kein Wort miteinander. Während sie kochten wurde die Stille so unerträglich, dass Mats Tula bat, einen Podcast anzumachen, obwohl er sie sonst immer bat, die Dauerberieselung ihrer abonnierten Podcasts auszuschalten oder Kopfhörer zu benutzen, wenn er mit im Raum war.

Während sie aßen, starrte er wie Tula auf sein Handy, und als er die App der Fluggesellschaft öffnete, um zu sehen, ob es frühere Flüge gab, ploppte eine Nachricht von Linus auf dem Display auf. Mats erschrak, er hatte schon seit Jahren nichts mehr von seinem alten WG-Freund gehört.

Lieber Mats, es ist lange her, und vielleicht willst du nicht, und das würden wir respektieren, aber Ben und ich wollen, dass wir uns treffen, also wir alle drei. Hab gehört, du bist jetzt in Berlin, aber Hamburg ist ja nicht weit. Was meinst du?

PS: Nikki und Marlene sind gerade zusammen bei der Polizei, Hendrik ist verschwunden. Das Leben spielt verrückt.

Lieben Gruß

Linus

Der Stuhl aus Hartplastik auf der Polizeiwache war eine Zumutung und Marlenes Hintern eingeschlafen. Jupiter rauchte schon wieder draußen. Ihr war ein bisschen schlecht, weil sie nichts als das Börek auf dem Weg von der Bar hierher gegessen und in den zwei Stunden zuvor aus Nervosität drei Gin Tonic getrunken hatte.

Jupiter war größer als erwartet, bestimmt eins neunzig, er roch nach Hermès und trug einen kleinen Strassstein im Ohr. Als sie ihn fragte, warum er den trage, antwortete er: »Weil ich dich liebe«, und gab ihr einen nassen, ziemlich versauten Zungenkuss. Sie war noch nie so geküsst worden, aber immer noch rational genug zu wissen, dass Jupiter schon oft so geküsst hatte, wahrscheinlich schon mehrmals in dieser Woche. »Ich liebe dich« bedeutete plötzlich gar nichts mehr, und deshalb hatte sie es einfach erwidert und sich von einem Moment auf den anderen nicht mehr wiedererkannt und nur aus diesem Grund sofort verliebt.

Die Befreiung, »Ich liebe dich« zu sagen und zu wissen, dass es keine Bedeutung hatte und darum nicht mal eine Lüge war, hatte sie auf ungekannte Weise gravierend sexuell erregt und infolgedessen hatte Marlene wenige Minuten später auf dem Klo in der Bar mit Jupiter gevögelt, im Stehen von hinten.

Ihr letzter Sex mit Linus hatte also in derselben Position stattgefunden wie der erste Sex mit einem anderen, alles fügte sich.

Marlene hatte erwartet, dass Jupiter danach schnell

verschwinden würde, da sie sich ihrem eigenen Ermessen nach wie die letzte Schlampe verhalten hatte, stattdessen bestellte er zwei Gin Tonic. Sie verließen die Bar und setzten sich am Neuen Pferdemarkt zwischen all die überdrehten Leute auf den Kantstein und unterhielten sich.

Jupiter studierte Germanistik und Physik, er spielte Saxophon, er hieß tatsächlich Jupiter, sein Vater, ein Grieche, war Künstler, seine Mutter, eine Holländerin, Virologin. Er wurde in Brasilien geboren, kam mit zehn nach Deutschland, und er sagte, er sei hochbegabt und pansexuell, und versuchte Marlene zu erklären, was das bedeute und was der Unterschied zur Bisexualität sei, aber sie verstand es nicht. Sie verstand nicht, wie es möglich sein sollte, über das Geschlecht eines Menschen hinwegzusehen oder es eben gar nicht als relevant zu erachten, ihr Vorstellungsvermögen oder ihr Wille reichte dafür nicht aus, das erwiderte sie, und er antwortete, das sei in Ordnung, er toleriere Konservatismus als Lebensform, und in letzter Zeit lebe er praktisch eher heterosexuell, aber niemals monogam, weil man einander nicht besitze, das sei immer Imagination und schaffe nur künstlich Probleme, Marlene gab ihm in dieser Sache Recht, und sie erkannte sich wieder nicht und verliebte sich deshalb noch ein bisschen mehr.

Bis dahin war es ein wirklich netter Abend, und sie hätte Jupiters erotischer Logik noch ewig folgen können, bis eine Sprachnachricht von Verica eintraf: Liese habe ihr erschreckende Sachen über Hendriks Lebensstil und seine Psyche offenbart, sodass sie denke, er müsse dringend in den Entzug oder besser gleich in die Psychiatrie. Sie mache sich Vorwürfe, dass sie so kalt zu ihm gewesen sei, er sei doch auch Palomas Vater und immerhin die Liebe ihres Lebens, und sie fragte, ob Marlene noch mit dem

Typ unterwegs sei oder ob sie bei ihr übernachten könne.

Marlene verstand seit einer Stunde nicht mehr, warum man sich überhaupt noch Gedanken über Vergangenes machen sollte, was nicht passte, passte eben nicht, was vorbei war, war eben vorbei, und Menschen, die einen nur noch stressen, konnte man auch einfach in einer zwanglosen Sommernacht auf einer Bartoilette für immer hinter sich lassen. Aber ihr altes Ich grub sich aus freundschaftlicher Beständigkeit unter den Hormonen hervor, und sie schrieb der Freundin, es tue ihr leid, sie sei noch unterwegs, aber natürlich könne Verica bei ihr übernachten, und Jupiter erkundigte sich ehrlich interessiert und mit hochsensiblem Gesichtsausdruck, was los war.

Marlene erzählte ihm von Hendriks Verschwinden, und Jupiters Augen schienen womöglich ein wenig feucht zu werden. Er zeigte Verständnis, dass sie sich um ihre Freundin sorgte, und dann bat er um ein Foto von Hendrik, da er nachts viel unterwegs war und sie ihm erzählt hatte, dass Hendrik sich oft in der Schanze herumtrieb. Und als sie Jupiter ihr Telefon hinhielt, sagte er: »Warte, nee, gib mal her, ich kenn den, ich hab mich neulich fast mit ihm geprügelt, also er wollte sich unbedingt prügeln, mit mir und meinen Jungs, weil wir dazwischen sind, als er Frauen belästigt hat, das war hier, da drüben vor der Toast Bar, aber er war so unglaublich besoffen, echt cringer Typ, wir haben ihn einfach nur hin und her geschubst und dann verscheucht, glaub, er ist noch in die Bar gewankt, eine echt traurige Figur, der Mann, absolut toxisch!«

Jetzt saß Marlene in der neonbeleuchteten Wache mit Jupiter, und aller Zauber war von einer bedrückenden

Realität ruiniert worden. Verica war auf dem Weg, Marlene hoffte, sie würde nur mit dieser Liese kommen und nicht auch noch Nikki und Leila mitbringen.

Hendrik war genau in der Nacht verschwunden, als Jupiter ihm begegnet war, wie man der Aussage von Hendriks Nachbarin entnehmen konnte, die schwor, er würde seit fast einem Jahr jeden Tag, wenn er aufwachte, übertrieben laut »Come as you are« von Nirwana anmachen, sich auf den Minibalkon stellen und einmal laut schreien.

Liese hatte das bestätigt. Und die Nachbarin, eine Krankenschwester, die im Schichtdienst arbeitete, hatte sich deshalb ein paarmal bei ihm und dann auch bei der Hausverwaltung beschwert.

An dem Morgen jenes äußerst heißen Junitags hatte Hendrik zum ersten Mal nicht Nirvana abgespielt und an den folgenden Tagen auch nicht, und die Nachbarin war sehr froh darüber gewesen, bis es bei über dreißig Grad anfing, bizarr-unangenehm zu riechen, und die Polizei schließlich die Tür aufbrach. Sie fanden sehr viele verdorbene Lebensmittel, darunter etliche Bananen, eine Erbsensuppe mit Würstchen auf dem Herd, eine halbe Pizza schimmelte neben seinem Bett vor sich hin und überall auf dem Boden lag dreckige Wäsche herum.

Jupiter erzählte Marlene, Hendrik habe auf dem Pferdemarkt vor ein paar Frauen gestanden, die auf dem Kantstein saßen, und auf sie eingebrüllt, immer wieder: »Euch alte Fotzen würde ich niemals ficken!«

Marlene hoffte in diesem Moment auf dem Hartplastikstuhl, Hendrik würde nie wieder auftauchen, aber durch Jupiter gab es die erste echte Spur, und sie selbst hatte sie geliefert, weil sie ihre solide Ehe, für die andere dankbar gewesen wären, beendet hatte und ihrem diffu-

sen Bedürfnis nach einem anderen Leben gefolgt war.
Nur deshalb saß sie jetzt hier auf der Wache, es passte
irgendwie zusammen, obwohl Jupiter sich ohnehin bei
der Polizei gemeldet hätte, wenn er in der Zeitung auf
Hendriks Foto gestoßen wäre, alles nur eine Frage der
Zeit, wie bei allen Zuspitzungen des Lebens.

Die Summe der falschen Entscheidungen, die man im
Leben traf, führte dazu, dass man am Ende unter Neon-
röhren oder vor einer Therapeutin saß und sich schuldig
fühlte, ohne zu wissen warum. Dann musste man sich
selbst oder anderen irgendwas oder sogar alles erklären,
außer man verschwand einfach, so wie Hendrik.

Die Polizei hatte den Fall bisher nicht mit großer
Dringlichkeit verfolgt, aber vielleicht würde sich das nun
ändern. Und alles nur, weil es Tinder gab, weil Menschen
ständig auf der Suche danach waren, durch eine weitere
Person in emotionale Abgründe zu geraten, die sich allein
niemals auftun würden. Marlene hätte vorhin einfach
schlafen gehen sollen, sie wollte nur noch schlafen, so
lange, bis diese zweite Pubertät endlich vorbei war und
sie in Ruhe alt und wahrhaftig lässig sein konnte. Jupiter
kam vom Rauchen wieder rein, gab Marlene einen nassen
Kuss auf den Mund und sagte: »Noch mal?«

»Hier?«

»Ja, ist doch ganz geil, ich habs noch nie auf einer Wache gemacht.«

»Nein, wirklich nicht, ich werd gerade wieder nüchtern, und es ist der unerotischste Ort, den ich mir vorstellen kann.«

»Ich hab MDMA«, sagte er und grinste für sich allein,
»oder auch ziemlich reines Koks, wenn dir das lieber zum
Ficken ist.«

»Nein, danke, Jupiter, ich denke, es passt nicht mit

uns, es war schön, aber ich bin so nicht, ich denke, ich bin monogam, und eigentlich war mir der Alkohol schon zu viel.«

»Dann machst du Schluss mit mir?«, er schaute sie traurig an mit seinen tiefbraunen Augen.

»Schluss?«

»Ich hab doch gesagt, dass ich dich liebe, ich meinte es ernst, ich habe ein junges Herz, junge Herzen sind sehr spontan in Liebesangelegenheiten, bitte fick mit mir auf LSD auf dem Bullen-Klo! Ich hätte da so Bock drauf!«

In dem Moment stürmte Verica herein, im Schlepptau Leila und Nikki und eine junge blonde Frau. Sie trug die Haare offen, auf der Nase eine Sonnenbrille und kam Marlene bekannt vor.

Leila beugte sich runter zu Marlene, umarmte sie und küsste sie auf beide Wangen.

»Das ist Liese«, sagte Nikki.

Liese gab Marlene die Hand und erklärte: »Wir kennen uns schon aus dem Bus.«

Es war das Mädchen mit der Panikattacke, das Mädchen, dass neben ihr im Bus gesessen hatte, deren Zigarette Marlene geraucht hatte, als sie ihrem Mann sagte, dass nichts seine Schuld war, das Mädchen, das sich nicht mehr bewegen konnte, das Mädchen, von dem sie kurz glaubte, es sich ersponnen zu haben, um nicht aussteigen zu müssen, um einfach weiterzufahren, um nicht schon wieder das beschissene Butterzitronenthymianhuhn für Linus zu machen, das er immer »dein Hühnchen« nannte, als hätte Marlene sonst nichts im Leben, das ihr gehörte, das sie erschaffen hatte, was sie ausmachte, was sie besonders gut konnte. Da stand das Mädchen nun und bedankte sich bei ihr, und Marlene erwiderte: »Ich danke *dir*!«

»Wofür?«

Nikki sah von Marlene zu Liese und zurück und grinste breit.

»Hey, cool, Marlene, du bist ja gar nicht mehr so ne Konkurrenz-Trulla, du kannst auch zu anderen Frauen nett sein, außer zu Verica, deiner besten, einzigen? Freundin, das Konzept hab ich nie gerafft!«

Marlene stand auf, stellte sich dicht vor Nikki und fast wütend brach es aus ihr heraus: »Warum hast du mich damals ›Linus' CDU-Freundin‹ genannt?«

Nikki zwinkerte ihr zu.

»Hallöchen, haben wir etwa getrunken? Du hast aber ne sehr unspießige Fahne, lass mich mal schnuppern, Gin? Tanqueray, stimmts?«

»Warum hast du mich ›CDU-Freundin‹ genannt?«

»Weiß ich nicht mehr so genau, na ja, du warst eben so!«

»Wie war ich?«

»Jetzt lass doch gut sein, Marlene, wir sind doch jetzt erwachsen und verhören tut uns eh gleich die Polizei.«

»Du hast mich immer ausgeschlossen, Nikki, deinetwegen, seit du dazugekommen bist, bin ich nie wieder so richtig in die Gruppe reingekommen.«

»Irrtum, Marlene, das war deinetwegen, du warst einfach zu CDU-mäßig!«

Eine Kommissarin trat vor sie hin und rief begeistert: »Also, Merkel, das muss man schon sagen, einsame Klasse!«

Marlene verschränkte die Arme und erwiderte: »Das war vor Angela Merkel!«

»Na, dann blicken sie ja auf eine ellenlange gemeinsame Zeit zurück, da kann man doch mal Fünfe gerade sein lassen, die Damen.« Die Kommissarin sah auf die Uhr.

»Ich hab noch n Date mit ner Mediathek, wir nehmen jetzt die Aussage auf, wenn es passt. Morgen geben wir den Fall an die Presse, und ich würde Sie gern vorher befragen«, sagte sie zu Jupiter.

»Mich auch?«, fragte Liese.

»Wer sind Sie?«, fragte die Kommissarin.

»Liese Emmanuelle Turner.«

»Wirklich? Sie sollten Schauspielerin werden. Was haben Sie denn mit dem Vermissten zu tun?«

»Ich habe ihn geliebt, zumindest habe ich das geglaubt, wissen Sie, das Herz ist ein tiefer, düsterer Brunnen.«

Die Kommissarin schnaubte.

»Wir sind hier nicht in einem französischen Film, aber, na ja, gut, dann kommen Sie mal direkt mit, aber nehmen Sie bitte die Verdunkelung aus ihrem Gesicht. Und der junge Herr bitte auch, mein Kollege wird sie befragen.«

Marlene sah auf ihr Handy, Linus hatte eine Nachricht geschrieben:

Hast du noch eine Nummer von Mats oder Nikki in deinem Telefon? Meins ist doch damals bei unserem schönen Hochzeitstag in die Alster gefallen, da waren alle Nummern weg, da war noch nix mit ewigem Speicher überall, Cloud und so. Bens konnte ich noch auswendig. Ich würde Mats gern schreiben. Es gibt einiges aufzuarbeiten. Ich fange jetzt damit an, vielleicht hilft es am Ende auch uns. Lieb dich. Linus.

Was sollte der ganze Sermon? Marlene schrieb zurück:

Nein, hab ich nicht, aber ich kann Nikki fragen, sie steht direkt vor mir, wir sind auf der Davidswache.

Linus schickte *??????* und rief ohne abzuwarten an, sie ging nicht ran.

Leila verabschiedete sich überdreht – der Journalist, mit dem sie irgendein Liebesding am Laufen hatte, hatte ihr getextet, nächste Woche komme in seiner Zeitung eine groß aufgemachte Rezension über Leilas neuen Roman *Symptome*, direkt am Tag des Erscheinens. Leila wollte sich sofort mit ihm treffen.

Marlene und Nikki standen allein herum, Nikki drehte sich eine Zigarette, Marlene verschränkte die Arme, Nikki sah ihr jetzt direkt in die Augen, ohne zu blinzeln, und drehte auf perfekte Weise die Zigarette fertig. Sie trug schwarze Jeans und ein weißes Unterhemd, genau wie Linus vorhin, aber ihr stand es besser, vielleicht lag es an den blutroten Pumps. Nikki grinste blöd, aber einnehmend schief, dabei sah sie ein bisschen aus wie Billy Idol, nur besser gealtert, und sagte: »Eigentlich hatte ich nie was gegen dich.«

»Was soll das Gelüge, hör auf Nikki, wir sind doch jetzt kurz vor den Wechseljahren.«

»Die Aggros gingen von dir aus, so fing es an.«

»Ich hab wieder angefangen zu rauchen, und ich hab mich von Linus getrennt«, sagte Marlene ausweichend.

»Schön blöd, beides. Ihr wart ein perfektes Paar, ihr habt so verdammt konsequent gewirkt, in allem, ihr wart so ... schlüssig!«, sagte Nikki.

»Ich war mit Linus nur noch zusammen, weil ich Angst hatte, nicht mehr mit ihm zusammen zu sein, ich dachte, meine Existenz gehört einfach in ne Beziehung, und jetzt bin ich nicht mehr mit ihm zusammen und falle nicht tot um.«

»Aha, und jetzt ist alles tutto diverso, weil du supersolo bist und Tinder runtergeladen hast?«

»Warum glaubst du, ich hab Tinder?«

»Na, sorry, der Typ da vorhin, Pluto? Den hast du doch von Tinder, seh ich sofort! Das ist so ein richtig woker Fuck-Boy!«

»Ich baggere wenigstens nicht Väter auf Hochzeiten an.«

Nikki lachte.

»Wie geht es deinem Vater? Richtig guter Typ!«

»Es geht ihm gut, er hat endlich eine neue Hüfte.«

»Ah, also auch nur Hardwareprobleme, wie meiner, der hat zwei neue Hüften und ne neue Schulter, ich nenne ihn seitdem Cyborg, immer noch besser, als wenn was mit der Software ist, sag ich immer!«

Marlene musste lachen, und Nikki redete einfach weiter: »Mit Software mein ich Krebs und so was, meine Mutter ist an Krebs gestorben, als ich noch nicht erwachsen war.«

»Das tut mir leid, ich hab das nicht gewusst.«

Marlene faltete erst ihre Hände vor der Brust und begann dann ihre Finger einzeln nacheinander zu kneten, so wie sie es oft tat, wenn sie fürchtete, gleich etwas Falsches zu sagen.

»Schon okay, es ist lange her.«

Marlene wollte die Situation wieder in ein Gleichgewicht bringen, und so entschied sie, etwas von sich zu erzählen, obwohl sie sich vor ein paar Monaten vorgenommen hatte, nicht mehr mit jedem und jeder darüber zu reden.

»Aber so was ist nie vorbei. Meine Mutter ist vor drei Jahren gestorben, es war schlimm, ich hab gedacht, ich bin doch längst erwachsen, das passiert, aber ich kam nicht klar, ich komm noch immer nicht klar, sie fehlt mir so, ich kann ihre Nummer noch immer nicht löschen, und da ist jetzt bei WhatsApp ein neues Profilbild von so nem Jungen in einem blauen Kapuzenpullover, weil die Nummer neu vergeben wurde.«

»Lösch die Nummer, du löschst nur die Nummer, nicht deine Erinnerungen.«

»Aber ich hab Angst, dass sie es mitbekommt.«

»Ja, ich kenn das gut.«

Sie standen mit weichen Knien voreinander, waren sich ihrer Verletzbarkeit bewusst, und weil Nikkis Wunde weniger frisch war, übernahm sie die Aufgabe des Ablenkens.

»Mats und ich haben auch ausgetanzt, von uns ist nur noch ein verkacktes Klischee übrig, alles kommt abhanden in the end, alles, wo Ewigkeit drauf stand, es ist nur ein Button, die Ewigkeit ist nur ein Scheißbutton, weißt du?«

»Ich dachte immer, *ihr* seid das perfekte Paar, ich dachte, das ist echte Liebe.«

»Es ist vorbei, er wollte des Weiteren lieber die Influencer-Trulla aus der WG im Haus beschmusen. Es ist okay, sie war netter zu ihm als ich, viel netter, ich glaub, ich hab es versaut, aber ich weiß nicht so genau, warum, dafür müsste man reden, aber er ist in Berlin, es ist alles so peinsam.«

»Tut mir leid«, sagte Marlene.

Nikki zuckte mit den Schultern, seufzte und sagte: »Ich hab keinen Mann, ich hab keine Jugend, ich hab keine Kinder, keinen Job und Geld habe ich bald auch keins mehr.«

»Was ist mit der Serie?«

»Da haben sie mich vom Felsen fallen lassen, weil ich zu alt für die Rolle der heißen Schlampe geworden bin.«

Marlene sagte: »Du wirkst aber irgendwie gar nicht verzweifelt oder unglücklich.«

»Aber ich hab n ziemlichen Schmachter und ein bisschen Hunger, ich hatte ne richtig gute Bolognese gemacht, aber wir sind nicht dazu gekommen, sie aufzuessen, stattdessen sind wir hier.«

»Dann musst du wohl was essen gehen«, sagte Marlene.

Nikki steckte sich die Zigarette zwischen die Lippen, hielt Marlene die Tür auf und fragte: »Kommst du mit?«

Marlene schüttelte den Kopf.

»Nein, ich glaub, ich lauf jetzt einfach nach Hause, ich brauch mal einen klaren Kopf.«

»Wie schade! Wir könnten so viel Spaß haben. Ist es wegen der CDU-Sache?«

»Nein, ich will einfach nur nach Hause.«

»Ach komm, iss was mit mir, wir nehmen ein paar Drinks, mal so richtig abschalten, das tut gut, Marlene.«

»Nee, Nikki, ich hab echt genug abgeschaltet, ich geh jetzt spießig nach Hause, freu dich doch, passt alles wieder ins Bild.«

»Du und Linus kommt wieder zusammen, ich bin mir sicher.«

Marlene fragte sich, ob das jetzt wieder eine Beleidigung war, und gab Nikki zum Abschied die Hand.

»Bis irgendwann mal.«

»Okay, CDU-Freundin, wir sehn uns.«

Marlene zeigte ihr den Mittelfinger, Nikki grinste wieder so schief wie Billy Idol und sagte: »Ich wünsch dir alles Gute, ehrlich.«

»Ich wünsch dir viel Spaß, aber denk dran, jede dunkle Nacht hat ein helles Ende!«

Der Stummel

Seit Ben sich mit Mats und Linus auf ein Wiedersehen verabredet hatte, war die Panik beim Versuch, das Haus zu
verlassen, mit aller Macht zurückgekehrt. Ein paar Tage
hatte er dagegen angekifft und dann mit Behrend von der
Drogenberatung telefoniert, der ihm davon abriet, stattdessen sollte Ben seine Gefühle aushalten, sie kommen und
gehen lassen und dabei am besten irgendetwas sortieren.
Er hatte nun alle seine T-Shirts nach feinsten farblichen
Abstufungen gestapelt und in der Kammer die Kiste mit
Leilas alten Nagellackfläschchen gefunden, die nun nach
Farbnuancen aufgereiht entlang seiner Fußleiste im Wohnzimmer standen. Was war er angenervt gewesen von Lei-
las Nagellackkaufsucht. Irgendwann hatte er sämtliche
Fläschchen, die in der Wohnung herumlagen oder -stan-
den, eingesammelt, in diese Kiste getan und sie versteckt.
Sie hatte ihn immer wieder angeschrien deswegen, aber er
hatte die Kiste nicht rausgerückt, was ihm jetzt zugutekam.

Seine Therapeutin war im Urlaub. Ben wusste nicht,
wohin sie verreist war, was ihn noch mehr beunruhigte,
und sein nächster Termin war erst in drei Wochen, das
Treffen mit seinen alten Freunden aber schon in zwölf
Tagen.

Er hatte einen kleinen Balkon, auf den er manchmal
hinaustrat, um ein wenig an der frischen Luft zu sein,
und dabei sah er oft den Tauben zu, die sich auf dem
Dach des angrenzenden Hauses tummelten. Niemand
mochte sie. Ben hatte keine negativen Gefühle gegenüber
Tauben, und ihr Gurren beruhigte ihn seit einer Weile.

Linus hatte geschrieben, es sei ziemlich schwer gewesen, Mats zu überreden, aus Berlin anzureisen, denn Mats hatte Sorge, Nikki über den Weg zu laufen, er schien sich genau genommen wahnsinnig davor zu fürchten.

Schließlich hatte Linus es mit seiner beharrlich sensiblen Art hinbekommen, und nun gab es diesen Termin in einem Restaurant, dem Nil, wo sie schon früher oft miteinander gewesen waren, um danach noch bis zum Morgen im Feldstraßenbunker zu feiern.

Seit sie sich fest verabredet hatten, fühlte Ben sich auf eine unbehagliche Weise alt. Leila hatte ihm während der Trennungsphase stets unterstellt, er habe eine Midlifecrisis, was er konsequent bestritt, aber vermutlich hatte sie recht gehabt, vermutlich war alles ganz einfach und alle Menschen oder zumindest alle Männer zu irgendeinem Zeitpunkt gleich ängstlich, auch aufgrund gewisser potenzbasierter Veränderungen unterhalb der Gürtellinie, nur suchten sie unterschiedliche Strategien im Umgang damit, wobei darüber zu sprechen als Möglichkeit in den allermeisten Fällen kategorisch entfiel.

Ben drehte sich auf dem Balkon eine Zigarette, sah den Tauben zu und versuchte dabei an nichts zu denken, so wie Behrend es ihm empfohlen hatte, das nannte Behrend dann eine »kleine Meditation«. Aber wie sollte das funktionieren, an nichts zu denken? Ben dachte an das, was er sah, und hoffte, dass es dann zumindest zu einem Drittel als Meditation galt. Niemand interessierte sich dafür, wie alt Tauben waren oder werden konnten. Wenn sie irgendwo in der Fußgängerzone vor sich hin krepierten, rief niemand, wie bei eingefrorenen Enten oder lädierten Eichhörnchen, den Tierschutz oder 112. Tauben standen unter keinem besonderen Schutz wie die

Alsterschwäne, die sogar einen menschlichen Vater zuge-
teilt bekamen, der sie unter wohlwollender Medienauf-
merksamkeit in ihr Winterquartier schipperte.

Es klingelte an der Tür. Der DHL-Bote brachte ein
kleines Päckchen, in dem ein goldener Ketten-Anhänger
war, eine Taube für Leila. Ben würde sie ihr geben, falls
sie sich bereit erklärte, sich noch ein letztes Mal mit ihm
zu treffen. Bisher weigerte sie sich, schrieb, sie hätte erst
mal zu viel Stress, wegen des Erscheinungstermins ihres
neuen Romans. Sie müsse ihre sieben Sinne beisammen
halten und könne ihm nicht vertrauen, weil er sie über
zwei oder drei Jahre immerzu belogen hätte, und deshalb
löse ein Aufeinandertreffen pauschal Stress bei ihr aus,
da sie automatisch in einen Zustand des Auf-der-Hut-
Seins verfalle.

Er legte die kleine goldene Taube auf den Sockel für
die Skulptur, die er einige Tage zuvor heruntergerissen
und zerbrochen hatte, als er im Dunkeln auf die Toilette
ging, um seiner Mutter nicht zu begegnen.

Petra war ihm zwar nur einmal wieder erschienen,
aber im Flur statt im Bad, und leider in dem Pyjama, den
sie trug, als er sie zum letzten Mal gesehen hatte, und sie
hielt auch ihr Buch von damals in der Hand, die Autobio-
grafie eines Populärphilosophen.

Er trat zurück auf seinen Balkon und sah wieder nach
den Tauben, die in der Sonne saßen und ihm zugurrten,
und er zeigte ihnen den Kettenanhänger und rief: »Guckt,
man hat Gold aus euch gemacht, lasst euch nicht erzählen, ihr wärt nix wert!«

Ben sah bei WhatsApp nach, ob Leila online war, aber
das war sie nicht, zuletzt vor vierzig Minuten, sie war oft
online in den letzten Tagen, und Ben fragte sich, was das
zu bedeuten hatte und ob sie sich immer mit einer einzi-

gen Person schrieb oder mit besonders vielen verschiedenen, war sie also bloß besonders gesellig oder sehr verliebt in jemanden, den er womöglich umbringen musste?

Er erschrak über diesen kurzen, durchaus konkreten Gedanken an die rückschrittlich männliche Tötungsabsicht gegenüber einem Rivalen, klickte schnell die WG-WhatsApp-Gruppe an und starrte auf die Verabredungsdialoge mit seinen besten Freunden, die er seit Jahren nicht gesehen hatte. Mats wollte nun wirklich kommen, aber nicht bei Linus übernachten, sondern lieber in einem Hotel, und er bestand darauf, nicht über das zu sprechen, was auf Kreta passiert war.

Doch Ben wusste, was Linus vorhatte, Linus, dem seine Frau gerade das Herz gebrochen hatte. Er wollte, dass sie gemeinsam nach Kreta reisten, um dort die Geschehnisse aufzuarbeiten. Linus plante mit großem psychologischen Eifer, sich dort von Milan zu verabschieden und das Mädchen aufzusuchen, in das Milan so verliebt gewesen war, wegen dem er nachts allein zu dieser Party aufgebrochen und weder angekommen noch zurückgekehrt war. Das Mädchen, das inzwischen eine Frau war, sie erinnerten sich nur noch an ihren Vornamen: Ariadni.

Mats hatte Ben vor vielen Jahren einmal geschrieben, er finde es unpassend, dass Linus seinen Sohn nach seinem verschollenen Bruder benannt hatte, sein Bruder, der für immer neunzehn bleiben würde und der niemals so wie sie alle drei ein gealterter Mann mit einem verkorksten Leben und einer verlorenen ewigen Liebe werden würde.

Ben verließ den Balkon, legte sich ins Bett und versuchte zu schlafen. Noch zwölf Tage, dann musste er raus ins Restaurant, dafür brauchte er Kraft. Und er hörte die Tauben draußen davonflattern, und dann, als das Flattern nicht mehr zu hören war, vernahm Ben noch immer ein Gurren, ein singuläres leises Gurren. Er stand wieder auf und trat hinaus auf den Balkon, und da sah er sie. Eine einzige Taube saß noch auf dem Dach, schlug mit den Flügeln und versuchte abzuheben, doch es klappte nicht, und Ben begriff, dass sie sich ein Bein zwischen den Dachpfannen eingeklemmt haben musste.

Nun stand er in seinem Treppenhaus ganz oben vor den Dachböden, von wo aus eine alte Holzleiter zur Dachluke führte. Er stieg hinauf, die Luke ließ sich knarrend öffnen, und Ben kletterte hinauf auf das Dach, sprang hinüber auf das Dach des Nachbarhauses und näherte sich der Taube auf den Schrägen mit den Dachpfannen. In gesteigerter Todesangst schlug sie immer heftiger mit den Flügeln. Er nahm das Handtuch, das er sich um den Nacken gelegt hatte, in die Hände und blieb eine Weile vor der Taube stehen, so lange, bis sie vor Erschöpfung oder Kapitulation aufhörte, mit den Flügeln zu schlagen. Sie legte den Kopf schief und sah ihn an. Er tat es ihr gleich. Als er einen weiteren Schritt auf sie zu machte, bewegte sie sich und hob kurz einen Flügel, dann legte sie ihn wieder an und erstarrte. Er hockte sich vor sie hin, packte sie mit dem Handtuch, zog sie mit einem Ruck zwischen den beiden Dachpfannen heraus und ließ sie frei. Sofort flog sie davon, doch er sah, dass eines ihrer Beinchen noch dort zwischen den Dachpfannen steckte.

Ben sackte zusammen, ließ das Handtuch fallen und weinte. Nicht so, wie er weinte, wenn er Frauen dazu bringen wollte, mit ihm zu schlafen, und nicht so, wie seine Mutter geweint hatte, wenn sie seinen Vater im Streit zu einlenkendem Mitgefühl bewegen wollte.

Ben weinte so, wie er zuletzt geweint hatte, als er vom überraschenden Tod seiner Mutter erfuhr.

Zur selben Zeit hatte sich seine Frau von ihrem schwerkranken Vater verabschieden wollen, der erst Jahre später starb, und Ben fühlte sich seitdem in gewisser Weise laminiert. Er hatte die stetig zuckelnde Traurigkeit lang schon nicht mehr so präzise empfunden wie am heutigen Tag, in diesem Moment, hier auf dem Dach in Gesellschaft des frisch abgetrennten Taubenbeinchens. Und dann hörte er auf, daran zu denken, weil es zu schmerzlich war, und fragte sich stattdessen, ob die Taube durch sein Eingreifen irgendwo allein am Straßenrand oder in einem Gebüsch verbluten würde, und er traute sich nicht, das Thema »Wundheilung bei Tauben« im Internet zu recherchieren. Er zog sein Telefon aus der Hosentasche und rief Leila an. Er versuchte es so oft, bis sie endlich ranging.

»Ja?«, sagte sie schroff.

»Leila, bitte leg nicht gleich wieder auf, ich glaub, ich habe eine Taube getötet.«

»Was? Wieso?«

»Ich wollte sie eigentlich retten, wirklich, sie war eingeklemmt zwischen zwei Dachpfannen, und ich hab sie, ich wollte sie retten, weißt du, und dann ist ihr Bein, also ein Bein hängen geblieben, und sie ist mit einem Bein weggeflogen.«

»Dann lebt sie doch noch, Ben, du hast alles richtig gemacht, komm runter.«

»Aber sie wird verbluten, Leila.«

»Nein, Ben, man sieht doch oft Tauben mit einem Stummel statt eines Beins, sie hüpfen notfalls sogar darauf herum, bei Tauben verschließen sich diese Wunden schnell, sie sind so gemacht, für das raue Leben in der Stadt, sie sind Überlebenskünstlerinnen.«

»Das sagst du doch nur so, damit es mir besser geht.«

»Nein, ich weiß das, du wirst sie wiedersehen, und sie

wird hinken oder seltsam herumhüpfen, aber es wird ihr gutgehen, sie kann noch fliegen, nur das ist wichtig.«

»Vielleicht, aber vielleicht hab ich jetzt auch eine Taube auf dem Gewissen, Leila.«

»Nein, Ben, die Taube wird es überleben.«

»Aber ich habe ihr wehgetan, Leila.«

»Es ging nicht anders, oder?«

»Nein, sie wäre langsam verhungert, gefangen in dieser abscheulichen Situation.«

»Du hast das Richtige getan, Ben, alles ist gut.«

»Nichts ist gut.«

»Reden wir noch über die Taube?«

»Ich liebe dich.«

Leila schwieg. Dann sagte sie: »Ich war gestern auf einer Album-Releaseparty.«

»Und?«

»Ein Typ ist mir im Gedränge auf den Fuß getreten, und er drehte sich um und sagte extra überzogen theatralisch: ›Bitte, verzeih mir! Und ich sagte zu ihm: Wow, das habe ich von meinem Mann in drei Jahren nicht gehört.‹«

»Bitte verzeih mir!«

Wieder schwieg sie und sagte dann: »Er wollte meine Nummer, es war eine Inszenierung, das mit dem Fuß. Und ich dachte mir, es kann nicht schon mit Schmerz anfangen und mit den Worten ›Verzeih mir‹, und das habe ich ihm dann auch gesagt, und später hat mir jemand erzählt, dass der Typ ne Frau und drei Kinder hat. Er war der Manager von ...«

»Ich liebe dich, Leila, bitte triff dich mit mir, ein Mal noch.«

»Nein, ich kann nicht, du wirst mir wieder wehtun, das weißt du selbst. Du musst noch so viel verarbeiten, ich kann dir nicht mehr dabei helfen und gleichzeitig von dir auf die Fresse kriegen, das kann ich einfach nicht mehr. Du drückst mir dann nur wieder dein Leid auf und lässt alles an mir aus, mach die Therapie weiter und lass mich aus dem Spiel.«

»Das werde ich nicht wieder tun, ich hatte mich nur selbst verloren.«

»Nein, das hast du nicht, du hast mich verloren, Ben, ich hasse es, wenn du redest, als wärst du ausgeliefert gewesen, du hast alles so gewollt, du hast uns nicht mehr gewollt, du wolltest dich leicht fühlen ohne mich, weißt du noch? Dann fühl dich jetzt auch schwer ohne mich, es reicht. Ich muss jetzt auflegen, ich hab ein Telefon-Interview wegen des Romans.«

»Worum geht es darin genau?«

»Um Leute und Probleme.«

»Aber darum geht es doch immer.«

»Eben.«

»Um was für Leute?«

»Ben.«

»Um was für Probleme?«

»Probleme, die man eben so hat.«

»Wer? Was genau?«

»Niemand, nichts.«

»Hat das auch irgendwas mit uns zu tun oder so?«

Sie ging darauf nicht ein und fragte: »Was machst du jetzt mit dem Bein der Taube?«

»Ich weiß nicht, ich lass es wahrscheinlich einfach dort oben auf dem Dach.«

»Du könntest es begraben.«

»Vielleicht hast du recht, was, wenn die Tauben zurückkommen, und dann klemmt da das Bein?!«

»Ben, es sind Tauben, sie werden nicht traumatisiert

oder so, sie werden das kognitiv nicht auf die Reihe kriegen. Ben, ich muss jetzt arbeiten, bau dir doch einfach einen Joint.«

»Ich kiff gerade nicht.«

»Dann trink einen Schnaps.«

»Ich trink gar keinen Alkohol mehr, ich mag das komische Gefühl nicht mehr, was man davon bekommt.«

»Dann trink ein Glas Milch oder iss Müsli, ich muss mich jetzt vorbereiten.«

Sie legte einfach auf.

Ben verließ das Dach, legte sich auf die Couch, schlief sechzehn Stunden durch und erwachte vom Flügelschlag und dem Gurren des Taubenschwarms, und er trat hinaus auf den Balkon und sah, dass der alte Herr Pauli von gegenüber aus dem ersten Stock die Tauben mal wieder fütterte, obwohl es verboten war, er schüttete dann immer vom Balkon seine Brötchentüten aus und rief: »Guten Hunger, ihr zähen Seelen!«

Die Tauben liefen auf dem Bürgersteig unter Herrn Paulis wohlwollenden Blicken umher und pickten, und dann sah Ben sie, seine Taube, sie hüpfte auf einem Bein herum und behauptete sich gut in der Gruppe. Sie war am Leben, es konnte weitergehen.

Das schönste Glück der Erleichterung machte sich in ihm breit, und plötzlich fieberte er dem Treffen mit Linus und Mats entgegen, eine kaum auszuhaltende alberne Begeisterung überkam ihn, und erst als Ben duschen gehen wollte, nahm sie wieder ab, denn da saß seine Mutter auf dem Badewannenrand. Aber dieses Mal bündelte er seine ganze noch übrige Courage, würde sie in diesen einen Satz legen, den er im Kopf gründlich vorformulierte, und sprach den Geist seiner Mutter zum ersten Mal an.

»Mama, was machst du denn noch hier?«

»Ich eruiere«, sagte sie mit einem gewitzten Lächeln.

Seine Mutter hatte es nie leiden können, ein Fremdwort zu benutzen, wenn es dafür einen, wie sie es nannte, »anständigen Ausdruck« gab. Sie hätte gesagt: »Ich gehe meinen Gedanken nach, ich überlege, ich erschließe mir das Geschehen.« »Ich eruiere«, hätte sein Vater gesagt.

Die Erscheinung seiner Mutter auf dem Badewannenrand und das, was sie sprach, stimmten nicht überein, und so verlor seine Vision den Schrecken aus Mangel an Schlüssigkeit, und er sagte: »Mama, ich lieb dich sehr, und ich denke jeden Tag an dich, und das wird sich niemals ändern, aber ich möchte jetzt einfach nur duschen und meinen Kram geregelt kriegen.«

»Liese!!! Machst du mal auf, bitte?!!! Ich hab nichts bestellt, und ich erwarte niemanden, wirklich niemanden!«, rief Nikki, die seit fast vierundzwanzig Stunden am Schreibtisch saß und an einem Drehbuch schrieb, dessen Geschichte ihr so plausibel und gleichzeitig facettenreich erschien, dass sie die prägnante Vision ihrer Idee unbedingt umsetzen wollte, bevor sie in ihrer Überzeugungskraft wieder verblasste.

Liese hatte ihr gewohnt nervöses Leben wieder aufgenommen, um selbstwirksam den Schock über Hendriks Verschwinden zu verdauen, wie sie es formulierte. Sie sagte, nur in der Unruhe liege das wahrhaftige Glühen der perfekten Zerstreuung. Sie datete wieder unentwegt, meist Männer, die mindestens zwanzig Jahre älter waren. Ihre destruktive Selbsttherapie sorgte für Unruhe in der Wohnung, von der sich Nikki allerdings angenehm berieselt fühlte.

Allzu viel Ruhe hätte sie nur aus selbiger gebracht, und endlich konnte sie wieder schreiben, sie war nicht der Typ Autorin, die gut an einem einsamen See in einer Holzhütte hätte schreiben können, sie brauchte urbanen Trubel, um sich zu fokussieren. Nikki hörte Liese durch den Flur trampeln. Sie kam in ihr Zimmer, anstatt im Flur auf den Summer zu drücken, und sagte: »Das ist nicht für mich, Achim liegt in meinem Bett, und ich bestell aus politischen Gründen nix mehr im Internet, und ich muss jetzt die Scheißmenstruationstasse in mich einführen, weil ich keine Binden mehr hab, und krieg es irgendwie nicht hin, könntest du mir vielleicht dabei helfen? Achim stellt sich dumm an.«

»Auf keinen Fall werde ich das tun, im Schrank sind Tampons.«

»Tampons sind Gift für den Körper, Nikki, die können dich umbringen, es gab da mal diese Frau, die hat vergessen ...«

Es klingelte schon wieder Sturm, und jetzt sah Nikki, dass auf ihrem Telefon, das auf stumm geschaltet war, schon drei Anrufe in Abwesenheit und eine Nachricht von Mats eingegangen waren: *Mach auf, bei dir brennt in allen Zimmern Licht!*

Shit. Shit, Shit, Shit. Sie hatte ihn seit einer Ewigkeit nicht gesehen und guckte nicht mal mehr auf Instagram, was er Angeberisches postete. Nur Liese tat das frecherweise und belästigte Nikki manchmal mit Informationen über ihren Ex und seine neue Freundin.

Nikki wollte weder glücklich noch unglücklich sein, sie wollte nur noch schreiben, Geschichten erzählen, anstatt sich der gegenwärtigen Episode ihrer Lebensgeschichte oder dem Handeln anderer ausgeliefert zu fühlen. Die Irrelevanz des Lebens ihrer Mitbewohnerin, die sie mochte, die ihr aber nicht nahestand, war die perfekt ausreichende Schnittstelle zu einem anderen realen Universum. Das war der Plan, und Mats und sein Weltschmerz und seine Unzufriedenheit und seine Kränkungen kamen nicht mehr vor. Es klingelte erneut, und gleichzeitig rief er wieder an, Nikki ging ran.

»Was?!«

»Nikki, bitte lass mich rein, bitte, ich muss jetzt durch diese Tür gehen, ich kann hier nicht wieder weg.«

»Ich denk, du bist in Berlin?«

»Offensichtlich bin ich jetzt hier, was soll der Quatsch?!

Jetzt mach auf, ich dreh sonst durch!«

»Ist jemand hinter dir her?«

»Was?«

»Wirst du verfolgt?«

»Nein, Nikki, was soll das?«

»Dann gibt es keinen Grund.«

»Nikki, ich muss dich sehen, und das ist auch immer noch meine Wohnung, ich steh im Mietvertrag.«

»Fick dich«, sagte sie und legte auf.

Er schickte eine Nachricht: *Ich liebe dich.*

Unsinn, schrieb sie zurück. Er klingelte wieder Sturm.

Liese drückte den Summer.

Verdammt, verdammt, dachte Nikki, und ihr Herz schlug schnell. Sie stand auf und trat in den Flur. Liese hatte die Tür geöffnet, angelehnt und war wieder in ihrem Zimmer verschwunden. Nikki verschränkte die Arme. Mats steckte den Kopf durch den Türspalt und trat dann vorsichtig ein, er trug eine alberne buntkarierte Mütze und sah anders aus, älter, fahl.

»Du bist blass! Warst du nicht gerade im Urlaub?«, zischte sie ihn an.

»Darf ich dich bitte einmal kurz in den Arm nehmen?«

»Wozu?«

»Ich ... Du siehst noch genauso aus wie vor einem halben Jahr, so vertraut.«

»Du nicht Mats, du siehst scheiße aus, nicht mehr wie jemand, den ich kenne.«

Er schloss die Tür hinter sich. Sie standen beide dort im Flur vor den wenigen Bildern, die er hängen gelassen hatte, und sprachen nicht, und nun verschränkte auch er die Arme. Liese guckte aus ihrem Zimmer und sagte: »Wir würden uns gleich was zu essen machen, wolltet ihr in der Küche sitzen?«

»Nein, geh schon«, antwortete Nikki.

»Hey, ich bin Mats!«

»Ich weiß", sagte Liese, »ich mag deinen Insta-Content, gutes Auge! Ich bin Liese.«

»Danke. Ähm, freut mich.«

Nikki schüttelte den Kopf und ging zurück zu ihrem Schreibtisch. Mats folgte ihr.

»Woran arbeitest du?«

»Drehbuch, geniales Drehbuch.«

Er setzte sich auf den alten Lesesessel ihres Vaters.

»Worum geht es da?«

»Das geht dich nichts an.«

Nikki arbeitete einfach weiter. Nach zehn Minuten sagte sie: »Es geht um Freundschaft, alles andere interessiert mich nicht mehr.«

»Warum bist du so wütend auf mich?«

»Weil du uns verraten hast.«

»Du hast seit drei Jahren nur noch mit mir geschlafen, wenn du total besoffen warst, und nur noch geweint, wenn du mich angeschrien hast. Und du wolltest nie über irgendwas reden.«

»Immerhin war ich ziemlich oft besoffen, oder?«

»Ja, das ist auch noch so ein Thema.«

»Was willst du denn noch von mir?! Fahr doch einfach wieder nach Scheißberlin!«

»Ich will, dass wir eine Paartherapie machen.«

»Wir sind kein Paar mehr, das ist absurd.«

»Dann nennen wir es eben nur eine Therapie, vielleicht könnten wir dann wieder ein Paar werden.«

»Das ist so, so naiv! Glaubst du echt, du kannst hier wieder ankommen, nachdem du mich betrogen hast und mit Tula zusammengekommen und ein scheißpeinlicher Instagramtyp geworden bist?«

»Liese sagt, ich hab ein gutes Auge.«

»Liese sagt auch, Tampons können töten.«

»Ich weiß, dass du mich noch liebst.«

»Nein, das tue ich nicht, ich bin in jemand anderen verliebt.«

»Ach ja? In wen denn?«

Sie nahm einen Bleistift vom Tisch und begann ihn anzuspitzen, immer weiter, bis die Spitze abbrach und Mats sagte: »Das ist mein Anspitzer, seit der Grundschule.«

Sie erwiderte: »Ach ja? Hier, dann nimm ihn doch, wenn es deiner ist, nimm ihn mit, aber schnell, was deins ist, ist deins, was meins ist, ist meins, du bist du, ich bin ich!«

Nikki bewarf ihn mit dem Metallanspitzer, traf ihn knapp neben dem Auge und Mats schrie: »Spinnst du? Aua! Mein Auge! Du brauchst echt eine Verhaltenstherapie! Du bist für eine Frau echt aggro!«

»Für eine Frau? Du bist so von übergestern! Und ich bin übrigens in Kurt verliebt!«

»Wer ist Kurt?«

»Na, der Typ, der unten in die WG gezogen ist, als deine Schnalle ausgezogen ist. Der ist zweiundzwanzig, und ich war nie so in dich verliebt, wie ich in ihn verliebt bin, und mit ihm kann man so richtig toll zusammen besoffen sein, und er fickt wie ein junger Gott!«

»Zweiundzwanzig?«

»Ja, genau, ich bin ziemlich sexistisch für eine Frau!«

»Das denkst du dir doch jetzt nur aus!«

»Nein, das tue ich nicht!«

»Wieso heißt er überhaupt Kurt, wenn er zweiundzwanzig ist? Du hast dir doch den ganzen Typ gerade zurechtfantasiert, wahrscheinlich ist das eine Figur aus deinem Drehbuch!«

Liese kam ins Zimmer und sagte: »Sorry, ihr seid echt

superlaut in meinem Leben mit drin, und deshalb wollte ich mich beteiligen. Er existiert wirklich, und man spricht es englisch aus. *Kurt*, nach Kurt Cobain, seine Mutter war krasser Nirvana-Fan. Und Mats, du blutest neben dem Auge, brauchst du ein Pflaster? Ich hab voll coole mit Yoda drauf!«

»Geh jetzt, wir kriegen das schon hin!«, sagte Nikki.

»Du weißt also nicht mal, wie man deine große Liebe richtig ausspricht?!«, fragte Mats.

»Ich mag es, Kurt deutsch auszusprechen, und er auch, er liebt es.«

Mats lachte und tippte sich an die Stirn.

»Du erfindest hier doch Geschichten, schreib das mal besser in dein Drehbuch.«

»Da kommt nix mit Liebe drin vor, Liebe ist dumm, Liebe macht dumm und banalisiert alles.«

»Kurt ist dir doch egal, ich weiß, dass du mich noch liebst, deshalb bist du so aggressiv, deshalb blutet doch jetzt mein Auge.«

»Es ist eher deine Schläfe. Hör auf zu dramatisieren.«

»Wo Hass ist, ist auch noch Liebe!«

Sie sprang auf und trat gegen ihren Schreibtischstuhl.

»Kurt ist mir nicht egal, und er ist auch total verliebt in mich!«

»Okay, dann klingeln wir jetzt da!«

Er rannte aus ihrem Zimmer durch den Flur, riss die Tür auf und lief ins Treppenhaus, die Stufen hinunter bis zur WG, Nikki folgte ihm, Mats klingelte, Shirin öffnete und zog die Augenbrauen hoch.

»Ist Kurt da?«, fragte Mats.

»Äh, ja, er ist in seinem Zimmer.«

»Hol ihn bitte her.«

»Klar.«

Kurt kam in einem knielangen schwarzen Kapuzen-pullover an die Tür und strahlte Nikki an.

»Nikki!«

Sie packte ihn an den Schultern und küsste ihn auf den Mund. Kurt machte einen Schritt zurück und sah ir-ritiert zu Mats.

»Warum tust du das? Nikki, was ist hier los? Wer ist das?«

»Das ist Mats.«

»Ah. Verstehe.« Hinter Kurt tauchte ein ebenso junger Typ in Jogginghose auf, umarmte Kurt von hinten und küsste ihn auf den Hals.

Mats fing an zu lachen.

»Kurt ist schwul, Nikki! Ich glaub, ihr müsst mal re-den!«

Kurt zog die Brauen hoch.

»Du lachst darüber, dass jemand schwul ist?«

»Nein, nein«, sagte Mats, »es ist nur so, dass Nikki ...«

Nikki unterbrach ihn.

»Ist doch jetzt egal, lassen wir das, Mats, du hast ge-wonnen.«

»Kommt doch rein. Wir könnten zusammen Lasagne machen, wir haben alles da, und auch ein paar Flaschen richtig guten Pinot Noir aus dem Keller meiner Mutter«, sagte Kurt.

»Nein, nein, danke, Kurt, das ist sehr nett, aber Mats und ich müssen wohl mal miteinander sprechen.«

»Aha. Jetzt auf einmal.«

»Sprechen, nur sprechen, Mats.«

»Was ist der Unterschied?«

»Weiß nicht, glaub das eine ist weniger deep.«

»Sag nicht *deep*.«

»Wieso nicht?«

»Es ist das Gegenteil von deep.«

»Stimmt.«

Kurt und sein Freund verabschiedeten sich und machten die Tür zu.

Nikki setzte sich auf eine Treppenstufe und sagte: »Sie haben mich gefeuert.«

»Was?!«, rief Mats.

»Ja, Mats, sie haben mich gefeuert, ich hab nicht gekündigt, ich war noch genauso bequem wie vorher, ich bin feige und weich und versoffen und undiplomatisch, und jetzt schreibe ich Hals über Kopf so ein Drehbuch und hab keine Ahnung, was das wird, ich rede mir nur ein, dass es genial ist, ich rede mir alles immer nur ein, ich weiß nicht, was ich tue, nie, ich treffe keine wohlüberlegten Entscheidungen, ich mache mir nicht mal Notizen oder überlege mir Rahmenhandlungen, und recherchieren tue ich auch nicht, ich hau auch mein ganzes Leben nur so raus, ich agiere wie als Kind an diesen Automaten mit dem Greifer, wo man vielleicht ein Plüschtier kriegt, und werfe immer mehr Geld nach, und am Ende fällt das Plüschtier wieder runter, und meine Mutter hat mir immer nur immer mehr Geld dafür gegeben, wenn andere Eltern längst dreimal Nein gesagt hätten, weil sie Krebs hatte, weil sie meine halbe Kindheit über schon Krebs hatte und wollte, dass ich maßlos glücklich bin, und deshalb bin ich eine einzige planlose, zufallsorientierte Impulsivität, weil ich weiß, alles Wichtige ist unkontrollierbar, es gibt für mich nie einen gesunden Mittelweg, du willst mich nicht zurück.«

Nikki vergrub das Gesicht in den Händen, und Mats setzte sich dicht neben sie, und dann versuchte sie nicht mehr die Tränen zurückzuhalten, weil sie die Wärme von Mats langem Oberschenkel an ihrem spürte, und er blieb einfach sitzen und wartete, bis sie sich ausgeheult hatte, dann sagte er: »Weißt du, ich hab mich gestern mit Linus und Ben getroffen. Sie wollen, dass wir zusammen nach Kreta reisen, um das, was damals passiert ist, zu verabschieden, verarbeiten, was weiß ich, ich habe keine Ahnung, wie das gehen soll. Wir haben damals nichts anderes mit der Sache gemacht, als sie ›die Sache‹ zu nennen und unsere Freundschaft zu beenden, wir haben das nie geklärt. Linus hat mich gestern um Verzeihung gebeten, er hat sich die ganze Zeit über schuldig an Milans Tod gefühlt, weil er ihn damals nachts alleine hat lostrampen lassen zu dieser Party.«

Kurt öffnete wieder die Tür, kam zu ihnen rüber, reichte Nikki eine geöffnete Flasche Pinot Noir und zwei Gläser. Nikki schenkte sich ein, trank einen großen Schluck, und Mats sagte: »Milan war so verliebt in dieses Mädchen, er war zum ersten Mal verliebt in seinem Leben.«

»Wer ist Milan?«, fragte Kurt.

»Milan war mein kleiner Bruder, wir waren im Urlaub, er war erst neunzehn und wollte noch zu einer Strandparty, Kilometer entfernt, nach Mitternacht, weil er dort Ariadni treffen wollte, sie hatte ihn eingeladen, aber wir haben drauf bestanden, dass er erst noch mit uns Fußball in der Taverne unseres Vermieters guckt, griechische Liga, und dann ... hat sein Lieblingsverein gewonnen, so viele Runden gingen aufs Haus, so viele, bis man aufhörte, daran zu denken, es nicht zu übertreiben, sondern es nur noch sorglos flimmerte im Kopf, ohne morgen, ohne an morgen zu denken. Linus hatte Milan damals versprochen, später noch mit ihm zu der Party zu fahren, aber dann war er so besoffen, dass er einfach auf einer Bank in der Taverne einschlief, wir waren alle besoffen. Milan ist dann allein los, trampen, er war so verliebt, er hatte Ariadni da erst ein einziges Mal geküsst. Er ist nie bei der Party angekommen und nie zurückgekehrt.«

Kurt sah ihn an.

»Man hat ihn nie gefunden, er war einfach weg, er ist weg«, sagte Mats. »Die Zeitungen waren voll davon, auch hier wurde darüber geschrieben, meine Mutter ist fast daran zerbrochen, meine Eltern hatten sich kurz vorher getrennt und dann zusammen ne Therapie gemacht, sie sind wieder zusammengekommen und waren glücklicher als vorher, na zumindest miteinander, und sie haben ne Scheißbank da auf Kreta im Nirgendwo aufstellen lassen, wo er vermutlich die Klippen runtergestürzt ist, obwohl niemand weiß, was wirklich passiert ist ... Ich bin so sauer deswegen, als würde so ne Scheißbank was in Ordnung bringen, also, wenn man sich dahin setzt, ich war nie wieder auf Kreta, und ich werd mich niemals auf diese Scheißbank setzen. Meine Eltern kommen mir irre vor in ihrer Art, ihren Frieden damit gemacht zu haben, das ist so bizarr positiv, ich halt nicht aus, wie cool sie damit sind, irgendwie. Ich hab das nie gemacht, also ne professionelle Aufarbeitung. Man kann sich sowieso nicht daran gewöhnen, jemanden zu verlieren, den man liebt, es geht einfach nicht. Meinen Bruder habe ich geliebt, ich habe es ihm aber nie gesagt, so was sagt man sich nicht in dem Alter. Ich liebe dich. Man zeigt das, man weiß das, aber man sagt das nie so superkonkret. Solange Milans Leiche nicht gefunden ist, denke ich immer, er könnte noch leben, irgendwo in einer Höhle, ganz allein, weil er den Weg zurück nicht findet. Aber wahrscheinlich ist er einfach nur tot, irgendwo runtergestürzt, ins Meer. Die Polizei hat ermittelt, aber dann nicht mehr, und das Leben ging eben weiter.«

Kurt nahm Mats einmal kräftig und für bestimmt eine Minute in den Arm, ohne vorher zu fragen, und verabschiedete sich dann, sagte, er müsse sich um die Lasagne kümmern. Mats blieb mit Nikki auf der Treppe sitzen, und sie tranken schweigend aneinander gelehnt den Wein, und er fragte sich, ob er ihr alles erklären könnte, ob sie ihm glauben würde, dass das mit Tula wie ein Drogentrip war, ob er sie um Vergebung bitten durfte.

In ihm war alles so konfus, seit er von Hendriks Verschwinden gehört hatte, erst hatte er das weggedrängt, aber es hatte nicht funktioniert, plötzlich funktionierte gar nichts mehr, nur weil dieser Typ weg war, den er zwar schon lange kannte, aber nie gemocht hatte, aber der, so wie er selbst, alt geworden war, älter. Und jetzt war er verschwunden, seitdem tauchte sein Bruder immer wieder auf in seinen Gedanken und auch den Träumen, in den düsteren Träumen, sie wurden dadurch düster, dass Milan darin auftauchte, selbst wenn es schön war, ihn dort zu sehen, wenn Mats aufwachte, wurde es düster, nein, traurig, er wusste nicht mehr, was was war, denn er hatte sich schon lange nicht mehr so richtig mit seinen Gefühlen verabredet, nicht in freundschaftlicher Absicht zumindest. Und dann wurde alles wieder so überpräsent, gesteigert noch durch Linus' Anruf und den Urlaub mit Tula, den er schrecklich und dann immer schrecklicher gefunden hatte. Sie hatte verzweifelt versucht, jeden Tag sexier zu werden, und er dachte zunehmend an die Worte seiner Mutter, die immer sagte, die jungen Frauen hätten einfach nichts begriffen. Seine Mutter war intelligent, aber oft pauschal in ihren Äußerungen. Dieses Mal hatte sie allerdings recht, Tula hatte sich jeden Tag auf Instagram in Szene gesetzt und ihn markiert und verlinkt, damit er sehen konnte, wie verdammt heiß sie war, während sie neben ihm im Bett oder am Strand lag und er sich nichts mehr wünschte, als allein zu sein, und zugleich nichts mehr fürchtete, als ohne sie zu sein und nichts mehr zu haben, das er sich fortwünschen könnte, nichts mehr, das ihn nervte und von sich selbst ablenkte. Und er wunderte sich, warum Tula ihn nie gefragt hatte, was los sei, wie Nikki, die immer so direkt war, dass es beinahe zwanghaft wirkte. Nein, Tula hatte nichts gefragt und auch nichts gesagt, sondern einfach nur versucht, ihre Attraktivität optimaler zu positionieren. Und sie spielte ständig auf ihr junges Alter an und sagte, sie wolle es genießen, als Frau noch gesehen zu werden, irgendwann mit vierzig, fünfzig würde das aufhören, da würden Frauen einfach nicht mehr gesehen. Und Mats hatte sie gefragt, gesehen als was? Sie verzog so komisch das Gesicht und erwiderte, ja das klinge jetzt irgendwie blöd, das sei ihr vollkommen klar, aber sie meine das ganz konkret, gesehen werden als Sexobjekt, das sei ihr schon bewusst, dass sie das damit meine, aber so sei das eben als Frau. Was daran eigentlich so schlimm sei, nicht mehr als Sexobjekt gesehen zu werden, wollte Mats wissen, und Tula meinte, das sei eine Form des Machtverlusts, sie sei da realistisch, und er als Mann habe keine Ahnung, wie das sei, er könne da nicht mitreden. Am Flughafen in Berlin sagte er ihr, er brauche mal ein wenig Abstand, und sie akzeptierte auch das und markierte und verlinkte ihn einfach weiter, ohne neben ihm im Bett zu liegen oder am Tisch zu sitzen.

Mats zog in ein Hotel und guckte tagelang Pornos im Dunkeln, obwohl er eigentlich nicht so war. Er sehnte sich danach, sich wieder auf glückliche Art zu langweilen, am liebsten mit Nikki, und dass sie ihm dann und wann alles um die Ohren haute, und diese Mischung erschien ihm wie das aufregendste oder zumindest angenehmste Glück.

Der Moment hier im Treppenhaus mit ihr und dem Pinot Noir von Kurts Mutter war so perfekt, oder wenigstens der beste Moment seit Langem, und plötzlich sagte Nikki: »Du musst nach Kreta, Mats, du musst nach Kreta zu Milans Scheißbank.«

»Kommst du mit?«

»Nein, Mats, ich muss schreiben, wir sollten uns nicht mehr aneinander festhalten, wir machen jetzt, was wir machen müssen. Du fährst mit Ben und Linus, es sind deine besten Freunde, du kannst sie nicht blenden, so wie Tula.«

»Sie sehen anders aus, na ja, älter, und sie wirken irgendwie ... verletzlicher, sterblich.«

»So wie du«, sagte Nikki und küsste ihn sanft und lange.

Marlene stand am Neuen Pferdemarkt vor der Toast Bar, vernahm in weiter Ferne das Grollen eines Gewitters und wartete auf ihre Freundin Verica, die irgendetwas tun wollte, die die Füße nicht stillhalten konnte, bis Hendrik gerettet oder gefunden worden war, und falls er noch lebte, wollte sie ihn ans Bett fesseln, bis er wieder der Alte war, der Mann, in den sie sich als Studentin so leidenschaftlich verliebt hatte, dass ihr das Leben für Monate vorkam wie eine romantische Montagesequenz aus einem Achtzigerjahre-Film.

Die Prägung der heranwachsenden Verica durch eine bestimmte Art von gefühligem Schablonen-Unterhaltungsfilm und der damit einhergehenden Imagination von Liebe, die Autorität ihrer diabolisch katholischen Mutter, die von romantischer Liebe gar nichts hielt, und einem selbstwertgestörten Hendrik mit stechend blauen Augen und schmutzigblauen Tätowierungen, der im richtigen Moment zufällig die richtigen Dinge gesagt hatte, hatten vollkommen ausgereicht, um Vericas Liebesleben für Jahre zu ruinieren.

Die Medien hatten in den letzten Tagen über Hendriks Verschwinden berichtet, ein paar Zeugen hatten sich gemeldet, es wurde ermittelt, aber bisher war jede Spur im Sand verlaufen. Verica hatte ihre Freundin deshalb gebeten, mit ihr die letzte Strecke abzulaufen, die Hendrik in der Nacht vollkommen betrunken zurückgelegt hatte.

Anhand von Zeugen war rekonstruiert worden, dass er, nachdem Jupiter und seine Jungs ihn ein bisschen herumgeschubst hatten, noch einmal in die Toast Bar einkehrte, sich dort weiter betrank und ein paar Frauen auf unangemessene Weise ansprach. Nachdem er ein Glas an die Wand geworfen hatte und anfing zu grapschen, wurde er rausgeworfen.

Bei einem Kiosk in der Wohlwillstraße kaufte er sich zwei Dosen Bier, zog weiter in eine Pizzeria auf St. Pauli und versuchte sich einer Gruppe Studentinnen aufzudrängen, woraufhin er auch dort rausflog. Auf der Reeperbahn aß er an der Würstchenbude Lucullus eine Currywurst und ging schließlich zum Mojo Club. Schon bevor der Club unter der Erde neu angelegt worden war, hatte er dort und in der Mandarin Bar jahrelang als Türsteher gearbeitet und erst vor einem Jahr wegen gewisser Ausfallerscheinungen damit aufhören müssen, trotzdem war er noch mit ein paar Türsteher-Kollegen befreundet. In der Nacht von Hendriks Verschwinden fand im Mojo Club eine geschlossene Filmpremieren-Party statt, deshalb hatte man ihn abgewiesen, aber die Türsteher betonten, sie hätten ihn auch bei normalem Betrieb nicht hineingelassen, so sehr habe er geschwankt und gelallt.

Verica und Marlene standen am Tresen der Toast Bar, tranken kurze Grasovka, und Verica sagte: »Hendrik hat zuletzt so unfassbar viel gesoffen, einen Abend war er bei mir und hat in knapp zwei Stunden zwei Flaschen Rotwein getrunken, und man hat ihm echt nichts angemerkt.«

»Er war Alkoholiker«, sagte Marlene und verstand nicht, warum sie darüber überhaupt noch reden mussten.

»Ja«, erwiderte Verica, »ja, ich weiß, das musst du nicht sagen, das ist doch klar.«

»Bitte entschuldige, manchmal denk ich, dann ist es

vielleicht leichter für dich, tut mir leid.«

»Es ist nicht leichter. Ich denk immer, ich hätte auf ihn aufpassen müssen.«

»Du hättest es nicht ändern können, und außerdem war er doch nur noch scheiße zu dir.«

»Aber es ist trotzdem eine Krankheit, und er ist trotzdem Palomas Vater.«

»Wie geht es Paloma?«

»Ich weiß nicht, wie es Paloma geht. Sie wirkt seltsam gefasst. Sie ist seit Wochen distanziert zu mir, ich will jetzt nicht darüber reden.«

Marlene suchte in ihrer Tasche nach dem Telefon, eine Nachricht von Linus war eingegangen: *Gebucht.*

»Sie haben Kreta gebucht.«

Verica nickte desinteressiert, sah irgendwie unangebracht genervt aus, wandte sich ab, bestellte noch zwei Wodka und erwiderte: »Weißt du, ich verstehe, dass sie noch mal dahin fahren, aber ich habe Angst, dass Hendrik auch für immer verschwunden bleibt, so wie Mats' Bruder, es wirkt wie ein Zeichen dafür, dass ich anfangen soll, mich damit abzufinden. Alles fügt sich, es gibt keine Zufälle.«

»So ein Quatsch, wer sagt das? Wer hat diesen Quatsch erfunden, es gibt keine Zufälle?«

»Gott.«

»Du glaubst doch gar nicht an Gott, Verica.«

»Aber meine Mutter, und sie hat mir schon früh eingetrichtert, dass alles aus einem Grund passiert und immer irgendeine Scheißprüfung für mich darstellt. Irgendeine Scheißaufgabe von Gott. Und es gibt Zeichen von ihm, die man richtig lesen muss, wie ein Gesetzbuch. Für meine Mutter gibt es nichts Logischeres als ihren Glauben, und sie gibt mir immer das Gefühl, dass ich schuld bin.«

»An was?«

»An allem.«

Marlene nickte, und Verica fragte: »Wie geht es dir eigentlich, Marlene?«

»Es geht mir beschissen.«

»Warum?«

»Weil ich wünschte, ich könnte meine Kinder auch verlassen, so wie ich Linus verlassen habe, und deshalb fühle ich mich schuldig wie die Hölle, ich wünschte, ich hätte nie geheiratet, hätte nicht dieses Leben geführt, das aus einem Plan entstanden ist, der mich niemals glücklich gemacht hat, aber ich dachte, das macht man eben so. Heiraten, wenn ein Netter kommt, der dich liebt, mehr als du ihn, mit ihm Kinder kriegen, weil das glücklich macht. Das Jurastudium war so anstrengend, für nichts. Diese Rohrkrepierer-Karriere, über die die große Liebe zu meinen Kindern mich hinwegtrösten sollte.«

»Wir fangen einfach noch mal an, wenn das hier alles durch ist und die Kinder ausgezogen sind.«

»Ja, ich will dann ganz allein in einer umgebauten Fabriketage mit kaltem Achtzigerjahre-Inventar leben.«

»Immer im Halbdunkel.«

»Und ich hab dann so viel Geld, dass ich vergesse, dass es keine Liebe in meinem Leben gibt, und obwohl ich mir zehn Autos leisten könnte, fahr ich in meinem weißen Trenchcoat mit dem Rennrad rum, kurve so zwischen Autos auf großen Straßen entlang, höre dabei ganz laut Musik und hab vor nichts Angst, vor allem nicht vorm Alleinsein.«

»Was hörst du?«

»Kraftwerk, Roxy Music, Blondie, Spliff.«

Verica grinste und sagte: »Und dann ziehen wir um die Häuser, und tagsüber hängen wir in Buchläden ab und decken uns ein, und nachts auf Clubkonzerten, und wir fördern mit unserer ganzen Kohle unabhängige Kunst jeder Branche und schlafen mit jungen Künstlern, machen sie sinnlich, emotional und vor allem ökonomisch von uns abhängig.«

»Und wir eröffnen Restaurants.«

»Bistros und Osterien.«

Marlene lächelte, bestellte noch zwei Wodka und ergänzte: »Wir machen das alles mit Anfang, Mitte fünfzig.«

»Abgemacht, und jetzt finden wir meinen Ex oder zumindest seine Leiche.«

Verica schlug die Hand vor den Mund.

»Shit, ich habs gesagt. Ich habe gesagt, er könnte tot sein«, presste sie hervor. Sie schüttelte den Kopf, dann entdeckte sie den Barkeeper, der in der Nacht Dienst gehabt hatte, und fragte ihn: »Was hat Hendrik für einen Eindruck auf dich gemacht?«

»Einen ziemlich betrunkenen und peinlichen Eindruck, tut mir leid, mehr war da nicht.«

»Wirkte er traurig? So als würde er sich umbringen wollen?«

»Nein, ehrlich gesagt wirkte er, als würde er dringend bumsen wollen, obwohl er das mit Sicherheit nicht mehr konnte.«

»Danke.«

Verica nahm Marlenes Hand und zog sie durch die Menge aus der Bar, sie liefen eingehakt die volle Straße entlang, das Donnergrollen war wieder zu hören, und Verica sagte: »Ich hab einen Tropfen abbekommen.«

Marlene hielt die Hand auf und sah zum Himmel, der in diesem Moment von einem starken Flackern erhellt wurde.

»Vielleicht sollten wir uns beeilen.«

»Ach, das bisschen Regen, wir sind doch nicht aus Zucker, wie meine Großmutter zu sagen pflegte. Wir sollten so viel und so schnell trinken wie Hendrik, vielleicht würden wir dann herausfinden, wohin er gegangen ist und was mit ihm passiert ist.«

»Aber dann würden wir sterben, Verica.«

Wieder donnerte es, und es klang, als rollte das Gewitter näher, und sie kehrten in den Kiosk ein. Der Typ hinterm Tresen berichtete, er habe sich geweigert, Hendrik noch Wodka zu verkaufen und ihm stattdessen zwei Dosen Bier geschenkt, damit er verschwindet. Marlene und Verica luden sich zwei Tüten mit Süßigkeiten voll, draußen hatte sich alles wieder beruhigt, die ersten Tropfen auf den warmen Gehwegen waren getrocknet. Ein flinkes Wetterleuchten blitzte auf, und der Himmel hatte sich für einen Moment graugrün verfärbt. Sie liefen weiter in Richtung St. Pauli bis zu der Pizzeria, in der Hendrik die Studentinnen belästigt hatte.

Der alterslose Italiener mit Hornbrille und Man-Bun hinterm Tresen sagte mehrmals, er finde es fantastisch, dass sie so furchtlos versuchten, ein Rätsel zu lösen, und gab ihnen eine Pizza Napoli mit extra vielen Sardellen aus. Sie tranken Nero D'Avola und Myrto auf Eis, Giacomo machte um kurz vor Mitternacht laut »Tu vuo fa l'americano« von Sophia Loren und Paolo Bacilieri an, und sie tanzten ein bisschen und vergaßen für eine kurze Weile, warum sie dort waren. Als Verica von der Toilette kam, sagte sie: »Wir müssen weiter, Marlene, wir müssen Hendrik finden.«

»Aber wir werden ihn nicht finden, dazu sind wir zu betrunken.«

»Oder noch nicht betrunken genug, meine Liebe!«

Sie küssten Giacomo zum Abschied auf den Mund und

stolperten hinaus auf die Straße, es regnete ein wenig, und der Himmel hatte sich verdüstert.

Aus der Pizzeria tönte laut Alices »Prospettiva Nevski«, und Giacomo kam noch einmal herausgestürmt, schwenkte einen verbogenen Schirm, sie winkten ab, und er rief ihnen auf Italienisch etwas nach, es klang schön und feierlich, und seine Stimme verhallte in der Nacht zusammen mit dem tröstlichen Kitsch der Musik.

Um kurz vor zwei betraten die Frauen den Lucullus Grill auf der Reeperbahn. Hendrik war in der Nacht seines Verschwindens um genau dieselbe Zeit hier gewesen.

Nur Männer tummelten sich an dem langen Tresen, alle waren allein über ihre Würste gebeugt, die jüngeren starrten auf ihre Telefone, die alten lasen Zeitung oder blickten mit glasig-geschwollenen Augen ins Nichts. Keiner von ihnen interessierte sich für die zwei Frauen, die sich an den Mann hinter der Theke wandten, Verica hielt ihm Hendriks Foto hin:

»Können Sie sich noch an diesen Mann erinnern?«

»Ja, natürlich, das hab ich dem LKA doch schon alles gesacht.«

»Ich bin seine Frau.«

»Dann sei doch froh, dass er weg ist, Perle, der hat sich hier so oft daneben benommen, dass er mal Hausverbot hatte, der hat nix mehr gerafft, bei dem war echt Ende Gelände, und dann fing er an Nirvana zu singen, die konnte ich schon in den Neunzigern nicht ab.«

Verica fragte: »Hat er was gegessen?«

»Er hatte ne Bockwurst und n doppelten Kaffee schwarz.«

Marlene und Verica liefen die Reeperbahn entlang. Es begann erneut zu nieseln, in der Ferne zu donnern und die Abstände zu den hellen Blitzen wurden kürzer. Marlene hätte gern in einem Hauseingang abgewartet, aber Verica schien das drohende Unwetter gar nicht zu bemerken, vollkommen niedergeschlagen sagte sie: »Er hat sich umgebracht, Marlene, er trinkt nachts nie Kaffee, nie, er trinkt nachts nur Orangensaft zum Alkohol, wegen der C-Vitamine, hat er immer gesagt, der hatte was vor, der hat sein Leben mit Koffein und letzter Kraft beendet.«

Marlene versuchte die Freundin abzulenken.

»Hast du schon gehört, was für eine große Aufmerksamkeit Leilas neuer Roman seit Tagen bekommt?«

»Nee, gar nicht, ich meide das Internet wie die Pest, seit sie über Hendrik schreiben und lauter angebliche Freunde mich auf Instagram mit geheuchelten Direktnachrichten bedrängen, dabei konnten sie ihn alle nicht ab, und meine Gefühle interessieren sie einen Dreck. Sie sind alle so neugierig, Voyeuristen, sonst nichts, ich hasse das alles so sehr, Marlene, mein Leben ist doch kein verdammter Gossip!«

Marlene nahm Vericas Hand, und sie liefen ein paar Minuten schweigend.

»Was ist denn das für ein Buch von Leila?«, fragte Verica.

»Es heißt *Symptome* und klingt interessant, handelt von Leuten in Krisen.«

»Handelt davon nicht jedes Buch?«

»Ja, irgendwie schon, vielleicht weil es eben so ist.«

»Wie?«

»Na ja, du wachst morgens auf und musst Probleme lösen, und dann gehst du wieder schlafen, und im Großen und Ganzen ist es genauso: Du wirst geboren und stirbst am Ende und dazwischen löst du eine Menge Probleme oder versuchst es zumindest.«

»Stimmt, deswegen funktioniert das als Konzept beim Geschichtenerzählen so gut.«

»Hast du das Buch gelesen?«

»Nee, aber ich hab es bei meiner Buchdealerin reservieren lassen.«

»Ich würd auch so gern wieder mehr lesen, jetzt ist Paloma schon ein paar Jahre Teenager und meist nicht da oder für sich allein happy, und ich komm trotzdem nie zur Ruhe, vielleicht lag es gar nicht an ihr.«

Marlene deutete dahin, wo der Mojo Club unter der Erde verschwunden war.

»Da ist Luis.«

Sie liefen rüber zu dem Türsteher, umarmten sich zur Begrüßung, und er sagte: »Tut mir so leid, das mit Hendrik.«

Sie rauchten zusammen, und Luis erzählte noch einmal, was sie längst wussten, dass Hendrik in der Nacht nicht reingelassen wurde und dann samt einer Flasche Wodka in Richtung Hafen abgebogen war.

Marlene sagte: »Ich würde nicht in einen Club gehen, wenn ich mich umbringen will.«

»Ein letztes Mal tanzen«, sagte Verica, und Luis erwiderte: »Quatsch, der wollte sich nicht umbringen, so einer bringt sich nicht um.«

Verica lächelte, aber eine Träne rann über ihr Gesicht, Luis nahm sie in den Arm und fuhr fort: »Hendrik war ein bisschen lost, aber er ist ein Kerl, ein Macker. So einer bringt sich nicht um, ist nicht sein Stil, so einer säuft sich höchstens tot, und davon war er noch ne Ecke entfernt, ich kenn mich da aus.«

Ein lauter Donner direkt über ihnen und ein Blitz wenige Sekunden später ließ sie alle drei zusammenzucken, und sie verabschiedeten sich schnell, um Hendriks Route in Richtung Hafen zu folgen, bevor es wie aus Eimern schüttete.

Nachdem Hendrik in Richtung Hafen gelaufen war, hatte sich seine Spur in Höhe des Tropenkrankenhauses verloren. Eine junge Ärztin hatte dort nach Feierabend noch eine geraucht, als er vorbeiwankte, danach hatte ihn niemand mehr gesehen.

Der Regen wurde nun immer stärker, Marlene und Verica rannten schnell auf die andere Straßenseite zum Kiosk, um wie Hendrik eine Flasche Moskovskaya zu kaufen. Marlene verstand noch immer nicht, warum Verica auf diese Inszenierung, die Rekonstruktion von Hendriks möglicherweise letztem Weg bestand oder was es bringen sollte, denn Marlene glaubte nicht, dass die Wiederholung zu einer Klärung der Situation beitragen würde, aber alles, was ihrer Freundin guttat, sie von ihrer Machtlosigkeit ablenkte und zumindest kurzzeitig stabilisierte, war in diesem Moment richtig.

Die Frauen gingen schweigend nebeneinander durch den immer lauter prasselnden Regen, die Farbe des Himmels veränderte sich, und er brach an einer Stelle auf, und es war, als würde etwas von dort oben direkt auf sie hinabstrahlen, und dann schloss sich der Spalt wieder, und alles verdichtete sich zu einer einzigen grauschwarzen Masse. Der Regen wurde eisig und fester, und Marlene hielt die Flasche Wodka über Vericas Kopf, packte sie an der Hand und zog sie in den nächsten Hauseingang. Das Unwetter tobte so laut, dass Verica schreien musste: »Wir müssen weiter, sonst stimmt das mit der Uhrzeit nicht mehr überein!«

»Ich laufe nicht durch den Hagel, Verica!«

»Das ist kein Hagel, das ist Graupel, das ist nur verfickter Graupel, das hört so schnell auf, wie es angefangen hat, glaub mir!«

»Was auch immer, es ist, es ist zu krass!«

Der Himmel zeigte sich in einem tiefdunklem Grau, es krachte schnell hintereinander, Blitze zuckten direkt über ihnen und hinterließen für einen Moment ein giftiges Grün am Himmel. Marlene nahm einen großen Schluck Wodka aus der Flasche und gab sie Verica, und ganz plötzlich, nachdem die Graupelwand einmal so dicht geworden war, dass man kaum noch etwas sehen konnte, hörte es auf. Wie in Zeitraffer trieben die Wolken auseinander, und wie aus dem Nichts, mitten in der abrupten Sommernachtstille, stand plötzlich eine hochgewachsene Frau vor ihnen auf der Straße und kam auch schon mit schnellen Schritten auf Marlene und Verica zu. Sie roch deutlich nach Grapefruit und trug einen olivgrünen Armeeoverall. Ihr graues Haar war mit einem Glitzer-Haargummi hochgebunden, ihr oranger Nagellack abgeblättert, sie hatte sonnengebräunte faltige Haut, wasserblaue Augen.

»Ich bin euch gefolgt, wir müssen reden«, sagte sie.

»Wer bist du?«, fragte Verica.

»Stéphanie von Monaco.«

Verica lachte.

»Nein, niemals.«

»Ich habe meinen richtigen Namen schon lange verdrängt und vergessen. Sie war mein Idol, sie war so androgyn und stark, aber sie hat den Tod ihrer Mutter nie verwunden, das verkraftet kein Herz. Ich komme auch aus einer guten Familie, aber sie haben mich verstoßen, und Stéphanie hat mich enttäuscht, alle haben mich enttäuscht.«

»Wieso?«, fragte Marlene und zündete sich eine Zigarette an.

Die Frau wickelte ihr Glitzerzopfband fester um das Haar und antwortete: »Es ging bei ihr nur noch um Männer.«

»Ja«, sagte Verica, »aber was war sie denn schon? Eine Prinzessin und ein Model.«

Die Frau sah sie erschrocken an.

»Sie hätte so viel mehr sein können.«

»Aber du nennst dich noch immer Stéphanie von Monaco!«, fragte Marlene.

»Weil ich meinen eigenen Namen nicht mag, und weil er für meinen Job als Prostituierte besser funktioniert, deshalb, hübsche blonde Eppendorferin.«

Sie bat um eine Zigarette, Marlene gab ihr Feuer und steckte sich auch eine an, Stéphanie von Monaco sagte: »Wenn man jung und schön ist, kann man gestört sein, sogar aggressiv, irgendjemand findet sich, irgendjemand sieht immer was Magisches in dir, und jeder will mit dir schlafen. Ich war ein Model, und ich verliebte mich in einen polyglotten Geschäftsmann, es war wie in Hollywood, aber am Ende wie in guten Reportagen, genauso trist, ich wohnte früher überall, und heute wohne ich nirgends, und neulich entschied ich mich endlich, allem ein Ende zu setzen, ich wollte es wirklich tun, und ich betrank mich und nahm Tabletten, aber ich hatte nicht mehr genug, nur genug, um mich zuzunebeln, und ich ging runter an die Elbe und wusste, wenn ich da einmal reinfalle, dann geh ich unter, dann sinke ich wie ein Stein, ich werd einfach runtergezogen. Aber dann war da plötzlich dieser Typ, der noch betrunkener war als ich, und er stolperte auf mich zu und versuchte mich davon abzuhalten, und wir haben gekämpft, wir haben gerungen, lange, ich weiß nicht, wie lange, aber es ging um alles dabei, und dann, ich weiß nicht, woher meine Kraft in dem Moment kam, er war so besoffen und so stark, und er rief immer wieder: ›Mach kein Scheiß, irgendjemand liebt dich doch, wenn du willst, kannst du noch mal fliegen!‹

Irgendwie ist es dann passiert, er ist glaub ich abgerutscht, gestoßen hab ich ihn nicht, wenn, dann nur von mir weg, aber nicht rein ins Wasser, das wollte ich doch nicht, ich wollte doch selbst da rein. Ich hab sein Bild in der Zeitung gesehen und dich im Fernsehen, und wie du erzählst, ich bin nicht zur Polizei gegangen, ich will ja sterben, nicht schon wieder in den Knast. Aber jetzt, jetzt kann ich mich nicht mehr umbringen, deswegen, ich weiß nicht warum, aber es geht nicht mehr, ich kann nicht sterben, weil ich schuld bin, weil er an meiner Stelle gestorben ist, so kann ich nicht gehen.«

Verica atmete schwer und schrie: »Du hast Hendrik in die Elbe gestoßen, als er dir das Leben retten wollte?!«

»Ja, und er ist sofort untergegangen, wie ein Stein, so wie ich es für mich selbst eingeplant hatte, nicht für einen anderen, ein völlig Fremder ist an meinem Schmerz zugrunde gegangen, so ist es mit dem Schmerz, wir geben ihn weiter, wenn alles außer Kontrolle gerät, wir geben ihn weiter an die, die wir lieben, oder an völlig Fremde aus banalem Zufall.

»Jetzt hör auf, hier rumzuphilosophieren, du bist eine Mörderin!«, schrie Verica.

»Ich glaub, es ist eher Totschlag«, sagte Marlene leise.

»So oder so, ich bin schuldig, und ich hoffe, ich werde für immer eingesperrt, ich tauge ohnehin nicht für die Freiheit, seht mich doch an!«

Verica stand einfach nur da, hielt den Wodka im Arm und schwieg.

»Woher sollen wir wissen, ob es wahr ist, vielleicht willst du nur Aufmerksamkeit, du kannst uns doch sonst was erzählen«, fragte Marlene.

»Ja«, sagte Verica, »ich glaub dir kein Wort, was hatte er an?«

»Das weiß ich nicht mehr, es war dunkel unten am Hafen um die Zeit, und meine Augen sind auch nicht mehr gut. Aber ich schwöre, es ist wahr, ich hab ihn auf dem Gewissen.«

»Okay«, sagte Marlene, »dann gehen wir jetzt sofort zur Polizei, und du nennst deinen richtigen Namen, zeigst denen die Stelle am Wasser, und dann werden wir sehen.«

Ben hatte sich eine Wochenzeitung und Leilas neuen Roman *Symptome* in dem großen Buchladen am Flughafen gekauft. Er wollte es mit auf die Reise nach Griechenland nehmen, er wollte sich davon beschützen lassen, weil er längst bereit war, sich auch wieder von Leila beschützen zu lassen.

In knapp zwei Stunden musste Ben ein Flugzeug besteigen, und er dachte daran, dass Angst nichts Schlechtes war, sondern bloß ein Hinweis, denn der Mensch brauchte Ordnung, brauchte Orientierung, und Ben war, nein, er empfand wieder wie ein Mensch und bewohnte kein abstraktes Vakuum mehr.

Aber schnelle Orientierung bekam er noch nicht wieder hin, so wie früher, als er ein Tausendsassa gewesen war und jede Party oder berufliche Zusammenkunft, jeden Flughafen auf fremden Kontinenten im Nullkommanichts gerafft hatte, und in alle sozialen Kontexte und exotische Mikrosphären mit seliger Verve eingetaucht war und seinen menschenfreundlichen Charme hatte spielen lassen, und auch Unvorhergesehenes hatte er mit seinem strapaziösen und immer auch vergnügten Ego elegant ausbalanciert und neue Probleme eben gelöst.

Nun erschien ihm alles hier auf seinem Helmut-Schmidt-Heimatflughafen in Fuhlsbüttel zu groß und weitläufig. Der Flughafen, den er zuvor stets weitgereist hochmütig »provinziell« genannt hatte, war nun ein gläsernes Haus der Angreifbarkeit, weitab der sicheren vier Wände. Wer unterwegs war, war schutzlos. Früher war

Ben berauscht gewesen, kaum dass er sich aufgemacht und die Wohnungstür hinter sich geschlossen hatte. Der bevorstehende Trip lag dann in der unendlichen Schönheit des Zufalls vor ihm, gleichbedeutend mit der Unendlichkeit des Lebens und all seinen Möglichkeiten. Die körpereigenen und synthetischen Drogen bauschten alles auf, und es spielte keine Rolle, ob man genug Wasser trinkt oder sich nur von Weißmehl ernährt.

Und nun saß Ben auf diesem Flughafen und hatte nichts mehr, er war nur noch ein erwachsener Mensch bei vollem Bewusstsein. Die Stimmen von Fremden, dieses Gelaber überall, aus dem er ungewollt unzählige Fragen filterte: Hast du den Standby-Modus ausgeschaltet, hast du den Apfel gewaschen, hast du das Ladegerät eingepackt, wie viel Zeit haben wir zum Umsteigen, freust du dich denn auch? Und das war vermutlich die wichtigste Frage von allen, aber sie wurde meist zu spät gestellt, der Flug war gebucht, die Koffer gepackt, alles bezahlt und die Tage gezählt, es nahm seinen Lauf.

Die Fragen, die sich reisenden Paare stellten, wurden in angenehmer Weise übertönt von den Durchsagen einer perfekten Stimme, zu der Ben sich seit seiner Kindheit eine wie im *Denver-Clan* frisierte Frau mit gutem Charakter vorstellte, in etwa so, als würde Linda Evans als Krystle Carrington jetzt, in diesem Moment zu ihm sprechen, was ihn für ein paar Sekunden tatsächlich beruhigte. Doch dann fragte er sich, ob sie noch lebte, was ihn gleichermaßen beunruhigte, und er vermied es, sie zu googeln.

Sich etwas vorzustellen, war eine gestalterische Tätigkeit, und dadurch nahm er Einfluss auf sich selbst. Wenn man den Halt verlor und die Psyche schwindelig wurde, war es hilfreich oder gar tröstlich, wenn man an

etwas dachte, das sich immerzu wiederholte und nie veränderte, wie eine Serie eben, am besten eine, die man bereits mehrfach gesehen hatte. Und wenn das nicht half,
dann sollte das Leben für eine Weile so sein wie in einem
Buchladen am Flughafen, den man ohne den Vorsatz betrat, ein besonders gehaltvolles Buch zu erwerben, sondern bloß, um die Zeit verstreichen zu lassen, und wo
man im Vorbeigehen kurz innehielt und wie in Trance irgendein Buch oder Magazin zur Hand nahm. Ben hatte
den Buchladen so wie immer nur mit der Absicht betre-
ten, zur Ruhe zu kommen, und nun strich er über das Co-
ver von Leylas Roman, auf dem in großen mattroten Let-
tern das Wort »Symptome« prangte.

Ben hatte mit seiner Therapeutin über das bevorstehende Wagnis Kreta gesprochen, und darüber, wieder
eine Flugreise zu unternehmen. Die letzten beiden Male
hatte er auf dem Rollfeld eine Panikattacke gehabt, so
war ihm die vormals unbekannte Schwäche, Depression,
neurotische Störung, was auch immer, zum ersten Mal
bewusst geworden. Ben drängte sich die Erkenntnis auf,
dass er nicht mehr so weitermachen konnte. Das wusste
er nun, und auch, dass das etwas Gutes war und bedeutete, dass er sich stellen wollte.

Seine erste Panikattacke machte ihn damals so wütend, auf alles und jeden und vor allem auf Leila, aber er
war seiner Wut überdrüssig geworden, er war gar nicht
mehr wütend, und das machte alles schwerer und nachhaltiger zugleich. Die Wut auf Leila, die jeden Schmerz
umgehend erleichterte, war nun verschwunden, und das
trotz Leilas Buch, das fraglos Passagen enthielt, die aus
seinem Leben abgeschrieben waren, aber im Klappentext
stand was von Menschen in Übergangsphasen und Krisen, etwas Klassisches eben, das nichts mit ihm zu tun

hatte, sondern mit allen, und er war ihr dankbar dafür, ihr oder wem auch immer im Verlag, der oder die das Wort »Übergang« ausgewählt hatte, das nahm ihm jetzt, in diesem Moment, ein wenig die Angst.

Auch die Angst vorm Fliegen wurde gerade weichgespült. Die Wirkung des Tavor setzte ein, und in seinem Rucksack war noch genug davon. Er war schon vor zwei Stunden zum Flughafen gekommen, um sich an die Situation, den Ort und das Bevorstehende, den ganzen postpubertären Trip mit den Freunden zu gewöhnen.

Der Flug würde nicht annähernd so lang dauern wie die letzten Flüge nach Südamerika, wo Ben begonnen hatte, Leila zu betrügen und zu verlassen, ohne zu wissen, ob er das eigentlich wollte, ohne Überzeugung von seinem Tun und mit großer Distanz zu jeder Liebe in sich.

Leila war heute Morgen sogar ans Telefon gegangen, Ben hatte ihr zu dem Roman gratuliert, und sie war erstaunlich gelassen und sagte, die Kritiken würden sie nicht interessieren, weder die guten noch die schlechten, aber sie hoffe sehr darauf, endlich genug Geld mit dieser Arbeit zu verdienen, um in Ruhe alt werden zu können.

Ben hatte wegen des frühen Tods seiner Eltern auf eine alpverträumte Art länger schon gar nicht mehr in Betracht gezogen, überhaupt so was wie alt zu werden, und das hatte als Begründung dafür funktioniert, sein ganzes Leben zu ruinieren.

Er kaufte eine sperrige Wochenzeitung, breitete sie auf dem Plastiksitz neben sich aus, um sich darin zu vertiefen, und fühlte sich beobachtet, denn alle um ihn herum starrten bloß auf ihre Telefone. Die Konzentration war zudem mangelhaft, weil ihm der Flug bevorstand und die Tabletten verlässlich ihre Wirkung taten, und dann setzte sich Linus neben ihn auf die Zeitung, legte den Arm um seine Schultern und drückte fest zu.

»Es ist schön, dich zu sehen«, begrüßte ihn der Freund.

»Ebenso«, sagte Ben und fühlte sich im Arm seines Freundes gleichermaßen erschöpft und erleichtert. »Aber ich bin ein bisschen neben der Spur.«

»Ist das Leilas neues Buch? Marlene liest es gerade, und es gefällt ihr erstaunlicherweise.«

»Ihr habt Kontakt?«

»Ja, wir reden noch immer über alles, aber eher so nebenher, wenn es organisatorisch um die Kinder geht. Mich mal so richtig treffen, das will sie nicht, nee, das will sie nicht.«

Linus räusperte sich mehrfach, und Ben kratzte an der Innenfläche seiner Hand, bis die Haut rot wurde.

»Arbeitet Marlene jetzt irgendwie?«

»Sie schreibt Bewerbungen, will in ne Kanzlei, egal als was, aber notfalls fängt sie bei Verica in dem veganen Fast-Food-Laden als Leiterin der neuen Filiale an. Der Laden läuft so gut, dass Verica bald einen zweiten eröffnet, dafür hat sich ihr Philosophiestudium gelohnt.«

»Sei nicht so arrogant! Was ist mit dieser Hendrik-Sache?«

»Es gibt eine neue Zeugin, allerdings ist das so eine etwas ... na ja, Trinkerin ohne festen Wohnsitz eben, es ist nicht klar, ob sie glaubwürdig ist, aber sie meinte, Hendrik habe sie vom Selbstmord abgehalten und sei dabei selbst in die Elbe gefallen oder so, sie hat den Bullen die Stelle gezeigt. Sie tauchen da, und Verica hat sich der Frau jetzt angenommen, hat sie irgendwo einquartiert, versucht sie zum Entzug zu überreden, alles Kompensation ihrer Schuldgefühle wegen Hendrik, behaupte ich mal, weil er nach der Trennung noch krasser abgerutscht ist, meint Marlene, stell dir vor, Ben, Hendrik ist wahrscheinlich echt ersoffen, tot und das ...«

Linus brach ab.

»Und das was?«, fragte Ben.

»Nee, jetzt lass doch, da hinten kommt Mats.«

»Erzähl mal weiter, es lenkt mich ab.«

»Wovon?«

»Ich hab Scheißflugangst, die letzten Male konnte ich nicht in das Scheißflugzeug einsteigen, meine Therapeutin hat gesagt, ich soll mit euch darüber sprechen, könnte helfen.«

»Wovor hast du Angst? Dass es abstürzt?«

»Nein, davor nicht, ich weiß es nicht, das ist ja das Problem.«

Mats trug einen riesigen Kapuzenpullover mit Camouflage-Muster und viel zu enge knöchelfreie Hosen, stellte sich breitbeinig vor sie hin und sagte: »Ich glaub, ich kann das nicht, ich glaub, ich pack das nicht, Freunde!«

»Na, da seid ihr ja schon mal zu zweit«, erwiderte Linus.

»Ich kann da nicht noch mal hin«, sagte Mats und legte den Kopf in den Nacken.

Linus verschränkte die Arme, schwieg einen Moment und meinte dann: »Gut, ich sag nichts mehr dazu, alle, wie sie meinen, dann flieg ich eben allein, und ihr bleibt hier und gründet ne Boyband oder so! Seit dem Ende meiner Ehe habe ich mir eine Sache fest vorgenommen, von der ich keinen Millimeter mehr abweichen werde.«

»Was?!«, fragten Ben und Mats gleichzeitig.

»Ich überrede niemanden mehr zu irgendwas.«

Nikki stand am Tresen ihrer Frauenarztpraxis und ließ sich entspannt von den geschäftigen jungen Frauen dahinter ignorieren. Der Tresen war bizarr lang, und fast alles hier bestand aus weiß lackiertem Holz. An den Wänden hingen Bilder von Blüten in Pastellfarben, homogen in Größe und Rahmung. Ja, ja, jede Frau ist eine schöne Blume und hat eine schöne Blüte, eine Vulva. Möse hieß es schon lange nicht mehr. Nikki hatte Möse dazu gesagt. Zu der Zeit, als Nikki begann, die Sache anders zu bezeichnen als Mumu, so wie sie die Sache als Kind genannt hatte. Mumu oder Muschi, das war okay gewesen. Ihre Mutter hatte von der Scheide gesprochen, wenn sie pseudo-unverklemmt etwas über Sex im Allgemeinen erklärte. Scheide oder Vagina. Nikki fand noch immer, beides klang sezierend und als würde es von Natur aus wehtun. Nach einem Geschlechtsteil eben, über das man einen Test in Sexualkunde schrieb.

Alle Geschlechtsteile sahen skurril aus, wenn man nicht gerade sexuell erregt war – warum also sollte man sich Geschlechtsteile ansehen, wenn man nicht gerade das tat, was man damit eben tat. Oder Gynäkologin von Beruf war.

Frau Dr. Wegerich kannte sich bestens mit Mösen aus und natürlich auch damit, was sich dahinter verbarg. Gut geschützt im Bauch, damit Babys dort in Ruhe wachsen konnten wie Korallen, lauter wundersame Korallen. Die wahrhafte Persönlichkeit der Koralle blieb lange ein Geheimnis, so lange, bis sie eigene Entscheidungen treffen konnte, zum Beispiel die, dass sie ohne Angabe von Gründen nur noch Nikki genannt werden wollte. Die Koralle entschied dann selbst, mit wem sie eine Beziehung einging oder womit sie Geld verdienen wollte, ob sie lieber an sich dachte oder an andere, wie sie ihren Alltag aufpeppte, wen sie hasste und wie sie ihre Wohnung oder eben die eigene Praxis gestaltete.

Die Blumenbilder an den Wänden waren vermutlich aus einem Onlineshop. Blumen verwelken irgendwann, Babys wachsen immer weiter, kommen in die Pubertät, ins Erwachsenenalter, zeigen Charakterstärke oder auch nicht, und dann, wenn alles endlich wirklich ausgereift und interessant ist, also wirklich interessant, wenn man sich nicht mehr darum schert, was andere von einem denken, dann welken die Körper, verformen sich, und am Ende ist man wieder so schrumpelig wie zu Beginn, nur in groß. Warum kam sie immer so trist drauf, wenn sie am Empfangstresen einer Arztpraxis stand? Nikki seufzte so laut, dass sie wegen der Intimität des Tons beschämt war. Eine der Sprechstundenhilfen blickte auf und lächelte wie eine Stewardess während Turbulenzen. Dann wandte sie sich an ihre Kollegin und sagte: »Silvia, ich mach mal Mittag!«

Silvia. Nikkis Vater hatte früher für Silvia von Schweden geschwärmt und oft gesagt, der Unsympath von einem König habe sie nicht verdient.

Nikki horchte bei jedem Namen auf, denn sie war auf der Suche nach Namen für die Protagonisten ihres Drehbuchs. Nur unwillig hatte sie ihren Schreibtisch zwei Straßen weiter verlassen, um hierher zu kommen. Sie hatte den Termin schon einmal kurzfristig verschoben, und eine dieser Damen hinterm Tresen hatte am Telefon sehr unzufrieden darüber geklungen. Kurz zuvor hatte

Nikki, während sie duschte, überlegt, dass vielleicht das Verlassen der Wohnung dabei helfen könnte, Namen zu finden. Aber Silvia? Nein. Sie sah das devote Dauerlächeln der schwedischen Königin vor sich, die einmal eine deutsche Hostess bei Olympia gewesen war, wo Karl Gustav sie königlich erworben hatte. Sie hatte ihm drei schöne Kinder geboren, wovon eines magersüchtig wurde, so magersüchtig, dass sie es zugeben mussten. Nikki fragte sich, warum ihr Vater für Königin Silvia geschwärmt hatte, denn ihre Mutter, die er fraglos sehr geliebt hatte, war das Gegenteil einer Hostess gewesen. Nikki seufzte erneut, aber die Arzthelferin, die es bemerkt hätte, machte Mittag.

Nikki hatte vor einer halben Stunde das Haus verlassen und noch immer keinen Namen. Der Name der vormals magersüchtigen, zukünftigen Königin Victoria klang zu stark, so als wolle sie damit etwas sagen, und das wollte sie ja eben nicht.

Mit Anfang zwanzig hatte Nikki ihrer Möse einen Namen gegeben, so wie manche Männer es mit ihren Penissen taten. Sie hatte sich für Lorraine entschieden. Warum, daran erinnerte sie sich nicht mehr. Lorraine, die Möse. Doch der Name Lorraine geriet schnell wieder in Vergessenheit, und sie ging dazu über, ihre Mumu gar nicht mehr zu benennen, und das funktionierte erstaunlich gut.

Liese postete manchmal auf Instagram so offensives Menstruationszeug, auch ihr Blut hatte sie schon auf einem babyblauen Halstuch drapiert und fotografiert. Nikki hatte darüber Witze gemacht, und Liese war verletzt gewesen und hatte ihr die ganze Angelegenheit dann historisch eingeordnet.

Liese trug seit neuestem eine goldene Vagina-Kette

um den Hals. Sie meinte, man müsse dem Jahrtausende alten Peniskult was entgegensetzen, und vermutlich war es absolut wahr und relevant. Trotzdem blieb Nikki bei der Silberkette mit dem Schildkrötenhänger ihrer verstorbenen Mutter. Den Rest überließ sie gern Liese und so. Aber es war nicht schlecht, dass viele junge Frauen heute was anderes sein wollten als bloß Kate Moss in Unterhose oder ohne Unterhose. Kate Moss war genauso alt wie Nikki, und einmal guckte sie sich Kate Moss deswegen ergebnislos im Internet an.

Die jungen Frauen hier hinterm Tresen sahen nicht so aus, als würden sie ihr Menstruationsblut posten oder ihre Vagina um den Hals tragen. Dabei würde es ja wirklich gut passen.

»Frau Plank, nur zur Vorsorge, oder haben sie irgendwelche Beschwerden?«, wandte sich Silvia an Nikki. Es tat gut, ihren eigenen Namen aus dem Mund einer Fremden zu hören, aber sie wusste nicht, warum.

»Beschwerden? Ja, immer, oder? Aber nix Gynäkologisches.«

Silvia verzog das Gesicht zu einer Lächelgrimasse.

»Also einfach Vorsorge, wie gehabt?«

»Ja, genau, und gern auch zum Blutdruckmessen.«

»Haben Sie denn da Probleme?«

»Das weiß ich nicht, deshalb.«

»Hmm, wir machen das nicht mehr unbedingt, aber na gut, ich geb Bescheid, sie werden dann gleich abgeholt. Bitte nehmen Sie erst mal Platz, Frau Plank.«

Im Wartezimmer saßen nur zwei Frauen. Nikki war selbstständig, das bot bei aller finanziellen Unsicherheit zeitliche Flexibilität zum Schutz vor Menschenmengen. Sie murmelte leise »Guten Tag«.

Eine der Frauen war ziemlich schwanger und sah so

bedrückend unglücklich aus, dass Nikki ihr gern über den Kopf gestreichelt hätte. Die andere sah extrem übernächtigt aus, roch nach Zigaretten und rutschte auf ihrem Platz rum. Schon ertönte die helle Stimme von Silvia durch die olle Box über der Tür, Frau Plank möge sich zum Blutdruckmessen begeben.

Nikki mochte es, wenn die Manchette an ihrem Oberarm ordentlich festgezogen wurde. Es erinnerte sie an das Kinderspiel »Tausend Ameisen«, das sie mit Dirk, dem Nachbarjungen, immer gespielt hatte und das sie rückblickend als ihr erstes sexuelles Erlebnis bezeichnen würde.

Die gynäkologische Mitarbeiterin schaute und schaute und nickte dann zufrieden und sagte: »Einhundertzwanzig zu achtzig, superduper würd ich sagen!«

Nikki strahlte erfolgsselig, sie hatte das schon gewusst, ihr Blutdruck war konstant perfekt, deshalb ließ sie ihn messen, es war das Einzige in ihrem Leben, das ganz von allein toll lief.

»Aber Sie sind ja auch noch nicht in dem Alter!«, sagte die Mitarbeiterin.

»Na ja, ich bin in den Vierzigern, so jung ist das ja nicht mehr, oder?«

Die Mitarbeiterin, die vielleicht Ende fünfzig war, zog die Augenbrauen hoch.

»Was wollen Sie denn jetzt von mir hören, Frau Plank?«

Diese Frage stellte ihr Frau Dr. Wegerich etwa eine halbe Stunde später, nachdem sie mit lauwarmen Händen ihre Brust abgetastet und ihre Gebärmutter abgestrichen hatte.

Danach setzten sie sich an Frau Dr. Wegerichs Schreibtisch, und Frau Dr. Wegerich tippte etwas in ihren Computer und fragte, ob Nikki auch gleich ein neues Rezept für die Pille mitnehmen wolle. Da fragte Nikki Frau Dr. Wegerich, ob sie die Pille nicht vielleicht absetzen sollte, um es vielleicht doch noch ein erstes Mal in ihrem Leben drauf ankommen zu lassen und womöglich schwanger zu werden.

»Was wollen Sie jetzt von mir hören, Frau Plank?«

»Na ja ... ähm, vielleicht eine Risikoeinschätzung?«

»Physisch oder psychisch?«

Frau Dr. Wegerich war clever, Nikki rutschte auf dem harten Stuhl hin und her und dachte darüber nach, was sie wohl von Frau Dr. Wegerich hören wollte.

Als Kind war Nikki besessen von der Vorstellung gewesen, eine Mutter zu sein. Und sie hatte ihre Lieblingspuppe Suleika mehrfach am Tag mit Klopapier gewickelt, sogar Orangensaft und Danysahne-Schokopudding auf das Klopapier geschmiert, um die Sache authentisch zu gestalten. Sie hatte Suleika im Puppenwagen durch die ganze Wohnung geschoben und sie in den Schlaf gesungen und ihr regelmäßig die Haare geschnitten, bis Suleika eine Glatze hatte. Sie hatte Suleika unterrichtet und ihr stets ein wenig von dem beigebracht, was sie selbst gerade in der Grundschule lernte. Nikki war für eine Weile das perfekte kleine Klischee-Mädchen, das lieber mit ihrer Puppe »Mutter und Kind« spielte, als sich beim Toben auf dem Spielplatz die Knie aufzuschlagen.

Dann fing Nikki an, mit Dirk zu spielen, und sie drehten sich mit den Händen gegenseitig die Haut ihrer Arme in zwei entgegengesetzte Richtungen, sodass es brannte, schmerzte und ganz heiß wurde. Etwa ein Jahr später wuchsen ihr über Nacht diese schmerzempfindlichen Hügel, und bald kamen die Bauchkrämpfe und mit ihnen das viele erschreckende erste Blut, und ihr Vater rief seine

Schwester an und die kochte Nikki einen großen Topf Rinderbrühe.

Nikki verlor die Bindung zu Suleika, mehr und mehr sah sie das Plastik, aus dem sie gemacht war. Bald hatte sie Suleika vergessen, die glatzköpfige Puppe verrottete in ihrem hübschesten Kleid in einer Zimmerecke, bis Nikkis Vater sie in einen Karton mit dem ganzen anderen Spielzeug legte und alles auf den Dachboden verfrachtete.

Nikkis Muttergefühle waren mit dem Eintritt der Geschlechtsreife verschwunden und nie wieder aufgetaucht. Ihr fehlte die positive Erwartungshaltung gegenüber einem imaginierten Baby. Nikki hatte Suleika mit glühend begeisterter Fantasie lebendig werden lassen, hinsichtlich einer möglichen Mutterschaft gelang ihr das nie.

Und das war ja auch so ein Thema gewesen mit Mats. Nicht dass er sie gedrängt hätte ... Doch, eigentlich hatte er das getan. Sogar seinem Vorschlag, ein paarmal auf das Kleinkind seiner Cousine aufzupassen, war Nikki schließlich nachgekommen. Aber nach den zwei Stunden allein mit der hübschen, süßen, witzigen und lieben Tarja hatte Nikki sich leer und fern ihrer selbst gefühlt. Ausgesaugt wie von einem Vampir, erschöpft und ohne einen einzigen brauchbaren Gedanken, ohne ein Gefühl von Glück, vielleicht ein wenig Freude darüber, dass es dem Kind gut ging. Das war alles. Ich will lieber nur ich sein, statt das hier, dachte sie da erneut und nun überzeugt.

Mats hatte dann irgendwann behauptet, es sei okay für ihn, dazu würden zwei gehören, und Nikki sei ihm wichtiger, als ein Kind zu bekommen. Das sagte er so oft, dass es seinen Wert verlor, und dann meinte er einmal, wenn Nikki doch wenigstens in anderer Weise zufrieden mit ihrem Leben wäre, dann würde er das ja verstehen, aber da sie das nicht war, meinte er, vielleicht könnte sie zumindest ein Kind bekommen, vielleicht würde es helfen.

Nikki war nicht ganz klar, warum sie nicht einfach frustriert von ihrer Arbeit als Seriendarstellerin sein durfte und darüber, dass sie aufgehört hatte, ihre Ziele als Autorin zu verfolgen, warum konnte sie nicht scheiße drauf sein, ohne Mutter zu werden. Es war ihre Sache, auf welche Weise sie unzufrieden, gelangweilt oder unglücklich war. Warum sollte sie das an einem Kind auslassen? Das war ihr nicht schlüssig vorgekommen.

»Es ist etwas anderes, wenn es dein eigenes ist!«, hatte Mats es nach ein paar Monaten an Weihnachten noch einmal versucht. Und Nikki hatte geantwortet: »Mats, ich will niemanden hassen, den ich eigentlich liebe, weil ich mein Leben hasse.«

»Na gut, ist dein Leben, Nikki, musst du selbst sehen!«

Kurz darauf hatte er sich Tulas Leben und vor allem Tula genauer angesehen.

»Frau Plank?«, fragte Frau Dr. Wegerich.

»Physisch natürlich, ich bitte Sie um eine physische Risikoeinschätzung, psychisch weiß ich selbst, natürlich, und physisch eigentlich auch, Internet und so, ach vergessen Sie es, ich dachte ja nur.«

»Noch mal ein Rezept für die Pille?«

»Ja, gern.«

»Und nächstes Mal machen wir dann einen Termin für eine Mammografie, würd ich vorschlagen.«

»Ach, bin ich denn schon in dem Alter?«

»Sicher ist sicher, aber wenn es Ihnen lieber ist, können Sie auch mit fünfzig damit beginnen.«

»Ja, mit fünfzig, aber ich dachte, fünfzig ist das neue vierzig?«

Frau Dr. Wegerich antwortete: »Also, es geht mich nichts an, wie sie privat mit Zahlen umgehen, und vermutlich sind Zahlen manchmal wirklich bloß Zahlen, aber wissen Sie, Frau Plank, ich muss Ihnen sagen, aus meiner Sicht als Ärztin ist und bleibt fünfzig eben fünfzig.«

Nikki grinste, die Wahrheit war manchmal auch okay, sie fühlte sich so ähnlich an, wie richtig früh aufzustehen und viel auf die Reihe zu kriegen.

Nikki hielt das Rezept in der Hand und dachte an ihr Manuskript, sie hatte noch immer keinen Namen für die Hauptfigur, aber jetzt war es nicht mehr so schlimm.

Draußen vor der Praxis zündete sie sich eine Zigarette an und entschied, zunächst Regine im Hähnchengrill zu besuchen, denn das hatte sie seit zwei Wochen nicht mehr getan. Obwohl sie wusste, dass es Regine gesundheitlich nicht gut ging, kreiste Nikki nur um sich, ihr Drehbuch, ihre ewige Trennung, dabei hatte sie Regine noch gedrängt, sie müsse zum Arzt, wenn der Husten nicht abklingt. Aber beim Arzt, wenn man wisse, was Sache ist, da werde man dann doch erst recht krank, hatte Regine gesagt. Nikki lief immer schneller, bis sie vor dem Flachdachgebäude stand.

Der Laden war geschlossen, aber da hing nicht das *Bin gleich wieder da laufen Sie nicht weg*-Schild mit dem zwinkernden Huhn drauf. Nikki drückte an der Haustür nebenan die Klingel von Regines Wohnung. Als niemand öffnete, schlug sie mit der flachen Hand auf alle Klingeln.

Nur noch achtzehn Prozent Akku, verdammt, die Hitze setzte Linus' altem Telefon zu, schon seit Stunden latschte er mit Ben und Mats die Serpentinen im Süden Kretas entlang, ohne das Telefon in relevanter Weise zu nutzen, und doch hatte der alte Akku abgebaut, und Linus gab Marlene in Gedanken hundertmal recht, ja, ja, ja, er hätte sich längst um ein neues iPhone kümmern müssen. Und das wollte er ihr unbedingt sagen, jetzt, verloren auf Kreta in einem viel zu heißen September am Ende von allem. Dabei hatte er sich, wenn er ehrlich war, extra kein neues iPhone zugelegt, obwohl er Geld für zwanzig iPhones übrig gehabt hätte. Und jetzt fragte er sich wie ein Siebzehnjähriger, ob sie ihn nicht verlassen hätte, hätte er sich das iPhone 13 Pro besorgt. Und wie immer, wenn er irgendetwas dachte, das seine Frau betraf – und er liebte es, sie in Gedanken noch immer »seine Frau« zu nennen –, wie immer hatte er den Impuls, ihr sofort zu schreiben. Auch in diesem Fall wollte er ihr sofort schreiben oder per Sprachnachricht mit wachsweich maskuliner Stimme mitteilen, dass sie recht hatte. Ein wunderbarer Vorwand, vielleicht an den Haaren herbeigezogen, vielleicht nicht, einfach ein beliebiger Grund, Kontakt zu Marlene aufzunehmen. Ihr im Nachhinein recht geben. Menschen hatten gerne recht, vor allem im Nachhinein. Marlene insbesondere. Er war so bereit, ihr recht zu geben, um den roten Faden ihrer gemeinsamen Geschichte nicht zu verlieren, um zu wissen, sie dachte an ihn, zumindest für den Moment, weil er sie ja benachrichtigte, sie würde ihr

Telefon zur Hand nehmen und sein Profil mit dem neuen Bild, auf dem er eine Sonnenbrille in den nassen Haaren trug, anklicken. Eins war sicher, alles andere nicht mehr, nur noch eins: Er liebte.

Liebe ist so einfach auf den Punkt zu bringen, dachte Linus und starrte mit schweißüberströmtem Gesicht in die Sonne, Liebe ist, wenn man wegen jedem Quatsch Kontakt will, und Liebe ist, drauf zu verzichten, recht haben zu wollen, nein, Liebe ist, sich nicht einmal mehr zu fragen, ob man recht hatte, Rechthaben war das Gegenteil von Liebe. Oder verwechselte er Liebe mit Verzweiflung? Er hatte bei irgendeinem männlich fragwürdigen Lifecoach namens Maurice Tomassino im Internet gelesen, die meisten Männer würden Liebe mit Verzweiflung verwechseln, und Verzweiflung sei der Gipfel der Unmännlichkeit. Bald schon hatte Linus begriffen, dass dieser Typ zur Incel-Szene gehörte, und er löschte schnell und verschreckt und beschämt seinen Verlauf. Trotzdem ging ihm Maurice Tomassinos Anweisung, sich stets zu fragen, ob es um die Frau ging oder darum, seine Männlichkeit durch eben diese wieder herstellen zu lassen, anstatt es selbst mit aller maskulinen und politisch unkorrekten Inbrunst zu tun, nicht aus dem Sinn.

Natürlich war es Verzweiflung, die permanente Angst, der Kontakt zu Marlene könnte auch nur für einen Tag abbrechen. Es fühlte sich an wie die Angst vor dem Tod, und Linus versuchte zu verstehen, wieso eine Trennung, also die mögliche Endgültigkeit einer Trennung, Todesängste in ihm auslöste. Oder war es die Angst, dass sich seine vorläufige Identität in Nichts auflöste, also sein Selbstverständnis, das er innerhalb der Liebesbeziehung errungen hatte?

Selbstwertstörungen hatte er ja nicht erst, seit seine

Frau sich von ihm getrennt hatte. Wahrscheinlich war er ohnehin nur ein so freundlicher Mensch, der andere stets wissen ließ, dass er an sie dachte und sich um sie sorgte, weil er süchtig danach war, gemocht zu werden, um sich in sozialen Kontexten richtig zu fühlen. Der Incel-Mann war sehr dagegen, dass man gemocht werden wollte.

Der Incel-Mann Maurice Tomassino verlangte von der ganzen Mannheit, die Welt vor dem Untergang durch den Feminismus zu retten, während Linus den Untergang der Welt verhindern wollte, indem er Marlene recht gab, jetzt sofort, wegen des alten iPhones, wegen allem, auch dass sie ihn verlassen hatte, weil er Tomaten züchtete und gerne die immer gleiche Jazz-Liste beim Sex hörte. Das hatte sie zwar nicht als Trennungsgrund genannt, aber er war einfach alles mal durchgegangen, sich selbst war er durchgegangen, er hatte eine Fehleranalyse vorgenommen und sich dazu extra ein dunkelblaues Notizbuch zugelegt. Dunkelblau war eine gute Farbe für Klarheit, das Gegenteil des perfekt hellblauen Sommerhimmels, der ihn jetzt zusammen mit der erbarmungslosen Sonne blendete und einen schönen Tag vorgaukelte! Warum war er hier, mit jetzt nur noch siebzehn Prozent Akku? Warum hatte er seine Freunde zu diesem Trip überredet, anstatt zu Hause zu sitzen und in der Kühle des ausklingenden Sommers in Hamburg Notizen zu machen und Marlene zurückzugewinnen?

Er starrte auf sein iPhone 8, das einen Sprung hatte, einmal quer oben über dem Display, und es war vollkommen klar, dass der Sprung es anfälliger machte, es durfte einfach nie wieder runterfallen, nie wieder, denn wo ein Sprung war, war das Gesamtkonzept durchlässig und die Basis-Stabilität nur noch bei etwa dreißig Prozent. Wenn er jetzt seiner Frau recht gab, würde er den Rest des Akkus verbrauchen, während er hinter Ben und Mats herschlurfte, irgendwo nirgends auf einer Serpentine auf Kreta. Und wenn dann einer von ihnen vom Auto angefahren wurde oder beide auf einmal, dann würde er keine Hilfe rufen können.

Mats gab seine Powerbank nicht her, und Ben hatte seine im Appartement vergessen. Sie hatten seit bestimmt einer Stunde nicht mehr miteinander gesprochen, sie liefen einfach nur.

Ben hatte früher ständig und unter allen Umständen geredet, er war wirklich niemals still, und jetzt wusste er nichts mehr besser, wollte nichts mehr bestimmen, gab nach und hörte Linus zu, egal, wie langsam Linus darin war, seine Gedanken auszuführen. Das konnte nicht nur an den Beruhigungstabletten für den Flug gestern liegen. Sie hatten schon lange nicht mehr auf jene Weise Zeit miteinander verbracht, bei der man begriff, wie es dem anderen wirklich ging.

»Leute!«, rief Linus, »wollen wir nicht mal abbiegen ins Innenland und da irgendwo Halt machen, ich hab kaum noch Akku und nur noch drei Schluck Wasser, und ich hab auch keinen Bock mehr auf Powerriegel, ich würd gern mal was Richtiges essen, oder könnten wir nicht doch zumindest versuchen zu trampen?!«

»Nein!«, rief Mats, »auf keinen Fall!«

Mats hatte heute früh zum ersten Mal überzeugt von dem gewirkt, was sie hier machten, und dann hatte er sich drei Espresso in seinen Milchkaffee gekippt und einen Plan entworfen und darauf bestanden, dass sie, genau wie sein Bruder damals, an der Stelle aus dem Auto stiegen, an der der letzte Zeuge, der Autofahrer, Milan rausgeworfen hatte, weil er dann weiter die Berge hoch zu seinem Haus gefahren war.

Nachdem sie mit ausgestreckten Daumen fast eine Stunde am Ortsausgang gestanden hatten, hielt tatsächlich eine junge Frau mit einem perfekt klimatisierten Auto und nahm sie mit. Sie entpuppte sich als eine in Griechenland relativ erfolgreiche Sängerin oder Influencerin oder beides. Auf der halbstündigen Fahrt versuchte sie offensiv mit Ben zu flirten, der vollkommen lethargisch und desinteressiert wirkte, was sie vermutlich geheimnisvoll fand. Sichtlich irritiert darüber, dass die drei plötzlich einfach an der Straße aussteigen wollten, versuchte sie vergeblich aus ihnen rauszubekommen, worum es bei der bizarren Wanderung fernab der Wanderwege ging, und merkte an, es sei really super dangerous to walk along the curves.

Sie alle drei konnten mit ihrer hellwachen, übermotivierten guten Laune erfolgreicher junger Leute nichts anfangen, und keiner von ihnen hatte etwas übrig für ihre Schönheit, und Mats überlegte sich, wie man ihr perfekt gestaltetes Gesicht mit wenigen Strichen zu einer Fratze hätte umformen können, und so erfuhr sie nichts von ihnen, bis auf ihre Vornamen und ihre deutsche Herkunft, und irgendwie schaffte sie es, ihnen schon wenige Minuten später auf Instagram zu folgen.

Für das kurze Anklicken von Instagram hatte Linus' olles Telefon drei Prozent Akku verbraucht, worüber er sich zehn Minuten lang ärgerte, nichts war aufschiebbarer, als zu gucken, welche neue Person einem auf Instagram folgt. Er fragte sich, warum er die Push-Nachrichten-Funktion nicht längst deaktiviert hatte, und konnte es auch jetzt nicht tun, da es Akku verbraucht hätte, und er dachte noch viele weitere Minuten daran, dass er stattdessen Marlene hätte recht geben können.

Milan wollte damals zu einer Strandbar, die nur zu Fuß über einen Schotterweg hinab und zwischen Pinien entlang zu erreichen war, oder eben mit einem Boot, einem Sammeltaxi, das all die beschaulichen Buchten und winzigen Orte abfuhr, die gar nicht oder nur schwer über Land zu erreichen waren.

Erwiesenermaßen war Milan damals nicht mit dem Boot gefahren, da das letzte Boot vor Mitternacht an der Bucht der Strandbar angelegt hatte, wo Ariadni bereits feierte und wartete. Abgelegt hatte das Sammeltaxi erst wieder um sechs Uhr früh, und Ariadni war allein damit zurückgekehrt, ein bisschen beleidigt vielleicht, dass Milan nicht mehr aufgetaucht war, aber offensichtlich trotzdem wild entschlossen, mit ihm in aller Frühe zum leeren Strand zu gehen, um zu baden, und so hatte sie irgendwann zwischen sieben und acht Uhr ohne eine Minute Schlaf, verliebt und voll adrenalinhaltiger Sehnsucht an die Tür des Appartements geklopft. Da lagen Mats, Linus und Ben noch im alkoholseligen Tiefschlaf, Stunden bevor allen angstflirrend klar wurde, dass tatsächlich etwas nicht stimmte und nie wieder stimmen würde.

Mats bestand also darauf, dass sie ebenso wie Milan die Serpentinen entlanggingen, bis zu der Stelle, an der sich seine Spur verloren hatte, nachdem sie durch ein kleines Detail deutlicher geworden war.

Ben machte das alles gerne mit, obwohl er den möglicherweise spirituellen Gedanken von Mats, also den Drang zur konkreten Wiederholung des Wegs – von dem allerdings nicht mal bewiesen war, dass Milan ihn wirklich gegangen war –, dabei nicht nachvollziehen konnte. Das aber spielte gar keine Rolle, denn Ben konnte ja ohnehin kaum noch etwas nachvollziehen, und vielleicht musste das auch gar nicht sein, vielleicht musste er einfach nur noch ein Freund sein, und das wars.

Falls es Mats darum ging, sich seinem Bruder auf diese Weise nah zu fühlen, wunderbar, dann war er dabei. Oder ging es Mats um kriminalistische Erkenntnisse? Dachte Mats, sie würden zwanzig Jahre später auf derselben Strecke noch etwas herausfinden, das die kretische Polizei übersehen hatte?

Auch das war Ben recht. Er hätte seinen Freund einfach fragen können, es wäre der perfekte Zeitpunkt gewesen, sie liefen hier herum und hätten über alles reden können, aber sie redeten nicht, denn es war, als wüssten sie in diesem Moment alles voneinander, und Ben dachte an seine Tante, die immer mit ihrem Mann wandern ging, er hatte nie ein glücklicheres Paar erlebt, und nachdem ihr Mann gestorben war, ging sie in Gruppen mit wildfremden Leuten wandern und wirkte wie ein wirklich glücklicher Mensch, und Ben dachte, vielleicht bedeutet Erwachsensein einfach nichts anderes, als zu Fuß zu gehen, und dieser Gedanke gefiel ihm so gut, dass er sich wünschte, gar keinen anderen mehr zu haben, und er rief: »Ey, Mats, darf ich dich mal in den Arm nehmen?«

»Nicht jetzt, dann fang ich an zu heulen oder so!«

Mats fühlte einen hochmotivierenden Schmerz, die Sache durchzuziehen, vielleicht, weil Nikki ihm dazu geraten hatte, vielleicht aber auch, weil es besser war, wenn es wehtat, als wenn gar nichts mehr passierte. Man könne kein einzelnes Gefühl wegdrängen, man dränge dabei alle anderen Gefühle mit weg, auch die schönen, sagte seine austherapierte Mutter immer.

Doch er wollte nicht in den Arm genommen werden und auch nicht darüber reden. Die ganze Sache hier war Linus' Idee gewesen, zusammen an diesen aufgeladenen

Ort zu kommen, an diesen kryptischen Ort, den sie gar nicht kannten, den Ort, an dem Milan verschwunden war oder sein Leben geendet hatte. Wo war dieser Ort? Hier? Nein, dieser Ort war überall, für Mats war dieser Ort überall.

Sie wussten ja nicht mal, ob Milan genau hier entlanggelaufen war, es war nur eine Vermutung, wenn auch eine sehr wahrscheinliche. Wahrscheinlich, da nur diese Straße Richtung Bar und zu dem Schotterweg führte, dem falschen Abzweig, der eben nicht hinab zu dieser Bar ging, wo die Strandparty stattgefunden hatte, wo Ariadni feierte und verliebt auf Milan wartete. Die Bar, die damals The Big Blue Bar hieß und heute, laut Internet, Tipsy Sunfish, diese Bar befand sich etwa einen Kilometer weiter. Die Stelle, an der der Weg zur Bar abzweigte, war nach dem unsichtbaren Unglück markiert worden. Dort stand seit dem Jahr nach dem Vorfall ein Schild, das besagte: Geht hier hinunter, nicht vorher schon, dort, wo es ähnlich aussieht, wo die Natur den verhängnisvoll falschen Eindruck erweckt, dort sei der Weg zur besten Party dieses Sommers. Es ist der falsche Weg, sie sehen sich zum Verwechseln ähnlich, aber der falsche führt ganz plötzlich steil hinab, zu steil, so steil, dass sich nichts mehr ausbalancieren lässt, nicht einmal für junge Körper. Niemand sollte in der Dunkelheit dort ins Wanken geraten oder gar stolpern. Zwischen den Pinien, wo der junge, der sehr junge Deutsche vermutlich abgerutscht und in die Tiefe gestürzt ist, so tief, dass allein der Aufprall auf dem Wasser tödlich war.

Wenn ihr also an eurem Leben hängt, dann achtet auf dieses Schild, achtet auf alle Schilder. An der Stelle, wo es steil hinabging, stand kein Warnschild. Es war zwei- oder dreimal gestohlen und schließlich nicht mehr ersetzt worden.

»Können wir mal kurz Pause machen, ich hab echt langsam so richtig Hunger, und mein einer Fuß tut weh!«, rief Linus.

Linus hatte, seit er sein Bewegungs-Konzept für ein langes Leben in den Sparmodus umgestellt hatte, nur noch wenige Schritte am Tag zurückgelegt.

Als er nun seine Health-App öffnete, zeigte sie fast zwanzigtausend Schritte an. Er trug teure Nikes, aber Wanderschuhe waren das nicht, und der linke Turnschuh schien seit ein paar Minuten mit jedem Schritt enger zu werden. Sein Fuß war von den ungewohnten Strapazen angeschwollen, aber warum nur einer? Asymmetrie machte Linus immer ein wenig nervös, und er produzierte dann assoziativ neurotisch weitere Gedanken, die die Nervosität potenzierten.

Hätte er Milan damals begleitet, dann wäre er der Ältere gewesen und hätte die Sache – ohne Smartphones auf der langen unbeschilderten Straße – auf halber Strecke abgebrochen ... Doch dann fiel Linus ein, dass er damals selbst erst Mitte zwanzig und ziemlich unternehmungslustig gewesen war. Eine Freundin hatte er auch nicht gehabt. Vermutlich wäre ihnen beiden also dasselbe zugestoßen. Linus hätte Marlene nie kennengelernt und auch nie mit ihr über sein altes Smartphone diskutiert. Das ganze Leben bestand aus Zufällen, die man dann ausgestaltete. In diesem Fall war der Zufall ein gewonnenes Fußballspiel gewesen. Der Lieblingsverein des Wirts, in dessen Taverne sie an dem Abend zu Gast waren, gewann fünf zu zwei. Da hatte es dann Raki für alle gegeben, bis sie wirklich gar nicht mehr konnten.

Milan trank keinen Raki, weil er ihn schlicht nicht mochte. Stattdessen war er bei Bier geblieben und um kurz nach Mitternacht in der richtigen Stimmung und

Verfassung, noch weiterzuziehen und zu feiern. Mit dem Mädchen, in das er verliebt war, mit dem er tanzen und das er küssen wollte, bis die Sonne wieder aufging.

Ben drehte sich plötzlich um, kam mit schnellen Schritten auf Linus zu und wickelte umständlich eine Weißbrotscheibe aus einer Papierserviette. Brot und Serviette waren durchtränkt von Olivenöl, und obendrauf lag eine durchsapschte gräuliche Scheibe Avocado. Ben hielt Linus den Lunch hin.

»Hab ich noch aus dem Café von heute früh!«

»Ich glaub, das macht mein Magen nicht mit, aber danke.«

»Du hast einen Stiermagen Linus, du hast nach der versoffensten Nacht zwei ausgepresste Zitronen geext, ohne zu kotzen, jetzt nimm mein Scheißsandwich!«, sagte Ben etwas zu gereizt.

»Da war ich Anfang zwanzig, und das ist kein Sandwich, das ist ein Haufen!«

Mats kam dazu, warf einen Blick drauf und sagte: »Ich würds nehmen.«

»Okay, ich nehm was von der Avocado und dazu ne Heilerdekapsel«, sagte Linus.

Sie setzten sich zum Essen an den Straßenrand. In der Ferne hörte man einen Esel schreien, hin und wieder raste ein Auto an ihnen vorbei und hupte expressiv.

»Glaubt ihr, der Esel hat Schmerzen?«, fragte Linus.

»Ich glaub eher Langeweile, oder er hat Durst oder so«, sagte Mats.

»Ich find, es klingt echt irgendwie trist, wie der Esel schreit, dem gehts nicht gut!«, erwiderte Linus.

»Ey, Linus«, sagte Mats, »wenn du meinst, der Esel hätte Schmerzen, dann hast du ja vielleicht selbst welche, oder was weiß ich, du hast das mit Marlene doch null verdaut, oder? Wir machen die ganze Strapaze hier doch eigentlich nur, um dich von dir selbst und deiner komplett verkackten Ehe abzulenken, darum geht es doch hier!«

»Nee, Mats, nee«, erwiderte Linus, »also ja, meine Ehe ist offensichtlich nicht mehr das, was sie mal war, also Marlene sieht das so, ja, absolut korrekt, das musst du mir nicht erklären, und ja, das tut mir weh, klar. Aber mir geht es hier auch um was anderes, um uns, um Milan, und ob der Esel jetzt mein Inneres spiegelt oder nicht, ist doch egal, der Esel ist ein Esel, und er schreit, weil er etwas fühlt, und ja, ich fühl auch was, ne Menge, ja, ich bin scheißunglücklich, und nun?«

»Okay, schon gut, wir sind alle nicht ganz auf der Höhe, Esel hin oder her, jetzt kommt mal runter«, sagte Ben, »ich denke, da ist ein Rest Gras in der Tiefe meines Rucksacks.«

»Fällt dir auch mal was anderes ein als kiffen?«, fragte Linus.

»Ich hab seit Wochen nicht gekifft, und seit eurem Esel-Dialog hab ich plötzlich Bock drauf. Keine Ahnung, warum der Esel da in den Bergen schreit, es gibt so vieles, was ich nicht verstehe. Ich weiß nicht, warum Esel schreien, die schreien doch immer irgendwie, vielleicht hört es sich für uns nur so an wie schreien, vielleicht ist das einfach ihre Art der Kommunikation.«

»Ja, das ist doch immer so mit anderen Sprachen, Französisch klingt immer irgendwie flirty, selbst bei Gerichtsverhandlungen«, sagte Mats.

»Was heißt Schmerz eigentlich auf Griechisch?«, fragte Linus.

Ben zuckte mit den Schultern.

»Ist doch echt scheißegal.«

»Auf Spanisch heißt es *dolor*«, sagte Mats.

»Ich war mal in eine Dolores verliebt, meine Spanisch-
lehrerin in der achten Klasse, sie trug weinrote Blusen,
war außerordentlich streng und hat trotzdem immer gelächelt«, sagte Linus.

»Findet ihr nicht auch, dass die Hitze irgendwie knistert?«, fragte Ben.

»Ich glaub, es knistert in deinem Kopf!«, sagte Mats.

»Ja, wegen der Hitze«, sagte Linus.

»Ich finde, dass es ganz schön knistert, vielleicht bin
ich wahrnehmungsmäßig empfänglicher als ihr«, sagte
Ben.

»Vielleicht brennt dir auch langsam die Sicherung
durch«, erwiderte Mats.

»Längst schon, mein Freund.«

Als das nächste Auto zu hören war, sprang Ben auf
und stellte sich mitten auf die Straße, Linus riss ihn gerade noch rechtzeitig zur Seite, der Fahrer hupte lange und
brüllte etwas auf Griechisch.

»Bist du bescheuert, Alter?!«, rief Mats, »willst du uns
hier völlig traumatisieren, oder was?«, und Linus fing
kurz, aber heftig an zu weinen vor Schreck, so wie er es
als Kind getan hatte, wenn er hingefallen war.

Ben zog sich das verschwitzte T-Shirt mit nur einem
Arm vom Leib, so wie er es früher immer in der WG gemacht hatte, und schrie: »Als könnte man irgendwas in
Ordnung bringen, nur weil man einen Scheißweg abläuft,
einen Scheißweg, glaubt ihr ernsthaft, wir treffen hier
auf Milans Geist oder so?! Ich hab Geister gesehen, meine
Eltern hab ich gesehen, meine Mutter saß wochenlang
auf meinem Badewannenrand und hat sich die Augen
ausgeheult, und mein Vater hat alles kommentiert, was
ich so gemacht habe, bewertet hat er mich, und er hat mir
keine fünf Sterne gegeben, so viel ist sicher, hat er nie

und wird er nie, er ist nämlich tot, so wie Milan tot ist, tot ist tot, und alles friert ein in dem Moment, alle Konflikte, die Wut, Recht oder Unrecht, alles. Ich bin am Arsch, Leute, am Arsch, ich hab nichts Wichtigeres gelernt, als dass es nie zu spät ist, das Richtige zu tun, und ich hab die Frau verloren, die ich liebe, wir alle haben das, oder? Und meine bumst jetzt irgendeinen bescheuerten achtundzwanzigjährigen Reporter!«

»Wen denn genau?«, fragte Linus, und Mats zündete sich eine Kippe an, lehnte sich an die Leitplanke, zog kräftig und sagte: »Du hast also vom Kiffen Halluzinationen bekommen, und deine Eltern sind dir erschienen?«

»Gib mir auch eine!«, sagte Linus.

»Du rauchst nicht, Digger!«

»Gib schon her!« Linus rauchte und hustete.

Ben schaute in den Himmel und fragte: »Hört ihr das auch?«

»Ich hör nix Relevantes«, antwortete Mats.

»Die tausend Glöckchen meinst du?« fragte Linus, »das ist eine Schafherde.«

Und Mats zuckte mit den Schultern und sagte: »Ja, ja, mit irgendeinem Schäfer mit sonnengegerbter Haut, der ständig in irgendwelche Kameras erzählt, dass er sehr frei, glücklich und bei sich ist, die Arbeit aber hart ist und so weiter, er sein Leben aber nie mit einem reichen Stadtmenschen tauschen würde und weitere Lügen ... das, was Fernsehredakteure eben gern hören.«

»Du musst es ja wissen«, sagte Linus.

»Ich hab so viele Filme über diese Insel im TV und Internet gesehen, hab immer gehofft, ich finde Milan irgendwo im Hintergrund, bescheuert, ich weiß.«

Mats liefen Tränen über die Wangen, und er versuchte gar nicht mehr, sein Schluchzen zu unterdrücken. Linus nahm ihn in den Arm, und Ben kam dazu und nahm beide in den Arm, und ihm liefen nun auch die Tränen, weil die Beruhigungstabletten nicht mehr wirkten, weil nichts heftiger wirkte als die Freunde in seinen Armen.

»Was riecht denn hier so? Der Geruch kommt mir irgendwie bekannt vor?«, fragte Mats.

»Das ist Tigerbalm«, sagte Ben.

»Du benutzt Tigerbalm bei der Hitze?«

»Ich hatte heute Morgen Kopfschmerzen.«

»Ich hab Paracetamol und Ibu dabei und ABC-Pflaster, falls es von ner Verspannung kommt«, sagte Linus, und Ben: »Nein, danke, geht schon wieder.«

Seit Linus ihn von der Straße weggerissen hatte, waren seine Kopfschmerzen auf magische Weise verschwunden. Von einem Moment auf den anderen. Sie hatten sich im Auto dieser Instagram-Frau verstärkt, als die Panik so groß geworden war wie schon lange nicht mehr. Situationen, in denen Frauen deutlich ihr Interesse an ihm zeigten, lösten seit einer Weile enormen Stress bei Ben aus. Denn er wusste ja, dass sie dann Erwartungen an ihn hatten, die Erwartung zumindest, er müsste ein toller Mann sein, ein Mann, von dem eine Frau etwas wollte, musste ja ein toller Mann sein. Und er war kein toller Mann, er wollte nie wieder einer sein, er war der Sache, ein toller Mann sein zu müssen, nie gewachsen gewesen, und das hatte einen ziemlich großen Teil seiner Probleme bedingt.

Nun, da sie die Umarmung gelöst hatten und weiterliefen – Linus strammen Schrittes voerneweg, Ben in der Mitte –, blieb Mats plötzlich stehen und rief: »Haltet mal an! Guckt mal, das sieht so was von vulvisch aus!« Er zeigte nach oben auf einen langen Felsspalt.

Ben entgegnete: »Vulvisch? Du meinst so wie phallisch, nur mit Vagina?«

»Ja, aber eben nicht Vagina, sondern Vulva, hat Tula mir erklärt, dass man die Symbolik überall sehen kann, so wie seit Jahrtausenden schon die phallische Symbolik, und ich solle mal drauf achten. Wir hatten einen ziemlichen Streit deswegen, weil ich zuerst gesagt habe, sie mache die Sache lächerlich, aber sie hat irgendwie recht, wer braucht denn noch die ganze Pimmelei, wohin führt die?«

Linus fragte: »Hast du dich jetzt endgültig von Tula getrennt?«

»Ich glaub schon, also, na ja, nicht so ganz, ich muss es ihr noch sagen.«

»Du hast es ihr nicht gesagt?«

»Sie war so nett, bevor ich gefahren bin, wir haben uns getroffen, und ich wollte ihr sagen, dass es endgültig vorbei ist für mich, und dann hat sie mir so ein Aloe-Vera-Blatt gegeben, eingewickelt in Frischhaltefolie, obwohl sie Plastik hasst, und gemeint, ich muss an der Schnittstelle drücken, wenn ich zu viel Sonne abbekommen habe, und da kommt ganz reines, frisches Aloe-Gel raus, das ich mir auf die verbrannte Haut schmieren soll, dann würde es schnell besser werden.«

»Und deshalb hast du dann doch nicht Schluss gemacht? Wegen Aloe Vera?«, fragte Ben.

»Sie war so lieb und rührend, und ich wollte ihr nicht wehtun, ich hab gesagt, ich brauch noch Bedenkzeit, ich dachte, dann wird sie sich schon mal an den Gedanken gewöhnen, dass meine Gedanken sich womöglich gegen sie entscheiden.«

»Du bequemes Arschloch«, sagte Ben, »ruf sie jetzt sofort an und sag es ihr, dann kann sie endlich anfangen, drüber wegzukommen!«

»Dafür hab ich nicht mehr genug Akku.«

»Aber vielleicht ist er sich wirklich nicht ganz sicher, vielleicht hat er es deshalb nicht gesagt, vielleicht gibt es noch eine Chance, und die Aloe Vera war nur ein Vorwand für Mats, weil er eigentlich noch Gefühle für Tula hat!«, wandte Linus ein.

»Du projizierst da deine eigene Situation mit Marlene, Linus, weil du gern noch eine Chance bei deiner Frau hättest und hoffst, sie hat noch Gefühle für dich! Mats liebt Nikki, und nur Nikki, und egal, was passiert, daran wird sich nie etwas ändern!«

Linus sagte: »Du projizierst doch selbst deine Situation mit Leila, weil du einfach nicht von ihr loskommst, egal, wo du deinen Pimmel überall reinsteckst!«

»Ja, stimmt genau! Aber ich bin wenigstens ehrlich in meiner ganzen Peinlichkeit!«

»Ich frag mich oft, was aus dem Mädchen geworden ist, in das Milan so verliebt war«, sagte Mats.

Ariadni hatte Mats ein Jahr nach Milans Verschwinden einen Brief geschrieben, in dem sie in ziemlich gutem Englisch ihre tiefe Traurigkeit über das Ereignis in einem langen theatralischen Gedicht ausgedrückt hatte. Sie fühle sich schuldig, weil sie Milan überredete, zu der Bar am Strand zu kommen, sie sei so verliebt gewesen wie noch nie, und sein Bruder, obwohl ein Jahr jünger als sie, sei schon so reif und besonders gewesen. Mats war so wütend geworden, dass er ihr niemals geantwortet hatte. Eine Zeit lang hatte diese Wut gut funktioniert. Seine Eltern waren viel besser mit der Situation klargekommen als er selbst, zumindest hatte er den Eindruck gehabt. Es brachte ihn immer noch auf, ohne dass er wusste, warum.

Sie hatten ihn auch zu einer Therapie überredet, aber nach ein paar Sitzungen brach er das Ganze wieder ab, denn der Therapeut konnte Mats ja auch nicht sagen, was passiert war, deshalb ergab das alles keinen Sinn. Und als er Nikki kennenlernte und anfing, in seinem Job richtig gutes Geld zu verdienen, fiel es ihm leicht, das Rätsel beiseite zu schieben.

Nikki hatte so eine große leidenschaftliche Kraft, und sie wurde immer wütend, wenn er mal wieder seinen Schlüssel verloren hatte oder seinen Perso suchte, der gerade noch da war. Sie regte sich maßlos auf, wenn er etwas verlegt oder verloren hatte oder ewig nach Dingen suchte, die er gerade gar nicht brauchte. Einen ganz bestimmten Kugelschreiber zum Beispiel. Obwohl er gar nichts schreiben musste und etliche andere Kugelschreiber überall herumrumlagen. Manchmal tobte Nikki vor Wut und sagte, er solle systematischer vorgehen beim Suchen oder es eben vergessen und damit aufhören. Sie riet ihm, er solle sich einfach jedes Mal fragen, wann er seinen Schlüssel, den Perso, den Kugelschreiber oder den besseren Kartoffelstampfer zuletzt gesehen und was er dann damit gemacht habe, er solle rekonstruieren und imaginieren, und dann würde er die Sachen auch wiederfinden.

Wenn Nikki auf diese Weise wegen seiner Verlust-Verhaltensauffälligkeiten auf dem Gipfel der Wut angekommen war, brachte ihn das plötzlich auf erhaben sedierende Art runter, er verließ dann die Wohnung, lief ein paarmal um den Block und konnte sich dabei endlich entspannen. Am Ende kehrte er ganz ruhig zurück, und sie nahmen sich in den Arm. Nikki trug ihm nichts nach, als hätte sie immer gewusst, worum es ging.

Vielleicht hatte sie es seit der Sache mit dem Festnetztelefon verstanden. Das Festnetztelefon verlegte er ständig, meist fand Nikki es dann klingelnd unter seinen Klamottenbergen oder zwischen ihren Sweatshirts wieder. Aber dieses eine letzte Mal konnte man es nicht hören, und so blieb es verschwunden, und Nikki analysierte, dass Mats es in einem Aufräumwahn hektisch und unbewusst in den Müll geworfen haben musste, in den riesigen weißen Sack mit den Schrott-Sachen. Den Drei-Euro-Sack der Stadtreinigung hatte er selbst an die Straße gestellt, und als Nikki ein paar Tage später draufgekommen war, dass das die einzig logische Erklärung sein konnte, lief sie runter auf die Straße, aber der Sack war fort, für immer. Die Basis des Festnetztelefons ließen sie noch eine Weile auf dem Sideboard stehen, bestimmt ein Jahr, vollkommen grundlos.

Und jetzt wählte er Nikkis Nummer, obwohl er nur noch dreißig Prozent Akku hatte und keine Ahnung, wie lange der Trip heute noch dauern würde.

»Nikki, hallo, ich bins, ich wollte fragen, wie es dir geht?«

»Mats, was ist los? Bist du nicht auf Kreta?«

»Ja, und ich hab an dich gedacht, an alles, und ich glaub, du hattest recht mit dem Telefon damals, ich glaub, ich hab es echt voll verpeilt in den Sack getan.«

»Mats, ja, natürlich hast du das, aber ich hab keine Zeit, ich bin hier im Hospiz bei Regine, weißt du, Regine vom Hähnchengrill, sie ist krank, sie stirbt, ich bin hier jeden Tag, ich schreibe an meinem Drehbuch, und dann gehe ich zu ihr.«

»Ich verstehe, tut mir leid. Kann ich dich später anrufen?«

»Ja, natürlich.«

Linus drehte sich zu ihm um, lief rückwärts und fragte: »Wie hieß sie? Das Mädchen, in das Milan so verliebt gewesen ist?«

»Ariadni.«

»Wir sollten sie finden, wenn wir schon hier sind, wir sollten es versuchen«, sagte Linus.

Ben rief von hinten: »Wie das denn, wenn wir ihren Nachnamen nicht kennen?«

»Ich kenne ihren Nachnamen, sie heißt Ariadni Filippidou«, antwortete Mats.

»Woher weißt du das?«

»Na ja, sie hatte mir damals geschrieben, nachdem die Ermittlungen abgeschlossen waren. Ergebnislos abgeschlossen.«

Linus machte ein entgeistertes Gesicht.

»Das hast du uns nie erzählt! Und hast du ihr geantwortet?«

»Nein, das habe ich nicht!«

»Was hat sie geschrieben?«, fragte Linus.

»Dass sie sich schuldig fühlt und so was. Ich hab den Brief zu meinen Steuersachen gelegt und immer wieder ihren Namen auf dem Umschlag gelesen, dann hab ich ihn irgendwie verlegt, als ich was sortiert habe, und jetzt ist er eben weg.«

»Sie hat die Strandbar übernommen, genau an dem Ort, an dem sie die Nacht auf Milan gewartet hat!«, rief Ben und hielt sein Telefon triumphierend in die Höhe.

»Zeig her!« Linus lief auf ihn zu.

»Fuck!«, rief Mats.

»Wieso fuck?«, fragte Linus.

»Ich will sie gar nicht treffen«, sagte Mats, »was soll das bringen?«

»Faszinierend, sie sieht genauso aus wie früher, nur in erwachsen.« Linus schaute auf Bens Display.

Ben sagte: »Wir gehen einfach weiter, ohne Erwartungen.«

»Ein Mann, ein Wort«, sagte Linus.

Mats schwieg, und sie liefen einfach immer weiter, und dann erreichten sie die Stelle. Die Stelle, wo der Polizist die kleine Dose mit dem Carmex-Lippenbalsam gefunden hatte. Genau die Dose mit der abgeblätterten Farbe, die Ben Milan am Tag zuvor gegeben hatte, weil Milans Lippen von der Sonne trocken geworden waren und Ben eine zweite Dose dabei gehabt hatte. Mats hatte noch gesagt, er solle seinem Bruder nicht seine eklige, abgenutzte Schmiere geben. Und allen war dann vollkommen klar gewesen, dass es genau diese kleine Dose war, und der DNA-Test hatte das bestätigt.

In dieser Nacht, so hatte es die Polizei im Protokoll wegen des Fundes der Carmex-Lippenpflege festgesetzt, musste Milan dort falsch abgebogen, gestolpert und den steilen Abhang hinuntergefallen sein, auf den nichts mehr folgte als die dunkle Tiefe des Meeres, das sich in seiner Unendlichkeit stetig wandelte.

Mats starrte auf den kleinen rot-schwarz melierten Grabstein ohne Inschrift aus einem Ohlsdorfer Friedhofsladen, den seine Eltern hier mit vorab erteilter Erlaubnis aufgestellt hatten.

Mats war dagegen gewesen, denn es war ja nichts bewiesen, nichts war sicher, und seine Eltern hatten Verständnis für seine Wut gezeigt und darauf verwiesen, dass sie aus eben diesem Grund auf eine Gravur verzichtet hatten.

Dass Milan im warmen Dunkel der lieblichen Sommernacht stürzte, sich den Kopf aufschlug und ohne ein Fünkchen Bewusstsein vom Meer weggespült und dann verschluckt worden war, entsprach der größtmöglichen Wahrscheinlichkeit, aber alles andere war eben auch möglich, ohne den Beweis, ohne den Körper seines Bruders.

Mats bog ab, ging den steilen Kiesweg zwischen den duftenden Pinien hinab, das Zirpen der Grillen wurde lauter und lauter, und er wusste seine Freunde hinter sich, und es war so heiß.

Mats hörte Linus summen, Linus traf den Ton nie, und das auf eine so groteske Weise, dass man meinen konnte, er mache das mit Absicht, und Ben, der seit seinem halbherzigen Selbstmordversuch hellwach und sogar irgendwie quirlig wirkte, rief: »Linus, hör auf, oder sag uns wenigstens, was du da summst, damit wir in der richtigen Tonlage mitsummen können!«

»Wisst ihr nicht mehr? Das Lied hat Milan ständig angemacht, damit hat der total genervt, er fand damals fast alles aus den Siebzigern toll!«

»Linus! Welches Lied ist das?«, rief Mats genervt davon, dass Linus sich daran erinnerte, und er nicht.

Ben rief: »›People are strange‹, The Doors?«

»Nee, Quatsch!«, sagte Linus und begann den Text zu singen, Mats und Ben erkannten ihn, und stimmten mit ein: »I've been through the desert on a horse with no name, it felt good to be out of the rain, in the desert you can't remember your name, cause there ain't no one for to give you no pain, La la la la la la la la la la la«

»Fuck!«, rief Mats, rutschte ab und verschwand hinter der nächsten Absenkung.

Ben und Linus sprangen hinterher, Mats hatte sich beide Knie aufgeschlagen. An dieser Stelle fielen die Klippen steil ab ins Meer, und seit Milan vermeintlich genau hier abgestürzt war, gab es eine metallene Absperrung mit einer kleinen Holzbank, die Mats' Eltern gespendet hatten.

»Vielleicht war es gar nicht hier, vielleicht hat ihn einfach viele Meter weiter ein scheißbesoffener Autofahrer überfahren und weggeschafft! Und er hat da oben nur kurz gesessen, eine geraucht, Rast gemacht, und dabei ist ihm das Carmex aus der Hosentasche gefallen, kann doch sein, oder?«

»Kann alles sein«, sagte Ben, »aber was ist dir lieber?«

Linus warf ihm einen düsteren Blick zu und erwiderte: »Lieber? Darum geht es doch hier nicht, Ben, das war unpassend!«

»Nee, nee, schon okay«, wandte Mats ein, »es geht ja darum, was ich mir vorstelle, wie ich das, was ich nicht wissen kann, deute, und vielleicht wäre es mir lieber, ein dummes Arschloch hätte ihn überfahren.«

»Weil das dumme Arschloch dann schuld wäre?«, fragte Linus.

»Ja«, sagte Mats, »ja, so platt ist das wahrscheinlich, oder weil ich sauer auf meine Eltern bin, weil sie sich die Wahrheit einfach mit dieser Bank zurechtgezimmert und hier hingestellt haben, und wenn meine Eltern sich gern auf diese Bank setzen, dann sollen sie das tun. Ich hab genug, wollen wir zurück ins Appartement, ich hab morgen ein Vorstellungsgespräch über Zoom und muss mich noch ein bisschen vorbereiten.«

»Echt jetzt?!«, rief Linus, »das wars?«, ich dachte, wir runden das Ganze ab in der Tipsy Starfish Bar?«

»Sunfish, Tipsy Sunfish Bar!«

»Ja, meinetwegen, ich könnte jetzt einen Drink gebrauchen, ihr nicht?«

Ben sagte: »Ich trink nichts mehr, ich weiß nicht, warum ich die Kontrolle verlieren soll.«

Mats zuckte mit den Schultern und erwiderte: »Ach, wozu denn? Ich weiß gar nicht, warum wir überhaupt hier sind, der Ort bewirkt gar nichts in mir, ich bin einfach nur deprimiert über die Positivität meiner Eltern. Diese Bank ist so trist, ich bin eben traurig, darüber hinaus: nix.«

»Aber das ist doch ne Menge, traurig sein und das auszuhalten«, sagte Linus.

»Aber ich halte es ja nicht aus, ich will hier weg, ich will irgendeine Scheißserie im Appartement auf meinem Tablet gucken. Was sollen wir da in der Bar, und was wird das alles hier bringen? Katharsis? Davon bin ich weit entfernt.«

»Katharsis, mein Lieber«, sagte Linus und hob den Finger, »stellt sich unbemerkt ein, Katharsis kannst du nicht sehen oder planen, das kommt am Ende!«

»Am Ende?«, fragte Ben, »am Ende von was?«

»Na, von der Geschichte, in der man sich gerade befindet.«

»Aber das ist doch hier unser Leben, und nicht Fiktion!«

»Aber wir interpretieren alles, was wir erleben, wir erzählen und gestalten unsere Geschichte selbst, in jedem Moment!«

»Wo hast du den Quatsch denn her? Aus nem Psychologie-Podcast?«

»Philosophie-Podcast«, sagte Linus, »seit ich alleine wohne, habe ich eigentlich jeden Podcast abonniert, den mir die App vorgeschlagen hat, und scheinbar hält mich die Podcast-App für einen Philosophen!«, sagte Linus mit amüsiertem Stolz.

Ben fing an zu lachen und merkte an: »Dem Philosoph ist nix zu doof!«

»Nee, eher zu verrückt!«, erwiderte Linus.

»Du bist nicht verrückt, Linus, du bist das Gegenteil von verrückt, deshalb mag ich dich ja so!«, sagte Ben fröhlich und wühlte in seinem Rucksack nach dem Gras.

»Was für n Gras hast du denn?«, fragte Mats.

»Gras eben.«

»Hab gehört, das ist zigmal so stark heutzutage!«

Der Horizont begann zu flimmern, als Ben ihn fokussierte, und er dachte nicht zum ersten Mal, dass er vielleicht eine Brille bräuchte, nur fand er es in diesem Moment zum ersten Mal amüsant, dass alles nachließ, dass man immer weniger perfekt funktionierte, nun, mit dem Meer vor sich, erschien es ihm beinahe wie eine unendliche Erleichterung.

Wie lange genau sie schon nebeneinander auf den festgedrahteten Barhockern an der geschlossenen Bar saßen, wusste keiner von ihnen, denn mittlerweile hatte keiner mehr Akku. Bens Telefon war bei dem Versuch ausgegangen, die Öffnungszeiten der Tipsy Sunfish Bar über Instagram herauszufinden, da die Angaben bei Google offenbar nicht stimmten. Die Sonne ging unter, und die Schönheit des Anblicks flackerte in ihren Köpfen, zusammen mit Durst und Hunger. Die heruntergelassene Jalousie der Bar war fest verschlossen, der Strand menschenleer, so leer, als wäre hier überhaupt noch nie ein Mensch gewesen. Außer ihren Fußspuren waren keine zu entdecken, was vielleicht an dem von einem Gewitter begleiteten Starkregen der letzten Nacht lag.

Nachdem sie den kleinen Joint geraucht hatten, teilten sie sich die verklebt eingestaubten fünf Lakritzpfötchen, die Linus am Boden seines Rucksacks gefunden hatte und die von seiner Tochter stammen mussten, die den Rucksack vor gut einem Jahr für eine Klassenfahrt benutzt hatte.

»Wie lange wollen wir denn noch warten?«, fragte Ben.

Nach etwa zwei Minuten antwortete Linus: »Guck mal, der Sonnenuntergang, so was kriegst du nicht für Geld.«

»Ich hab genug Geld dabei!«, sagte Ben, und Mats: »Sandwich und n Bier wären die Macht jetzt.«

»Oder Taucherbrille und Schnorchel«, seufzte Linus, »und Flossen.«

Mats meinte: »Geh doch einfach so schwimmen!«

»Nee, ich muss erst mal gucken, was da ist, da unter mir, mach ich immer so, sonst geh ich nicht weiter rein.«

»Ach ja, stimmt, *so* bist du!«, sagte Ben.

»Ja, *so* bin ich.«

»Ist mir früher auch schon aufgefallen, und vor nicht allzu langer Zeit hätte man das noch ›unmännlich‹ genannt!«, sagte Mats.

»Meint ihr, Marlene hat mich deswegen verlassen?«

»Auf jeden Fall!«, platzte es gleichzeitig aus Ben und Mats heraus.

»Wir haben alles verloren, Jugend, die besten Frauen, unseren gesunden Narzissmus«, sinnierte Ben.

»Ach, die Jugend, scheiß auf die Scheißjugend!«, rief Linus.

»Ist nicht, wer sich über die Jugend aufregt, auf jeden Fall alt?«, fragte Mats.

»Leute, dahinten, ganz weit hinten, da rechts am Horizont, da ist was!«, rief Ben.

Sie beugten sich alle weit vor, ohne von den angeleinten Barhockern aufzustehen, und blinzelten dem kleinen Boot entgegen, das sich gemächlich näherte. Es war ein Holzboot mit einem Motor, und eine Frau saß am Steuer, ihr Alter war schwer zu schätzen. Sie zurrte das Boot an einem Pflock fest und kam barfuß über den Sand auf sie zu gestapft. Ihr transparentes azurblaues Glitzerkleid umspannte ihre perfekten Kurven, die prallen riesigen

Brüste waren mit Glitzer dekoriert, und sie rief mit heiser rauchiger Stimme: »Hello amigos, I am so sorry!«

Sie stellte sich als Robin vor, sprach Englisch, Deutsch, Spanisch, ein bisschen Holländisch und Russisch. Sie erzählte, sie habe in Deutschland ein paar Semester Psychologie studiert, während sie die Stühle entfesselte, die Jalousie mit einem Knall hochfuhr und gleich Missy Elliott so laut aufdrehte, dass man kaum noch ein Wort verstand. Robin drehte sich im Nu eine Zigarette, mixte mit der Kippe im Mund einen alkoholfreien Cocktail für Ben, servierte einen Rotwein mit Crushed Ice und Limettenscheibe für Linus und öffnete ein Bier für Mats. Aus dem Kühlschrank reichte sie ihnen fertige unterkühlte Krabbenfleischsandwiches aus Dinkel-Buchweizen-Mehl, und alle drei Telefone plus Powerbanks wurden nebeneinander an den Strom angeschlossen. Dann wandte sich Robin ihnen zu und fragte: »Und was kann ich euch noch tun, German Gentlemen?«

»Wir sind hier wegen Ariadni«, antwortete Linus.

Robin verzog das Gesicht, und zwischen den Brauen bildete sich eine tiefe Falte.

»Weiß man nie, wann kommt und was kommt mit Ariadni, ist nicht so wie die, mit die Faden, hahaha!«

»Aber das ist hier doch ihr Laden, oder?«

»Ja, ja, ist schon das ihr Laden, aber ohne mich, sie verloren, und sie weiß das!«

»Hast du ihre Adresse?«, fragte Mats.

»Nein, nein, keine Adresse, Ariadni wohnt überall, bei Mann oder Frau, was ist gerade aktuell, Ariadni sehr frei as a bird, a little kaputt in Kopf, aber auf cute Art!«

Vom Wasser her erklang laute Musik, und ein etwas größeres und ziemlich überladenes Boot näherte sich, das

Sammeltaxi ruckelte und schwankte immer näher an den Strand heran.

Robin verließ die Bar und rannte mit beiden Händen winkend bis ans Ufer. Gut zwei Dutzend junger Leute, augenscheinlich und schallend vernehmlich aus aller Welt, verteilten sich eilig am Strand, umrankten tanzend oder zumindest zappelnd die Bar. Laut, überdreht, durcheinander schreiend auf Englisch mit vielen charmanten Akzenten, ein launiges Gewimmel, in dem man sich für eine Nacht und immer wieder verlieren konnte, ohne auch nur eine Sekunden daran erinnert zu werden, welche Schwere das Leben gerade vor sich hertrug und was es zu lösen gab.

Ben entdeckte auf die Schnelle vier Frauen, die er ohne Wenn und Aber attraktiv fand, doch er empfand keine Lust, ihnen näherzukommen, obwohl zwei von ihnen diese unzweideutigen langen Blicke ohne Zwinkern auf ihn richteten.

Robin drehte die Musik lauter, als eines von Bens Lieblingsliedern aus fernen Zeiten begann: »Gin and Juice« von Snoop Dogg. Und es war absolut klar, dass das hier eine legendär einzigartige und zugleich eine mit allen anderen Nächten dieser Art identische Nacht werden würde, deren helles Ende niemanden auch nur einen Funken interessierte.

In der Erinnerung waren all diese wundersamen Nächte zu einer einzigen Nacht verschmolzen, und nur, wenn man Freundschaften über Jahrzehnte pflegte, wurde einem das durch das gemeinsame Erzählen überhaupt bewusst, und man erkannte amüsiert, wie viel Irrtum in der Zuordnung und Interpretation von Ereignissen in jeder Erinnerung lag, was nichts weniger bewies, als dass die Intensität des Gefühls, das man mit dem Erlebten verband, alles Erinnerte trügerisch und zugleich absolut wahr strukturierte.

»Alles, was sie fühlen, ist wahr«, hatte die Therapeutin zu Ben gesagt. Oder war es das Wort »richtig« gewesen? Er wusste es nicht mehr, aber er bekam nun eine glasklare und dabei vollkommen lustvolle Idee davon, wie gut es sich anfühlen würde, genau jetzt zu gehen. Und so lehnte er sich zurück an den Tresen, sah in den Himmel, der über dem Meer purpurfarben zu glühen schien, und er dachte an seine Frau. Da war etwas am Himmel, das er nicht sofort einordnen konnte, ein weit entfernter Stern, ein großer fluider Stern, der sich wand und ausbreitete, und Ben spürte es zum ersten Mal seit, er wusste es nicht mehr, einer Ewigkeit: Ich bin glücklich.

»Wollen wir gehen?«, fragte Mats und stellte sein Bier auf den Holztresen.

Linus sagte: »Gern.«

Und Ben: »Gut, gehen wir nach Hause.«

Teil II – Frühling

*I never meant to break your heart
But you broke mine*

Marillion

Marlene warf die Haustür hinter sich mit einem Knall ins Schloss und schleuderte ihre schwere Tasche in die Ecke neben den Garderobenschrank, sodass die Zigaretten und die Tüte mit den Haselnüssen rausrutschten und ein paar Nüsse über den Boden kullerten. Dann streifte sie die weißen Nikes von den Füßen und ließ sie einfach stehen.

»Jemand da?!«, rief sie so laut, dass man es bis ins zweite Stockwerk hören musste. Die Haustür war nicht abgeschlossen gewesen. Paula und Milan vergaßen oft abzuschließen, wenn sie das Haus verließen, obwohl Linus es ihnen immer wieder gesagt hatte. Aber Linus wohnte hier nicht mehr, und Marlene war zu erschöpft, um Regeln durchzusetzen, zudem war es ihr auch vollkommen egal.

Sie zog ihre Arbeitskleidung, einen pinkfarbenen Jogginganzug, noch im Flur aus, ging ins Bad und warf ihn samt des zuckersüßen Geruchs, der in dem Studio verströmt wurde, in die Wäschetonne.

Der erdbeerbubblegumartige Duft drang rund um die Uhr aus unsichtbaren Düsen, damit sich die Kundinnen und die wenigen Kunden bei der intimen Prozedur und trotz der mitunter schmerzhaften Verfahren auf ätherisch bestechende Art wohl fühlten.

Marlene verdiente zwar nicht besonders gut, doch hatte sie sich schon nach wenigen Wochen eine gewisse Stammkundschaft erarbeitet, und, so lautete die vertragliche Regelung, wenn bei der Terminbuchung explizit nach Marlene gefragt wurde, erhielt sie eine Provision von zehn Prozent.

Mittlerweile verlangten sieben Frauen und sogar zwei Männer stets nach Marlene, die dort auch nur Marlene hieß, was die purpurfarbene Glitzerschrift auf ihrem goldenen Namensschild bestätigte. Sie hatte die Kundschaft mit ihrem empathischen Charme um den Finger gewickelt, denn vor allem war sie eine gute Schweigerin. Schnell hatte sie einen Sensor dafür entwickelt, welche Frauen von gar nichts hören und auch über nichts reden wollten. Während Marlene ihnen, vom Kopf einmal abgesehen, alle Haare mit der richtigen Sorte und Menge Wachs und schnellen, gekonnten Bewegungen vom Körper riss, schwiegen sie miteinander auf meditative, den Schmerz ausbalancierende Art.

Jene wiederum, die reden wollten, die *mit ihr* reden wollten, beschwerten sich hauptsächlich, über den Mann, die Kinder, den Vater und die Mutter, den Typ, den sie Fuckboy nannten, der nur Sex wollte und sich sporadisch meldete, oder den, der ihnen hinterherrannte und dadurch unattraktiv wurde, obwohl er eigentlich Husbandmaterial war, die egozentrische Schwester, die sich zu wenig um die kranke Mutter kümmerte, oder die beste Freundin, die sich von ihrem toxischen Freund schlecht behandeln ließ und sich nicht trennte, weil sie nicht allein sein konnte, oder die beste Freundin, die noch mit Mitte dreißig Single war, weil sie einfach keine tiefen Gefühle aufbauen, Kompromisse machen und Männer auch als Menschen mit Schwächen wahrnehmen konnte. Sie schimpften über Kolleginnen und Chefs, schlechten Sex, Sex, der nicht mehr stattfand, den verspannten Nacken, die hohen Zinsen, den entgleisten Körper des Partners, den Partner, der jeden Abend trank, und den, der schon mittags kiffte, den arbeitslosen Bruder, der von ihren Steuern lebte, die Steuernachzahlung, den ungerechten Kunstmarkt, die Preise, die lauten Nachbarn, die stinkendes Zeug kochten und nie Pakete annahmen, die Nachbarn, die gar nicht genug Kinder bekommen konnten, die kinderlosen Freunde, die kinderfrei genannt werden wollten, die Rückenschmerzen und Baustellen, die Inflation, Schauspielkollegen, die sich nicht outeten, Queerbaiting, Instagram, TikTok, die AFD, die FDP, die Grünen, das Gendern, Kreuzfahrttouristen, Individualtouristen, die chronische Gastritis, Pseudofeminismus, den Narzissmus der anderen, junge Politikerinnen, alte Politiker, die Mitbewohnerin, die immer nur lernte, schlief oder joggte, die Bahn und die Hitze, den Sturm, den Regen und die Trockenheit, über eigentlich alles, außer ihre Haustiere.

Und Marlene war gut darin, ihnen allen das Gefühl zu geben, sie hätten recht. Und sie verstärkte diese wohlig wirkende Zustimmung zu jeglicher Mutation von Missmut durch zustimmende Gesten und Töne. Sie bestärkte die Menschen, die nackt und von allen Seiten vor ihr lagen, darin, sie würden sich zu Recht aufregen, sie könnten selbst nichts für irgendetwas. Sie bejahte stets, dass es an den Umständen und den anderen lag, dass sich all diese Leben nicht so glatt anfühlten, wie ihre Körper nach der perfekten Enthaarung.

Marlene verstand, worum es dabei ging, denn sie hatte selbst noch bis vor ein paar Monaten nichts anderes gemacht, als die Ursachen aller unangenehmen Gefühle so einzuordnen, dass sie selbst in möglichst geringer Weise oder eben gar nichts damit zu tun hatte und somit handlungsunfähig war. Über Jahre hatte sie sich damit beschäftigt, die Verantwortung von sich abzustreifen, mitunter nachts, in stundenlanger grüblerischer Schlaflosigkeit. Und sie wusste, man durfte dabei nicht gestört werden, man brauchte Bestätigung in diesem Verharren in perfektionierter Abwehr von Eigenverantwortung.

Also ließ Marlene sie reden, während sie ihnen den Genitalbereich, die Achseln, die Beine, den Bauch, manchmal die Arme, den Hintern und auch den Anus von Haar befreite.

Nicht die Trennung von Linus, nicht das darauf folgende Rumvögeln mit jungen Männern, nicht das Lesen der Psychologie- und Philosophie-Bücher, nicht die preisgekrönten Romane und Arthouse-Filme, sondern dieser Job befriedete ihren Geist.

Nichts an Marlenes Leben war mehr perfekt, doch da war wieder Boden unter ihren Füßen, nicht mal während ihres Jurastudiums hatte sie sich so gefühlt. Der ständige Leistungs- und Konkurrenzdruck höhlte sie trotz ihres Erfolgs aus. Es war, als wäre sie nur für andere am Leben, als würde sie ihren Vater, aber vor allem immer noch ihre tote Mutter, die hochintelligent, aber als Hausfrau frustriert gewesen war, mit ihrem Streben befriedigen. Sie erinnerte sich nicht mehr daran, was sie möglicherweise für Träume gehabt hatte. Kreativ war sie nicht, aber vielleicht hätte sie gerne in einem künstlerischen Bereich gearbeitet, im Management oder als Assistentin.

In dem Waxing-Studio hatte sie die nackten Unzufriedenen vor sich im Griff und bekam dafür sogar noch Geld. Einen Kunden allerdings mochte sie wirklich, einen, laut eigener, unverlangter Aussage, sexuell fluiden, beeindruckend erfolgreichen Künstler, mit dem sie sich jedes Mal angeregt unterhielt und dem sie alles über sich preisgab, was er mit der Einladung zu einem pompösen Dinner in seinem Haus in Schleswig-Holstein honorierte, und Marlene wünschte sich mehr und mehr, für ihn zu arbeiten.

Marlene mochte es, wenn ihr Körper, so wie jetzt, nach der Arbeit schmerzte. Sie hatte so viele Jahre lang gar nichts mehr gespürt, und nun genoss sie das Gefühl, ihre körperlichen Reserven aufzubrauchen, es nötig zu haben, sich auszuruhen.

Vor allem die Beine, auf denen sie über Stunden stand, mit denen sie nur wenige und winzige Schritte tat, machten ihr zu schaffen.

Natürlich war Marlene vollkommen klar, dass ihr nur die finanzielle Unabhängigkeit und die Tatsache, jederzeit wieder mit der Arbeit aufhören zu können, diese selbstreflexive Befriedigung verschafften, die selbst die körperlichen Beschwerden zu einer Art Erfüllung werden ließen.

Als sogenannte Biodeutsche war sie eine von zweien bei Waxation, und mit einem abgeschlossenen Studium, das sie beschämt verschwieg, die Einzige, vermutlich auch als Abiturientin. Sie hatte lediglich erwähnt, dass sie sich vor Kurzem von ihrem Mann getrennt hatte und nun auf eigenen Beinen stehen wollte. Dass sie selbst, nach der Aufteilung durch vier Geschwister, vor drei Jahren, nach dem Tod ihrer Mutter, gut zwei Millionen Euro geerbt hatte, behielt sie für sich. Ihre Mutter war von Haus aus vermögend, und ihr Vater hatte als Vorstandsvorsitzender eines fragwürdigen Pharmakonzerns beruflich alles erreicht und gut investiert.

Marlene wollte den anderen Frauen all das nicht erzählen, obwohl sie so was wie beliebt war, zum ersten Mal in ihrem Leben. Während der gesamten Schulzeit hatte sie Probleme gehabt, Freundinnen zu finden. Da es bei ihr zu Hause immer eine Truhe voll mit Speiseeis, drei

Videorekorder, einen Pool und ein Klettergerüst im großen Garten gab, hatten sich manchmal Mädchen bei ihr eingeschleimt. Zu jener Zeit wurde Verica ihre einzige echte Freundin. Verica wollte gar nicht in Marlenes Haus, sie sagte immer, dort sei es unheimlich, und alle drei Brüder gemein, und das stimmte.

Am meisten mochte Marlene ihre Kolleginnen Ploypailin und Fatumata. Die beiden fragten Marlene jedes Mal, ob sie noch mit ihnen um die Häuser ziehen wolle, und Marlene sagte jedes Mal Nein, weil sie einfach zu kaputt war, schon lange keine Lust mehr hatte auszugehen, und da waren ja auch noch Milan und Paula.

Ploypailin und Fatumata zogen sich immer im Studio um, stiegen mit einer Feierlichkeit in ihre Kleider und Pumps, die Marlene wie aus einem anderen Universum vorkam. Scham überfiel sie, wenn sie sich dabei erwischte, so zu denken wie ihre Mutter, die im Urlaub gern über die Armen gesprochen hatte, die bei aller Härte des Lebens vor guter Laune nur so sprühten, und dass man sich an dieser positiven Lebenseinstellung ein Beispiel nehmen müsste.

Ploypailin und Fatumata waren in ihren Dreißigern und von den Vätern ihrer Kinder getrennt. Marlene war zu gehemmt, weitere Fragen zu stellen, sich zu erkundigen, wie die Lage mit den Vätern war oder wer sich sonst kümmerte, wenn die beiden nach der Arbeit loszogen, um zu tanzen und zu trinken.

Marlene führte ihr Leben, indem sie eben vorzugsweise das machte, was sie am wenigsten nicht wollte. Und genau so war ihre Entscheidung für Linus gefallen. Zu Ben und dem einen oder anderen Lebemann hatte sie sich zwar stärker hingezogen gefühlt, doch als Ehemann hätte sie so einen Typ sicher nicht gewollt, einen, den die jungen Frauen heute Fuckboy nannten.

Von der Kanzlei, von der sie und vor allem ihre Mutter damals geglaubt hatten, dort würde der Grundstein für ihre Karriere gelegt, hatte Marlene vor Wochen eine Jobanzeige auf einem gemischten Stellenportal im Internet entdeckt. Eigentlich suchte sie nicht nach einer Juristen-Stelle, sie wollte einfach nur etwas zu tun haben, am besten etwas Neues.

In jener Kanzlei hatte sie als Studentin schon gearbeitet und dann nach Abschluss ihres Studiums bis zur Schwangerschaft mit Milan.

Alles, was in der Stellenanzeige stand, passte:

Juristischer Mitarbeiter (m/w/d) i. Notardienst mit Schwerpunkt Ehe- und Familienrecht, Vollzeit, Teilzeit, Homeoffice möglich. Leitung eines eigenständigen Referats mit Schwerpunkt Ehe- und Familienrecht, Erstellen von Vertragsentwürfen, insbesondere im Bereich Ehe- und Familien- sowie des Erbrechts; außerdem im Bereich des Grundstücks- und Gesellschaftsrechts, perspektivisch außerdem die Begleitung von umfangreicheren Familienunternehmens- und Vermögensberatungen ...

Marlene hatte das zweite Staatsexamen, Erfahrung im Bereich Ehe- und Scheidungsrecht, auch mit der Erstellung von Eheverträgen und Scheidungsvereinbarungen, zudem Praxis in erb- und gesellschaftsrechtlichen Beratungen von Familienunternehmen.

Sie hatte damals selbstständig und strukturiert gearbeitet, viel Lob bekommen, und ihr freundliches, selbstbewusstes und doch zurückgenommenes Auftreten hatten ihr eine Beliebtheit bei allen Geschäftsbeteiligten und auch den Kollegen eingebracht. Man hatte ihr ein gutes Angebot gemacht, und dann kam noch der Anruf einer Großkanzlei dazu, die sie ebenfalls einstellen wollte. Zwei Wochen zuvor hatte Linus die Zusage für eine Stelle bei dem großen Bauunternehmer bekommen. Das Angebot, das seine Gehaltsvorstellungen noch überstieg, hatten sie zu zweit mit einem einmaligen exzessiven Besäufnis gefeiert, am Ende sogar Wodka-Shots getrunken, was sonst nur unter Gruppendruck auf Partys vorkam, und in der Küche getanzt, was sie auch noch nie und danach auch nie wieder getan hatten. Und dann hatten sie zum ersten Mal ohne Kondom auf dem Sofa miteinander geschlafen.

Eine Abtreibung war für Marlene nicht infrage gekommen, sie hatte es sofort gemocht, sich schwanger zu fühlen, den Schmerz in ihren Brüsten und das Wissen darum, dass etwas in ihr wuchs, und dass sie endlich jemanden aufrichtig lieben würde. Sie war nicht grundsätzlich gegen Schwangerschaftsabbrüche, aber sie war für sich selbst dagegen. Sie wollte gerne schwanger bleiben und war beseelt von der Vorstellung, alles zu schaffen, mit der Zeit, Schritt für Schritt, irgendwie. Aber dieses Irgendwie war nicht passiert. Es passierte gar nichts mehr, außer dass ihr Butterzitronenthymianhuhn immer besser und besser wurde, und nun wusste sie, dass Glück kein Irgendwie duldet.

Weiter unten in der Stellenanzeige ihrer alten Kanzlei stand etwas von Berufserfahrung, Zeugnissen, letzte Arbeitsstelle, und das Wort »Lebenslauf« löste schließlich einen stechenden Kopfschmerz aus.

Schließlich gab Marlene in der Suchleiste des Portals »Jobs für Quereinsteiger« ein, und ihr war vollkommen egal, was sie machen würde, Hauptsache, sie war keinem Vergleich mit sich selbst ausgesetzt, Hauptsache etwas, bei dem sie niemanden traf, der Jura oder BWL oder überhaupt studiert hatte, und nachdem sie auf Seite vier angelangt war, las sie:

Kosmetiker m/w/d im Waxing-Studio. Waxation ist eine der führenden Waxing-Studioketten Europas und spezialisiert auf die Haarentfernung mit Warmwachs. Für unser neues Studio suchen wir ab sofort und laufend Mitarbeiter/innen – Quereinsteiger sind herzlich willkommen! Dein Einstieg bei uns: 1-wöchiges Training zur Waxpertin in unserem hauseigenen Schulungszentrum. Kosmetische Vorkenntnisse nicht nötig. Durchführung von Waxing bei Männern und Frauen auch im Intimbereich! Du beachtest Sauberkeit und Hygiene und berätst unsere Kunden individuell. Attraktives Festgehalt, stylisches Arbeitsumfeld, persönliche Waxing-Flatrate. Wenn du offen und freundlich gegenüber Kunden bist und ihnen das Leben durch deine Arbeit verschönern willst, bist du bei uns richtig, und wir freuen uns auf deine Bewerbung! Hauptschulabschluss oder gleichwertig (wünschenswert).

Alles daran klang so angenehm oberflächlich und tolerant. Als würde niemand ihr bei der Arbeit über die Schulter schauen. Mit Nacktheit hatte sie kein Problem, sofern es nicht ihre eigene war, im Gegenteil, fremde Körper waren interessant, bizarr perfekt oder unperfekt, sie suchte oft im Internet danach, fern sexueller Absicht. Es war genau der Job auf der Seite des Jobportals, den sie am wenigsten nicht wollte.

Eine Schnellbewerbung sandte sie über ein Eingabefeld ab, und Betreiberin Elif meldete sich noch am selben Tag telefonisch zurück.

Marlene stellte sich während der Schulung als Einzige nicht als Übungsobjekt zur Verfügung, was ihr niemand übel nahm. Sie hatte den Eindruck, noch nie so viele nette Menschen ohne konkrete Erwartungen und bohrende Fragen auf einmal erlebt zu haben. Sie waren acht Frauen und eine nonbinäre Person namens Eve. Das Studio von Waxation in der Hafencity hatte bis Mitternacht geöffnet, die Filiale auf St. Pauli sogar rund um die Uhr. Marlene ließ sich zu normalen Bürozeiten in der Hafencity einteilen, was gut angenommen wurde, da die meisten nachts oder am Wochenende arbeiten wollten, da der Job ein Zuverdienst war.

Marlene mochte die Arbeit, sie mochte es, Menschen so wenig unvermeidlichen Schmerz wie möglich zuzufügen und dabei strahlend freundlich zu sein. Und die von ihr selbst perfekt blank geputzten Körper verschafften ihr an manchen Tagen einen Kick der Befriedigung, der nichts mit ihrer Sexualität zu tun hatte, aber eben mit der künftigen Sexualität der anderen.

Auch die zeitlich klar umgrenzte Konversation, um die Intimität zwischen Fremden zu überspielen, gefiel ihr gut. Meistens fingen die Leute von sich aus an zu erzählen, und wenn sie sich nicht gerade über etwas aufregten, plauderten sie über das politische Tagesgeschehen, außer es lag ein Politiker vor ihr, was häufig vorkam.

In der Juristenwelt hatte es damals einen gravierenden Männerüberschuss gegeben, und Marlene hatte oft versucht eine Balance zu finden, um nicht flirtig, aber auch nicht abweisend und niemals sexy zu wirken und dabei jedem Mann das Gefühl zu vermitteln, er sei nicht abstoßend. Dieses Training kam ihr nun zugute.

Als Marlene lang genug heiß geduscht, sich in ein Handtuch gewickelt hatte und nun laut über die JBL-Box ihres Sohnes auf Empfehlung von Fatumata und Ploy eine Spotify-Playlist mit Lizzo abspielte, hörte sie Paula ins Haus poltern. Sie hatte mindestens zwei Freundinnen im Schlepptau, sie klangen laut und überdreht, betrunken?

Seit der Trennung ihrer Eltern hatte Paula einen enormen Schub in eine Richtung bekommen, den Marlene nicht ganz deuten konnte, und sie fragte sich, woran das lag, bis Verica anmerkte, Paula fühle sich nun womöglich einfach nicht mehr beobachtet, da ihre Eltern offenkundig mit sich und ihren Krisen beschäftigt waren, was große, gute und auch einige schlechte Energien bei Teenagern freisetzen könne.

Marlene fragte sich, ob sie sich Sorgen machen und Paula wieder mehr beobachten oder ihr zumindest diesen Eindruck vermitteln sollte.

Sie zog Linus' weichen grauen Bademantel an, den er absichtlich vergessen hatte, dachte sie zumindest mit einer Spur von Sentimentalität, und lief auf nackten Sohlen in den ersten Stock. Sie klopfte an Paulas Zimmertür, öffnete sie aber nicht gleich, so wie sie es früher immer gemacht hatte. Erst als Paula irritiert darüber laut »Mama, bist du das?« rief, betrat Marlene das Zimmer. Die drei Mädchen saßen auf dem Boden, starrten auf ihre Smartphones, es roch weder nach Marihuana noch Bier noch sonst was, nicht mal nach Vanille.

»Alles gut? Braucht ihr irgendwas?«, fragte Marlene.

»Nee, Mama!«, sagte Paula, ohne aufzublicken. »Hast du vorhin echt Lizzo gehört?«

»Ja, gefällt mir gut.«

»Ist ja peinlich, Mama!«

»Lizzo?«

»Nee, du, du bist ja nicht mehr jung oder so.«

»Oder so?«, fragte Marlene.

»Wieso? Ist doch cool«, sagte ihre Freundin Lou, »meine Eltern hörn nur so Reiche-Leute-Schlafklaviermusik ohne alles.«

»Du meinst, sie mögen es klassisch«, sagte Marlene und grinste.

»Ja, aber nur so klassisch klassisch für weiße Cis-Menschen, voll schlimm!«

Und als Marlene die Tür schon fast wieder zugezogen hatte, sagte ihre Tochter: »Vielleicht bist du doch noch *oder so*!«

Marlene grinste, machte sich auf den Weg nach unten und Paula riss die Tür wieder auf und rief: »Siehst du Papa heute wieder?«

»Ja, ich seh ihn gleich.«

»Grüß ihn mal und gib ihm einen Kuss von mir, okay?«

»Okay, gern, Paula.«

Marlene würde Linus heute von der neuen Arbeit abholen. Vielleicht war es weniger ein Job als eine Selbstfindungsmaßnahme. Marlene hatte noch immer nicht so recht verstanden, warum er tat, was er tat, vom Aspekt der Nächstenliebe einmal abgesehen. Sie unterstellte ihm, dass er sich etwas beweisen wollte, oder noch schlimmer, ihr!

Linus hatte seinem Partner formlos die Firma überlassen und schaute dort nur noch vorbei, wenn es absolut nötig war. Sein Identitätsanteil »erfolgreicher Ingenieur« hatte für sein Selbstverständnis zumindest in der täglichen Praxis weitgehend an Bedeutung verloren.

Linus' Partner hatte Marlene in seiner Verzweiflung ein paarmal angerufen, weil Linus ihm als Entscheidungsträger fehlte und oft einfach sein Telefon ausmachte oder zumindest stummstellte, wenn er seiner neuen Beschäftigung nachging. Arbeit ist das halbe Leben, hatte er früher immer gesagt, und in Marlenes Kopf hatte die Stimme ihres Vaters hinzugefügt: für ausgemachte Faulpelze.

Die Geschäfte liefen auch ohne Linus weiter, und die Konten waren voll, weswegen an dem, was er nun tat, genauso wenig Heldenhaftes war wie an ihrer neuen Tätigkeit. So wie es aussah, würden sie beide nie erfahren, wie es war, etwas aus materieller Not heraus zu tun, und Marlene fragte sich, ob sie das zu armen oder schwachen Menschen machte, was die Charakterbildung betraf.

Vor ein paar Monaten hatte Linus die Ausbildung als Hospizbegleitung begonnen, und seit einer Weile war er nun vor Ort aktiv.

Nikki hatte Linus in das Hospiz vermittelt, nachdem er seinen theoretischen Teil absolviert hatte, denn Regine, eine alte ketterauchende Eimsbütteler Imbisswirtin, mit der sie eine Art Freundschaft pflegte, lebte dort seit einer Weile, um zu sterben. Regines Krebsleiden war so stark vorangeschritten, dass ihre Lebenserwartung beim Einzug in das Hospiz auf wenige Wochen festgesetzt war. Doch wie Linus es neulich in einer ewiglangen Sprachnachricht befremdend euphorisiert formuliert hatte, sei Regine, seit sie dort zu Gast war, noch mal so richtig aufgeblüht durch die Fürsorge, den Trost, die Massagen! Für den Tod gebe es keine verlässliche Prognose, der Tod lasse sich nicht gestalterisch planen, nur das Leben vor dem Tod, da könne man noch was einfädeln, da gebe es noch Wirksamkeit und Kreativität.

Marlene war nicht ganz klar geworden, ob er damit das ganze Leben oder eigentlich sich selbst meinte oder ob er wirklich über Regine sprach, die er während des finalen

Teils ihres Lebens begleitete. Und als Marlene ihm in ihrer Sprachnachricht antwortete, dass sie das Wort »Gast« als unpassend empfand, erklärte er ihr in seiner nächsten noch längeren Nachricht, das sei die verbindliche Bezeichnung dort an diesem Ort, und er fuhr fort, wir seien doch in Wahrheit alle nur Gäste, unser aller Finale beginne im Grunde mit der Geburt, und wir sollten dankbar sein, nicht alles zu verstehen. Er führte diesen Gedanken noch weiter aus, als würde er eine Aufnahme für ein pseudophilosophisches Sachbuch anfertigen, das er später abtippen wollte. Etwa ab Minute drei rührte es Marlene irgendwie, dass er so aufgeregt und wach bei der Sache war. Aber was war die Sache?

Als Marlene sich die ganzen 6,34 Minuten mit temporärer Sprachbeschleunigung angehört hatte, begriff sie, dass Linus wirklich *alles* meinte, alles in allem, das, was war, was sein würde, er meinte Marlene und sich, sich selbst, sie, Regine, Nikki und alle anderen und eigentlich jeden Menschen und auch jedes Eichhörnchen und jeden Pandabären und jedes Scheißsandkorn. Linus führte sich auf wie der Pressesprecher von Gott, dabei war er nicht mal religiös. Und egal, was sie daran nervig oder ungewollt amüsant fand, er hatte plötzlich aufgehört, sie zu langweilen, denn er versuchte nicht mehr zu gefallen, er gefiel sich selbst. Wie war das passiert? Es musste etwas mit seiner neuen Aktivität zu tun haben.

Linus hatte in ihren vielen gemeinsamen Jahren nie den Wunsch geäußert, ehrenamtlich tätig, und schon gar nicht in einem Hospiz ehrenamtlich tätig zu werden. Er versuchte wie ein Besessener täglich sein Zehntausend-Schritte-Konto sowie sein Bankkonto zu füllen, um sich sicher in seiner Haut zu fühlen.

Immer im Januar vereinbarte er bei seinem Hausarzt drei über das Jahr verteilte Termine zur Blutkontrolle, selbstfinanziert, mit allen Vitamin- und Mineralstoffwerten inklusive. Dennoch wollte er nie über den Tod sprechen, nicht mal über seinen Körper. Wenn überhaupt, dann nur auf indirekte Art über die Ernährung und die Optimierung seines Organismus. Ständig hatte er im Internet geforscht, was am besten die Entzündungswerte senkte, den Blutzucker stabil hielt, was das gute Cholesterin enthielt und wie viel Gramm Fleisch die Woche nicht das Darmkrebsrisiko erhöhte. Er aß einmal monatelang nur noch grünes Gemüse und begann seinen Espresso im Porzellanfilter aufzugießen, weil er gehört hatte, in den Poren des Papierfilters würden die Schadstoffe hängen bleiben. Eine Zeit lang streute er auf alles einen Haufen Kurkuma, das vermeintliche Superfood, sogar auf sein gekochtes Ei, und einmal auf das Essen beim Griechen, und erst als die Kinder sich über diese Peinlichkeit beschwert hatten und ihn fragten, ob er verrückt geworden sei, hörte die Kurkumaphase auf. Das alles machte Linus, um dem Tod auf eine sehr angespannte Weise so lange wie möglich zu entkommen, und Marlene wusste nicht, wie sie dieses Verhalten präziser beschreiben sollte als mit dem schlichten Wort »unsexy«.

Vielleicht hatten all die Jahre voller Sermone über gesunde Ernährung und die richtige Dosis Bewegung inklusive regelmäßiger Recherche zum neuesten Erkenntnisstand bloß seine Höllenangst vor der eigenen Sterblichkeit verstärkt.

Und jetzt dachte Marlene, das Nervige an Linus – wie seine Angst vor Pestiziden, die ihn Unmengen verschiedener Tomatensorten im Garten anpflanzen ließ – besitze womöglich eine existenzielle Tiefe. Es ging niemals nur um Tomaten.

War Linus, so wie man ihn kannte, ein netter Mensch ohne erkennbaren Hang zum Narzissmus? Oder war die überzogene Angst vor der eigenen Sterblichkeit nichts anderes als ein besonders bedenklicher Auswuchs von Narzissmus oder zumindest Egozentrismus?

Über gravierende Selbstbezogenheit hatte sie gerade erst mit Verica gesprochen. Dabei ging es wieder einmal um Hendriks Selbstzerstörung und die damit verknüpfte Degeneration seines Charakters. Hendrik war jetzt seit über einem halben Jahr verschwunden. Die Wahrscheinlichkeit, dass er nicht mehr am Leben war, war ziemlich hoch, nur wusste niemand, wo er nicht mehr am Leben war. Marlene hoffte, dass Verica und Paloma erspart blieb, was Mats und seiner Familie zugestoßen war, das bloße, alles vakuumierende Verschwinden einer Person, an die man liebend gebunden ist.

Als Linus zusammen mit Mats und Ben vor einigen Monaten noch einmal auf Kreta war, um Milans Weg nachzuverfolgen, um vielleicht mit ihrer Jugend und den unerwarteten Erlebnissen eine Art Frieden zu machen, hatte sich Nikki gemeldet.

Nach dem langen Trip waren Mats, Ben und Linus gerade im Appartement angekommen, Mats war unter der Dusche, und Linus ging deshalb an sein Telefon. Im Zuge seiner Schuldgefühle wegen des Todes von Mats' Bruder hatte er sich während dieses Gesprächs dazu entschieden, dass es kein Zufall war, mit Nikki über Regine im Hospiz zu sprechen und zusammen zu weinen, während Mats so lange duschte, bis es kein warmes Wasser mehr gab.

Heute wollte Marlene Linus zum ersten Mal im Hospiz besuchen, auch um gemeinsam zu besprechen, was sein würde, was möglich war, ohne einander, miteinander, wie es nun weitergehen sollte, vielleicht mit der Scheidung, den Kindern, ihrem möglicherweise freundschaftlich-familiären Verhältnis zueinander, gemeinsamen Urlauben oder Familienfeiern.

Zum ersten Mal seit der Trennung hatte sie eingewilligt, mit Linus in ein Restaurant zu gehen.

Während er noch auf Kreta war, hatte Marlene eine seltsame Textnachricht von ihm bekommen, in der er ihr absolut recht gab darin, dass er sich längst ein neues Telefon hätte besorgen sollen und dass er, zurück in Hamburg, in den nächsten Shop gehen und sich das allerneuste iPhone holen würde. Auf diese Nachricht hatte sie nur mit einem Daumen hoch geantwortet. Er hatte nicht reagiert, und ihre Kommunikation hatte sich anschließend auf Organisatorisches beschränkt.

Nach zwei Monaten hielt Marlene es auf bisher ungekannt beunruhigende Weise für möglich, dass es eine neue Frau in Linus' Leben geben könnte, und sie schickte ihm in einer Art narzisstischem Besitzanfall eine Nachricht, nachdem sie an einem Samstagabend allein eineinhalb Flaschen Malbec getrunken und dazu erst Jacques Brel, dann Adele und schließlich REO Speedwagon gehört hatte. Zunächst schrieb sie Linus, er könne ihr ruhig mitteilen, wenn er irgendeine ernstere Geschichte mit irgendwem habe, das sei okay, sie würde das schon aushalten. Sofort hatte er angerufen und ihr erzählt, was er nun machte, wie es dazu gekommen war und dass es ihm gut ging, ohne neue Frau. So waren sie in eine neue Kontaktbalance geraten, und er schickte ihr noch längere Sprachnachrichten als jemals zuvor. Zu Beginn hörte Marlene sich sogar alles in normaler Geschwindigkeit an, nur weil sie ein einziges Mal große Angst verspürt hatte, er könnte sich neu verliebt haben. Sie war so einfach gestrickt wie alle anderen auch, und es war nur fair, dass es ihm auch ohne sie gut ging, mehr als fair, denn er hatte ihr nie etwas getan, außer so zu sein, wie er eben war. Und nun tröstete er Sterbende und nannte sich selbst ohne lähmende Furcht »einen Sterbenden«.

Marlene hatte keine Vorstellung davon, was genau er in dem Hospiz tat, was man dort überhaupt tat, wie er die vermutlich beklemmende Tristesse aushielt.

Trist. Genau das hatte ihre Mutter über ihren Job im Waxing-Studio gesagt, als sie neulich geträumt hatte, mit ihr zu telefonieren. In ihrem Traum hatte sie ihrer Mutter mit einem sehr wachen Anflug von rebellischer Ehrlichkeit erzählt, was sie nun machte. Marlene hatte das Gespräch ohne einen Vorwand beendet und war in dem Moment aufgewacht.

Am nächsten Tag fuhr sie zum ersten Mal seit der Beerdigung vor mehr als drei Jahren zum Friedhof und behauptete sich in gewisser Weise persönlich. Ihre Mutter war immer so perfekt und unterkühlt geblieben, es hatte weder begeistertes Lob noch innige Umarmungen oder andere unkontrollierte Abweichungen gegeben, außer vielleicht, dass sie, wenn sie zu viel Riesling gehabt hatte, unverhohlen von Clint Eastwood schwärmte, dem Marlenes Vater nicht einmal auf eine abstrakte Art ähnelte.

Linus war in dieser Woche jeden Tag von früh bis spät bei Regine, denn das hatte er Nikki versprochen, die auch Marlene angerufen hatte, damit sie Linus an sein Versprechen erinnerte. Sie halte Marlene für den zuverlässigsten Menschen, den sie kenne, hatte sie gesagt, und Marlene dachte sofort wieder an die »CDU-Freundin«

und fragte sich, ob Nikki Zuverlässigkeit und Konservatismus gleichsetzte. Sie hatte nur wegen Nikki zuletzt links gewählt, ohne es jemandem zu erzählen.

Nikki war nun zum Festival nach Cannes gereist, um der Einladung einer Produzentin nachzukommen, die ohne Umschweife ihr Drehbuch gekauft hatte. Sie fand es sogar besser als Nikki selbst, wie Nikki womöglich ehrlich bescheiden sagte, zumindest hatte es Nikki überrascht, dass sich so etwas wie ein erster Erfolg einstellte, nur weil sie etwas zu Ende geschrieben hatte. Sie war beinahe beschämt deswegen, da sie sich jahrelang auf ihren Pessimismus gebettet hatte. Marlene konnte diese rückblickende Selbstkritik mehr als gut nachvollziehen, und sie verabredeten, sich bald zum Essen zu treffen.

Marlene staunte, da sie etwas spürte, das anders war als der vertraute impulsive Neid, den sie sonst gegenüber Nikki empfunden hatte, und wenn sie ehrlich war, gegenüber allen, die etwas Künstlerisches taten, ohne dabei vor die Hunde zu gehen.

Der Neid war weg, nicht einmal mehr ein kleiner Groll, stattdessen war da etwas Leises, Neues.

Marlene nahm ihr Telefon und schrieb Nikki auf Instagram eine Nachricht: *Ich freu mich für dich wegen deines Drehbuchs!* Sie machte ein Herz-Emoji dazu und löschte es wieder. Man soll nie übertreiben mit den Gefühlen, das hatte ihre Mutter immer frei jeden Kontextes gesagt, und Marlene holte tief Luft und klickte Herzen in allen Farben und schickte die Nachricht ab. Nikki reagierte sofort mit Feuerherz und Kussmund.

Marlenes Herz schlug schnell, sie wünschte sich, dass Nikki Erfolg haben und es ihr gut gehen würde.

Marlene schrieb: *Ich geh jetzt zu Linus ins Hospiz.*

Nikki antwortete: *Ich geh jetzt an den Pool mit einem berühmten Alkoholiker, der noch käsiger ist als ich.*

Die Tür von Regines Zimmer stand weit offen, Marlene trat ein, aber Linus und Regine waren nicht da, nicht mal ein Bett gab es. Sie blickte auf ein Tischchen neben der Tür an der Wand, auf dem Kerzen brannten, rund um einen Strauß weißer Tulpen in einer hohen Kristallvase.

Marlene ging zurück in die kleine Lobby und fragte die Frau am Empfang: »Bitte entschuldigen Sie, ich wollte gerade, ähm, ist Regine ... ich weiß den Nachnamen nicht, ist sie tot?«

»Nein, sie ist nicht tot, sie raucht!«

»Oh, oh, ja, warum auch nicht?«

Die Frau sah sie überlegen an, und Marlene verspürte kurz den alten Neid, nickte dann schnell, machte eine fahrig abwinkende Geste und fragte: »Und wo raucht sie?«

Die Frau erklärte ihr den Weg zum Raucherraum. Der hatte eine extra breite Glastür, damit man die Betten reinschieben konnte.

Linus saß neben dem Bett und paffte mit Regine. Marlene hatte ihn noch nie rauchen sehen. Er trug ein grau meliertes T-Shirt mit V-Ausschnitt, so wie damals in den Neunzigern, so wie die meisten Tage während ihres ersten gemeinsamen Sommers. Er bemerkte Marlene sofort und winkte sie fröhlich herein.

Marlene trat ein, schloss die Tür und sagte: »Hallo, wie schön, dass man hier rauchen darf.«

»Hier darf man alles, was gefällt!«, sagte Regine heiser und hielt Marlene ihre Schachtel Marlboro hin. Linus gab ihr Feuer, Regine blickte mit einem schwachen Lächeln auf die beiden und sagte: »Wenn man sich liebt, ist es das Schönste im Leben. Und gegrillte Hähnchen, Schätzchen, ohne die ist das Leben auch nichts wert. Mögen Sie Grillhähnchen, Schätzchen?«

»Ja, sehr.«

»Sie macht das beste Butterzitronenthymianhuhn im Universum!«, warf Linus ein.

Regine lächelte noch immer und erwiderte: »Das ist gut, denn da bin ich ja nu bald, irgendwo da weit im Universum, da fliege ich dann in meinen kleinsten Einzelteilchen umher und vermenge mich mit meinem Manfred, und dann probieren wir Ihr Huhn, Schätzchen.«

Regine ließ ihren Zigarettenstummel in den Kristallaschenbecher fallen, den Linus ihr hinhielt, und fuhr fort: »Der is noch von meinem Manfred, er war ein so lieber Extravaganter, Schätzchen. Zum Ausdrücken bin ich nicht mehr stark genug, aber halten kann ich die Kippe noch, halten geht noch, das is doch schon mal was.«

»Ja, gut, dass Zigaretten so leicht sind.« Marlene ärgerte sich über ihr unbeholfenes Gestammel.

Regine zwinkerte ihr zu und antwortete: »Nee, die sind nicht leicht, das sind meine Zigaretten, ich hab nie die leichten geraucht, is doch nur Betrug am Geschmack, wenn schon, denn schon, is doch kein Leben sonst, alles nur noch Marketing in dieser Welt.«

Linus sagte: »Wollen wir wieder rüber? Abendessen und Fußmassage?«

Regine zog die aufgemalten Augenbrauen hoch.

»Ja, aber ich will nur Dosenaprikosen.«

»Du willst nie was anderes«, sagte Linus.

»Die durfte ich nie als Kind, Schätzchen, meine Mutter sagte, Obst in Dosen is Gotteslästerung!«

Und Marlene: »Ich verstehe, meine Mutter hatte was gegen Gefühle.«

»Gefühle in Dosen«, sagte Regine mehr zu sich selbst und nickte ein.

Linus schob das Bett zurück ins Zimmer, und Marlene folgte ihm. Als sie angekommen waren und Regines Bett wieder an seinem Platz stand, schlief Regine schon tief und schnarchte leise.

»Und jetzt? Wecken wir sie noch mal, um uns zu verabschieden?«, fragte Marlene.

Linus strich Regine über den Kopf und antwortete: »Nein, sie schläft jetzt durch. Wir gehen essen.«

Marlene lehnte sich an die Wand, sah ihm zu, wie er Regines Tischchen aufräumte, das Fenster öffnete, die Jalousie herunterließ und dann ganz in Ruhe seine Sachen zusammenpackte.

Sie konnte nicht aufhören, Linus anzusehen. Sein Körper, die Bewegungen, all das war ihr sehr vertraut, und doch, während sie ihm zusah, entdeckte und empfand sie etwas, das sie nicht kannte und auch nicht einzuordnen wusste.

Eine ungebrochene Macht der beinahe banalen Vertrautheit vermischte sich mit etwas Neuem, das sie interessierte und zugleich beunruhigte, das seltsam unpassend war für diesen Ort, den sie sich finster und unerträglich vorgestellt hatte, und nun war es, als stünde sie mitten im Licht in diesem kleinen Raum zum Sterben. Adrenalin schoss durch ihren Körper, dazu ein vollkommen unangemessener und ziemlich konkreter Drang, Linus zu küssen, ihm nah zu sein ... mit ihm zu schlafen? Ja.

Marlene überkam ein bizarrer Verdacht, und sie verstand sofort, und das wiederum auf seltsam rationale Art, dass sie sich gerade eben, hier und jetzt zum ersten Mal in ihren Mann verliebt hatte, und ihr liefen längst schon Tränen über das Gesicht, und als Linus es sah, nahm er Marlene in den Arm, und sie sagte: »Es ist schön, dich zu sehen.«

»Frau Amin, eine Frage, ich hoffe, sie ist nicht zu persönlich, und wahrscheinlich haben Sie sie schon zu oft gehört, aber na ja, eigentlich soll sie persönlich sein, Menschen sind neugierig, und ich bin ein Mensch, hahaha.« Die Frau war extra aufgestanden, obwohl sie das nicht musste, und ein Mitarbeiter des Theaters gab ihr ein Mikrofon.

»Fragen Sie einfach, ich werde antworten, aber vielleicht nicht so, wie Sie erwarten!«, sprach Leila in ihr Mikrofon.

»Die Figuren Noura und Leif, also das Paar, das sich vermutlich trennen wird, gibt es da Parallelen zu ihrem eigenen Leben, spiegelt hier die Kunst das Leben, wie es immer so schön heißt?«

Leila blinzelte ins Dunkel des Saals und schwitzte unter dem grellen Scheinwerfer, der seit fast zwei Stunden auf sie gerichtet war. Die Erschöpfung war mittlerweile so überwältigend, dass nichts mehr half, weder Espresso noch Wein oder ein Liter Wasser, hohe Dosen Vitamin C oder Magnesium, großes Lob oder hohes Honorar. Gute Fragen freuten sie nicht mehr und schlechte verärgerten sie nicht.

Wie viele Lesungen sie in den letzten Monaten hinter sich gebracht hatte, wusste sie nicht. Aber die aneinandergereihten Worte in ihrem Buch, die Kapitel, die sie wieder und wieder vorlas, kamen ihr inzwischen vor wie ein großes Blabla. Wenn sie im Hotel ankam, ernährte sie sich nur noch von Erdnussflips, und sie trug seit Wochen eine Gastritis von Termin zu Termin, betäubte sie mit Rotwein und rührte sich morgens Natronpulver in den Kaffee, um die Säure zu neutralisieren. Nur im Zug, der sie von einer Stadt in die nächste bewegte, kam sie zur Ruhe.

Die Frau, die die Frage gestellt hatte, klang genauso wie Ursula von der Leyen. Leila hob den Kopf, und als sie das Publikum mit ihren Blicken streifte, entdeckte sie das Gesicht, das sie seit vielen Jahren immer wieder in der Menge gesucht hatte, wenn sie zusammen ausgingen und sich oft absichtlich zu Beginn des Abends verloren, jung und betrunken, das Gesicht ihrer Nächte und der Morgen, ihrer Tage, ihres Lebens, ihrer Liebe: Ben. Da saß er, weit vorn in der dritten Reihe, ganz am Rand, und er lächelte, vielleicht. Leilas Herz schlug bis zum Hals, ihr Gesicht wurde warm und sie sagte: »Ja, es kann schon sein, dass ich ein paar Sachen einfließen lassen habe, aber nicht eins zu eins, es ist Fiktion, so wie alles. Jede Interpretation der Erinnerung ist ohnehin Fiktion, auch in Ihrem Leben, oder? Wir dichten uns doch die ganze Zeit etwas zusammen über uns, alle tun es, und einige schreiben es auf und ändern einfach die Namen.«

Einige lachten.

»Gibt es noch weitere Fragen?« Die Moderatorin blickte ins Publikum, und ein junger Mann hob die Hand.

»Ich habe mich gefragt, warum gar keine explizit rassistischen Themen vorkommen und eigentlich alle Figuren weiße Cis-Personen sind, ich meine, das Buch spielt in Hamburg, das ist doch eine Großstadt, oder?«

Alle lachten. Er fuhr fort: »Es sind so viele Figuren, ein ganzer Freundeskreis, und alle sind so … ja, total deutsch!«

Leila seufzte und sagte: »Und was ist die Frage?«

Eine Frau rief: »Aber Frau Amin ist doch selbst Deutsche, man kann es auch einfach Realismus nennen, oder?«

Leila nahm einen großen Schluck zu sauren Cabernet, räusperte sich und antwortete: »Nennen Sie es gern, wie Sie wollen, ich bin mit allem einverstanden!«

Eine andere Frau rief: »Haben Sie selbst als POC denn nie rassistische Erfahrungen gemacht im Deutschland der Siebziger oder Achtziger?«

»Neunziger, hallo!«, rief jemand von ganz hinten in schrill aggressivem Ton.

Leila nahm noch einen Schluck Wein und antwortete: »Na klar, ähm ... Warten Sie. Genau, ich trug als Kind gern ein Dirndl, zwei Kindergärtnerinnen haben sich jedes Mal laut darüber amüsiert, so was gesagt wie, guck mal, zum Schreien, die kleine Orientalin in der Tracht. In der sechsten Klasse war ich verliebt in einen neuen Schüler, der mich rassistisch beleidigt hat, statt meinen Liebesbrief zu beantworten, ein alter Mann hat mich mit sechzehn vom Fahrrad geschubst und gesagt: ›Geh dahin, wo du hergekommen bist.‹ Und so weiter.«

»Und warum schreiben Sie nie über so was?«

Die Moderatorin rief fröhlich ins Mikrofon: »Na, das ist ja mal eine lebhafte Runde, toll, dass so viele interessante Fragen gestellt wurden!«

»Noch eine!«, rief ein Mann. »Wie würden Sie das Buch denn genremäßig einordnen? Also mal so auf den Punkt gebracht!«

Leila sah zu Ben, er trug ein lila Sweatshirt, sein Gesichtsausdruck war weich und sie antwortete: »Es ist ein romantischer Liebesroman!«

Der ganze Saal brach in Gelächter aus, und auch die Moderatorin schüttelte sich vor Lachen.

»So was gibt es nicht ohne Happy End!«, hörte man jemanden aus dem Publikum.

Leila sprach besonders laut ins Mikro: »Warten Sie einfach auf die Fortsetzung und kaufen Sie das Buch, bitte gleich dreimal, legen Sie es auf die Sofalehne, aufs Gästeklo, verschenken Sie es zu jedem Geburtstag und einfach so, und wenn nicht, folgen Sie mir wenigstens auf Instagram, danke für Ihre Aufmerksamkeit und noch einen schönen Abend!«

Lachen und Applaus ertönte, und die Moderatorin brachte Leila in die Lobby zum Büchertisch. Leila signierte und fragte alle nach ihrem Namen und der richtigen Schreibweise. Ben tauchte erst am Ende auf, nachdem Leila sich noch zweimal ihr Glas mit Rotwein hatte auffüllen lassen und sie schon viel duseliger war als geplant, aber der Magen fühlte sich erstaunlich okay an, als er vor ihr stand.

»Hast du gut gemacht«, sagte er.

»Chauvi«, sagte sie.

»Was machen wir jetzt?«, fragte er.

»Ich weiß nicht, was würdest du gerne machen?«

»Ich würde gerne mit dir im Bett liegen und Nachrichten gucken.«

»Was anderes fällt dir nicht ein?«, fragte sie und wünschte sich genau dasselbe.

»Es ist fast vier Jahre her, Leila, vier Jahre.«

»Ja, und ich denke, es war gut, dass wir aufgehört haben, unsere Probleme zu überspielen, oder?«

»Nichts war mehr gut an irgendwas.«

»Warum sollte ich mit dir *Tagesthemen* gucken?«

»Wir sind verheiratet.«

»Ich hab eine Gastritis, glaub ich.«

»Das sagst du immer, wenn du dich vor was drücken willst, außerdem kippst du die ganze Zeit Rotwein in dich rein.«

»Rotwein hat in etwa dasselbe Milieu wie Magensäure, es ist der einzige Alkohol, den man mit einer Gastritis trinken kann.«

»Das sagst du auch immer, schon seit siebzehn Jahren sagst du das.«

»Und du kriegst Kopfschmerzen, wenn du nicht mehr kannst, anstatt zu sagen, ich kann nicht mehr.«

»Ich hab keine Kopfschmerzen, und ich will mit dir in einem Raum mit verschlossener Tür sein.«

»Klingt irgendwie klaustrophob.«

»Klingt klaustroperfekt.«

»Was ist los, Ben? Geht es dir jetzt plötzlich wieder gut? Zu gut? Warum geht es dir entweder zu gut oder melodramatisch beschissen?«

»Ich will doch einfach nur Spätnachrichten mit dir gucken und am Sonntag Presseclub im Bett.«

»Hast du noch die Panikattacken, machst du noch die Therapie?«

»Du bist doch hier gerade die mit der Panik, Leila.«

»Arbeitest du wieder? Bei unserem letzten Telefonat war nichts klar bei dir!«

»Ich mache ein Musikvideo«, sagte er und kam sich vor, als würde er lügen, um Leila zu beeindrucken, dabei war es die Wahrheit. In letzter Zeit, seit es ihm besser ging, glaubte er plötzlich, alle guten Dinge, die er über sich selbst erzählte, wären gelogen.

Immerzu empfand er diese Verlogenheit, als wäre er nichts als ein Angeber. Und dann hörte er die Stimme des Mädchens aus seiner Grundschulklasse, vor der er bis zur vierten Klasse Angst gehabt hatte, und sie sang mit der ödesten und zugleich fiesesten Melodie, die es gab: »Angeber x und kann doch nix«.

»Ein Musikvideo, gut, das ist gut, oder? Das freut mich, das wolltest du doch immer!«, sagte Leila, und Ben dachte, was solls, ich werde sie immer lieben, und wenn sie erwartete, er müsste glücklich sein oder sich zumindest mal freuen, dann könnte er sich vielleicht freuen, und wenn es nur für sie wäre, das war ein Anfang.

»Na ja, ja, es ist okay, es ist für Die Inklusion, nicht so meine Musik, aber ja, ja, okay, ich freu mich.«

»Die sind jung und mittlerweile ziemlich bekannt, das wird viel Reichweite kriegen.«

»Fuck, Reichweite. Ich machs, weil ich Bock hab zu arbeiten, weil ichs wieder kann, ich kann nicht länger nackt auf dem Sofa sitzen.«

»Nackt?«

»Egal.«

Sie schüttelte den Kopf, und er fragte: »Nichts wünsche ich mir mehr, als mit dir alleine zu sein. Wir müssen uns nicht berühren, nicht nackt sein.«

Sie sah ihn einfach nur an, zog dann ihr Portemonnaie aus der grauen Tasche, das er ihr vor zehn Jahren geschenkt hatte, und übergab ihm ihre Schlüsselkarte.

»Ich hab noch so ein Essending, da möchte ich ohne dich hin, es wäre merkwürdig, wenn du mitkämst, so als wären wir glücklich.«

»Verstehe«, sagte Ben.

Leila nickte und erwiderte: »Ich habe viel mit meiner Therapeutin über uns gesprochen, sie sagte, wenn beide trotz aller Verletzungen nicht aufgehört haben, einander zu lieben, könnte es sich lohnen.«

Er nickte und antwortete: »Du liebst mich.«

»Ich muss los.«

Leila betrat das Restaurant, und die Veranstalterin Manuela winkte ihr vom Tisch aus zu. Die Stimmung war bereits launig, es standen zwei Flaschen Rotwein auf dem Tisch und ein Kühler mit Weißwein. Dort saßen mehr Leute als erwartet, und Leila nahm neben Manuela Platz, die ihr gleich alle anderen vorstellte.

Leila gegenüber saß Finn, höchstens zwanzig und Mitarbeiter des örtlichen Kulturhauses. Neben Manuela saß Manuelas Mann Klaus, der nichts mit der Literaturszene zu tun hatte, sondern Hautarzt war und besonders gern las, am liebsten amerikanische Autoren, am allerliebsten Richard Ford, was er erzählte, als hätte er das schon sehr oft erzählt, und auch, wie er und Manuela sich vor ein paar Jahren nach ihren Scheidungen auf einer Lesung von Richard Ford kennengelernt hatten. Die Buchhalterin des Kulturhauses saß auch mit am Tisch und schenkte allen Wein nach, noch bevor der aufmerksame Service es tun konnte.

Zwei Mitarbeiterinnen der Buchhandlung, die den Büchertisch organisiert hatte, waren dort sowie ein älterer, in seinen Kreisen berühmter Kulturjournalist und seine Freundin, eine wirklich junge, platt schöne Influencerin mit dem Namen Jill Fontana, die Leila durch Nikkis Mitbewohnerin Liese ein Begriff war.

Und Leila stellte sich blitzartig und völlig ungefiltert vor, dass Ben auf dem Hotelbett im Dunkeln saß und das Instagram-Profil dieser Frau durchscrollte, und sie wusste nicht, warum sie sich das vorstellte, es führte zu nichts, außer dass Imago-Ben sie anwiderte. Vielleicht ging es genau darum, er hatte recht, sie schob Panik, dass Glück mit ihm wieder möglich sein könnte. Ein veganes Tatar aus Roter Bete, Süßkartoffel, Aubergine und Räuchertofu wurde serviert. Der Mann vom Service trug transparentes Lipgloss, azurblauen Nagellack, roch nach

Sandelholz, und Leila versuchte mit ihm zu flirten, weil er der schönste Mann im Raum war und um sich abzulenken.

Nach Steinbutt und Shiitake-Risotto trank Leila Quittengeist und kam langsam runter, Manuela rief: »Man soll es sich gutgehen lassen!«

Leila wusste nicht, wie viele Flaschen Wein mittlerweile von der Buchhalterin Bea ausgeschenkt worden waren, aber sie war inzwischen so betrunken, dass sie wohl versehentlich auf Finns Flirtversuche eingegangen war, denn er wurde immer offensiver und stellte ihr über den Tisch hinweg dreckig grinsend Fragen zu ihren sexuellen Vorlieben, was niemand anderes zu bemerken schien, bis Leila schließlich laut sagte: »Was genau willst du denn von mir, ich könnte doch deine Mutter sein, biologisch!«

Finn lachte und sagte: »Das ist Jung-Shaming!«

Alle am Tisch lachten, besonders laut lachte der Kulturjournalist, Influencer-Jill bekam gar nichts mit, da sie in ihr Handy sprechend influencte, und Finn legte nach: »Warum wird einem Mann abgesprochen, auf ältere Frauen zu stehen, ohne einen Mutterkomplex zu haben, ich brauche keine Mutter, ich hab schon eine!«

»Dann geht es dir ums Geld!«, rief eine der Buchhändlerinnen.

»Ich hab doch kein Geld!«, rief Leila, und Finn erwiderte: »Ich hab genug Geld, und deshalb kann ich mir diesen idealistischen, unterbezahlten Job leisten!«

»Neureich oder altes Geld?«, fragte der Kulturjournalist.

»Alt, richtig alt, ich erbe!«, sagte er ohne Scham.

»Jetzt lasst doch Finn in Ruhe!«, rief Manuela. »Und wenn er keine jungen Frauen mag, dann ist das doch keine große Sache!«

»Junge Frauen mag ich auch, aber eher selten, ich mag eben interessante Frauen, die ich nicht so schnell einschüchtern kann.«

Jill meldete sich plötzlich zu Wort, als hätte sie schon die ganze Zeit aufmerksam zugehört und sich nur zur Tarnung mit ihrem Smartphone beschäftigt: »Ich find das irgendwie pervers, wenn Typen in meinem Alter auf alte Frauen stehen, ich weiß, das darf man nicht sagen, man darf ja heute gar nichts mehr sagen, selbst wenn man einfach nur die Wahrheit sagt, aber ist doch so, jeder denkt das, traut sich aber keiner zu sagen, also, ich hab ja gar nichts gegen alte Frauen, ich werd ja selbst mal eine, wenn ich nicht vorher tot umfalle oder so, aber ich finde, das gehört vom Ding her nicht zusammen, junger Mann, alte Frau, weil unterbewusst geht es ja immer ums Fortpflanzen!«

»Dann bist du auch homophob?«, fragte der Kellner, der gerade einen neuen Rotwein öffnete.

»What?! No way!«, kreischte Jill.

Alle am Tisch schwiegen etwas zu lang, dann sagte Finn: »Dich find ich echt nicht heiß, nicht jetzt und auch nicht in hundert Jahren!«

Und Jill brüllte Finn über den Tisch an: »Dir würde ich nicht mal einen blasen, wenn du der letzte Schwanz auf der Welt wärst!«

»Na, dann«, sagte der Kulturjournalist, schwenkte seinen Grappa und rutschte nervös auf seinem Stuhl herum. Leila grinste und fragte Jill: »Was gefällt dir denn an deinem Freund? Dass er alt ist?«

»Nee, dass er mich so mag, wie ich eben bin.«

»Wie bist du denn?«

»Na ich, ich bin eben ich!«

Leila wandte sich an den Kulturjournalisten.

»Und wie ist Jill?«

Er sagte: »Jill ist einfach Jill, und das mag ich.«

Jill guckte triumphierend, wandte sich an Leila und sagte: »In deinem Buch schreibst du doch auch, dass dein Mann dich mit jüngeren Frauen betrogen hat, das ist so, das ist eben der Lauf der Evolution, du hattest deine Zeit, safe, Baby!«

Dem Kulturjournalisten stand der Schweiß auf der Stirn, er zog sein Telefon aus der Hosentasche, als hätte er einen Anruf bekommen.

»Sorry, der Chef, da muss ich rangehen!«

Manuela rief: »Leila hat nie gesagt, dass Noura und Leif sie und ihr Mann sind, Literatur ist zu guter Letzt doch immer nur Literatur, und das ist auch gut so!«

»Vielleicht, und jung ist jung, und alt ist alt, ich hab keinen Bock, als Frau weniger ernst genommen zu werden, nur weil ich jung und schön bin und ihr alle denkt, ich bin nur gut zu ficken, und sonst nichts!«, setzte Jill nach.

»Aber was hast du denn gemeint mit: Ich hätte meine Zeit gehabt, es sei nur fair!«, fragte Leila.

»Als junge Frau eben.«

»Aber es ging doch hier eben um sexuelle Attraktivität, du meinst also, meine Zeit als ultimatives Sexobjekt.«

»Ja, wenn du so willst, das ist eben die Macht, die man hat, wenn man jung ist, oder? Und die darf man nutzen, solange man sie hat!«

Die Buchhändlerin mischte sich ein: »Du glaubst echt, dass ist die einzige Macht, die Frauen haben? Dass man sie ins Bett kriegen will?!«

Der Service-Typ schenkte noch mal Quittengeist nach und sagte: »Noch schlimmer ist es als schwuler Mann, werd bloß nicht alt als schwuler Mann, oder fett! Da kannst du dich gleich in den Fluss werfen, schwule Männer sind noch oberflächlicher als Heteros!«

»Seht ihr, er sagt es auch!«, konterte Jill, und der Kellner fügte hinzu: »Ich sage gar nichts mehr, ich will einfach keinen Sex mehr seit Obamas zweiter Amtszeit, und seitdem geht es mir richtig gut!«

Der Kulturjournalist kam zurück und setzte sich.

»Na, ich hoffe, hier hat jetzt ein Themenwechsel stattgefunden!«

Jill würdigte ihn keines Blickes, sie war rot im Gesicht, kniff die Augen zusammen, und seltsam verbissen wandte sie sich erneut an Leila: »So oder so, am Ende stellt sich doch einfach nur die Frage: In welchem Bett liegt dein Mann jetzt?«

In Cannes saß Nikki am frühen Abend an einer schillernd gedeckten Tafel auf einer Küstenplattform über dem Mittelmeer in einem geliehenen knappen Designerkleid, unter das kein BH mehr gepasst hätte, und schwitzte. Über zwanzig Fremde und ein paar fremde, aber sehr berühmte Leute prosteten einander mit dem frisch eingeschenkten Rosé-Champagner zum Auftakt des Abends zu.

Nikki blickte nach oben, der azurblaue Himmel verdunkelte sich ein wenig, und ein noch weit entferntes Gewitter schleuderte ihnen seine Lichtzuckungen entgegen. Es kam ihr vor, als würde nur sie es bemerken, das Grollen war dumpf und weit davon entfernt, die Klänge von Charles Trenet zu übertönen, und der nicht nur in seiner Ausdehnung für alles offene Abend schien nicht in Gefahr zu sein, abrupt zu enden, oder womöglich schlimmer, in einen Innenraum des Hotels verlegt zu werden.

Alles war genau so, wie Nikki es sich vorgestellt hatte: die Stimmung berauschend oberflächlich mondän, hedonistisch ausgelassen mit Prisen politischer Statements hier und dort, nicht allzu ausführlich und dramaturgisch so platziert, dass die Stimmung nicht zu kippen drohte.

Der Tisch war schwindelerregend lang, die Gänge klein, aber zahlreich, der Wein immer Champagner ... Unter dem Himmel waren bunt glitzernde Girlanden gespannt, die alles Böse oder Triste filterten und in die Geschichten der Filme verlagerten, die in den Wettbewerben gezeigt wurden. Hier unter dem anbrechenden

Abendrot des Himmels über der Côte d'Azur blieb einfach alles beim Alten, was für Nikki noch neu war.

Sie war in einem Zwölf-Quadratmeter-Bungalow an einem abgesperrten Strandabschnitt einquartiert worden, der zu einem Luxushotel gehörte und in dem sie noch bis zum nächsten Morgen gastieren durfte. Die Produzentin, die sie eingeladen hatte, um vor schöner Kulisse alles fix zu machen, hatte sie gebeten, zu diesem Essen zu kommen und Nikki schon beim Stehempfang dem jungen Regisseur vorgestellt, an den sie beim Lesen ihres Drehbuchs die ganze Zeit habe denken müssen.

Nikki saß nun drei Plätze entfernt von der Produzentin, dem einzigen Menschen, den sie in der Runde kannte. Der Regisseur war wegen seiner sterbenden Mutter bereits wieder abgereist.

Das Gespräch in Nikkis Areal handelte nun schon gedehnt lange von der Fischplage, die dieses Jahr früher begonnen hatte als im letzten. Wegen des durch den Klimawandel stark erwärmten Wassers drangen große, graue und keineswegs glamouröse Drückerfische bis ins flache Wasser vor und bissen die Touristen nicht nur in die Füße, wie man munkelte. Es schien das größte Ärgernis dieses Sommers zu sein, dass das Badevergnügen bei diesen Temperaturen gestört wurde, und bisher wusste niemand, was zu tun war. Neben der klimabedingten Fischpenetranz ging es noch um halbnackte Aktivistinnen auf dem roten Teppich, die auf diese Weise Aufmerksamkeit auf politisch Brisantes lenken wollten, und um halbnackte Frauen auf den Promenaden mit der Botschaft, dringend Geld verdienen zu müssen. Für beides brachte man gleichermaßen Verständnis und kein Verständnis auf wie für die Fische, die zwar nervten, aber einfach nur überleben und fressen wollten.

Alle waren sehr nett und gekonnt charmant aufgesetzt tolerant gegenüber allem, denn Intoleranz verdarb
einem den Spaß und war etwas für die Schlechtgelaun-
ten, und schlechte Laune war das Letzte, was hier gefragt war.

Die Produzentin, die so begeistert von Nikkis Drehbuch und seit Cannes auch von Nikki selbst war, gehörte
zu einem Major-Studio und hieß Gloria Monrovi-Giering.
Schon seit den Nullerjahren war sie von ihrem deutschen
Mann, dem »schwachsinnigen Geldsack«, wie sie ihn
nannte, geschieden. Nach wie vor aber lebte sie mehrere
Monate im Jahr in ihrem Haus an der Alster. Sie schwärmte immerzu davon, dass sie nirgendwo lieber die Über-
gänge der Jahreszeiten erlebte als in Hamburg und Um-
gebung und sie sich an keinem anderen Ort so maßlos in
den Geldsack verliebt hätte. Sie sagte, es sei im September gewesen, als sie mit ihrer besten Freundin Europa
bereiste, und sie nannte es die »Hamburger Magie
schlechthin«, und sowieso schien »Magie« ihr deutsches
Lieblingswort zu sein, das und »quasi«, sie benutzte es
ständig in passender und unpassender Weise mit einem
betörend spanischen Akzent.

Nikki hatte Glück, denn weil in ihrem Drehbuch von
Beginn an viel Hamburger Lokalkolorit vorkam, die Story
zudem im September spielte und der Jahreszeitenwech-
sel eine tragende Nebenrolle, hatte Gloria Monrovi-Giering es nach Erhalt sofort ausgedruckt und noch am selben Abend in der Badewanne gelesen. Begeistert schrieb
sie Nikki eine E-Mail, sie habe noch nie eine derart perfekte französisch-deutsche magische Tristesse empfunden. Und Nikki gab beim darauffolgenden Telefonat zu,
noch nie in Frankreich gewesen zu sein, obwohl die Story
zu einem guten Drittel in einem unbenannten französi-

schen Küstenort spielt. Dort wird die schmerzliche Trennung eines mittelalten Paares auf die Spitze getrieben, und das Paar gerät am Ende mit einem rostigen Tretboot in einen Sturm.

Und nun saß Nikki hier unter den Girlanden mit, passend zum Kleid, metallic-braun lackierten Nägeln und dachte, egal, welche große Sache man erwartet, am Ende sind bloß alle betrunken, reden Stuss und machen rum. Es ging zuletzt eigentlich immer nur darum, möglichst wenig Leute zu nerven und nebenbei möglichst viele Leute um den Finger zu wickeln, falls man als Künstlerin Geld verdienen wollte. Man musste die Geldgeber im richtigen Moment an ihre besten oder zumindest wichtigsten Gefühle erinnern, und dafür gab es keinen Leitfaden. Was solls, dachte Nikki gleichmütig beschwipst und steckte sich eine ganze Jakobsmuschel in den Mund, die zu doll nach Minze schmeckte.

Ihr schräg gegenüber saß ein sehr berühmter Hollywoodschauspieler, der angeblich nicht mehr trank, was eine Lüge war, und seit etwa einer Stunde versuchte Blickkontakt zu Nikki oder zumindest ihrem Dekolletee aufzunehmen. Nikki hatte unterm Tisch sein Alter gegoogelt, er war achtundfünfzig und somit über zehn Jahre älter als sie. Nikki mochte keine älteren Männer, nicht mal wenige Jahre ältere Männer. Seit sie mit zwölf in den sechzehnjährigen Nachbarjungen ihrer Tante verknallt gewesen war und ihre Tante sie einmal zu ihm hochschickt hatte, damit er auf sie aufpasste. Sie hatte auf seinem Bett gelegen und ihre erste Bravo gelesen, und er legte sich auf sie, rieb und befriedigte sich an ihr. Damals starrte sie einfach nur auf Sophie Marceau und las das Interview mit ihr immer wieder von vorn, bis er fertig war. In dem Liebesinterview ging es darum, ob sie nicht nur in dem Film *La Boum*, sondern auch in echt was mit Pierre Cosso gehabt hatte. Nikki wusste es bis heute nicht.

Sophie Marceau saß charismatisch und schön am Kopf der Tafel, und Nikki hätte sie an diesem Abend einfach danach fragen können.

An jenem Nachmittag in den Achtzigerjahren war Nikki die Magie der Leichtigkeit innerhalb weniger Minuten gestohlen worden. Seitdem mochte sie keine älteren Jungs mehr, und das mit dem Verlieben fühlte sich auch nicht mehr so gut an.

Ältere Männer waren ihr schon vorher unheimlich geworden. Denn Nikki war sieben, als ein Freund ihrer Eltern sich beim gemeinsamen Urlaub auf Madeira vor ihr in den Dünen einen runterholte. Er gab ihr zwanzig Mark, damit sie es nicht ihren Eltern erzählte, was sie auch nicht tat, aber nicht wegen des Geldes, sondern aus Scham. In den Freund ihrer Eltern war sie nicht verliebt gewesen, und er war ein paar Jahre später beim Fallschirmspringen in Kapstadt tödlich verunglückt. Eine Zeit lang fühlte Nikki sich schuldig, weil sie sich so was in der Art oft gewünscht hatte.

Als sie mit Anfang zwanzig wegen Schlafstörungen und Ohrengeräuschen eine Therapie begonnen hatte, wurde ihr bewusst, dass diese und ein paar weitere Erlebnisse derselben Art ein Teil ihrer Selbst und zugleich kein Teil ihrer Selbst waren. Das schlechte Erleben war ihr aufgedrängt worden, und sie hatte später versucht, sich mächtig zu fühlen, indem sie mit ziemlich vielen Männern schlief, immer nur oberflächliche Affären hatte. Dabei war sie skrupellos und verletzte Gefühle anderer, ohne sich darüber klar zu sein. Alles schien ihr schlüssig.

In ihren Zwanzigern fing sie an, mit den Rissen in ihrem Gemüt anders umzugehen und sich die Komposition ihrer Empfindungen bewusst zu machen. Sie versuchte zum ersten Mal, sich emotional auf jemanden einzulassen, was nur halbwegs gelang.

Es fühlte sich an, wie gleichzeitig nach oben und unten zu fallen. Liebe war vermutlich schon ohne Missbrauchserfahrungen eine große Sache. Aber Nikki kannte keine Frau, die nichts Ähnliches oder Schlimmeres erlebt hatte.

Auf diesem weißen Stuhl am Meer unter den Girlanden und Lichtern, die alles Böse von ihnen fernhielten, an diesem prächtig gedeckten Tisch versuchte Nikki die Avancen des älteren Superstars unauffällig zu ignorieren, und sie musste dringend mal auf die Toilette, die recht weit entfernt im Hotelgebäude lag.

Als sie gerade aufstehen wollte, klimperte eine weitere berühmte Hollywoodschauspielerin mit einem langstieligen Dessertlöffel gegen ihr Champagnerglas. Neben ihr saß der Ehemann, kein Schauspieler, aber seit zwanzig Jahren mit ihr verheiratet, also trotzdem ein bekanntes Gesicht.

Nikki erinnerte sich nicht, was der Ehemann von Beruf war, vielleicht Comiczeichner? Die Schauspielerin, deren neuer Action-noir-Film das Festival außer Konkurrenz eröffnet hatte, wurde verehrt, unabhängig von der aktuellen Rolle. Man liebte sie, wie man jemanden eben oberflächlich lieben konnte, und Nikki fragte sich mit drückend voller Blase, woran das eigentlich lag. Mats hatte einmal gesagt, diese Schauspielerin sei mit dem Alter schöner geworden, früher habe er sie gar nicht attraktiv gefunden. Vielleicht lag es an der gereiften Persönlichkeit oder eben an den teuersten, besten Schönheitschirurgen. Es war Nikki vollkommen egal, diese Kausalitäten betrafen nicht ihre Welt, und dennoch saßen sie in diesem Moment an einem Tisch. Nikki würde durch das Timing und die Theatralik dieser Elitefrau eine Blasenentzündung bekommen, und zwar nur, weil sie ihrem Mann vor lauter Fremden ihre Liebe erklärte, so, wie Nikki es Mats gegenüber nicht ein einziges Mal, nicht mal in intimster Zweisamkeit getan hatte. Das bombastische klassische Dior-Tüllkleid wirkte dabei wie ein Podest für ihre Verletzlichkeit. Womöglich tat sie all das bloß, weil ein paar ausgewählte Journalisten mit an der Tafel saßen, die natürlich nicht der Klatschpresse angehörten, aber dennoch elegant durchsickern lassen würden, wie beeindruckend stabil diese Ehe nach der letzten in der Klatschpresse ausgewalzten Krise wieder war.

Eine Journalistin saß neben Nikki, sie war vielleicht Mitte Ende siebzig, hatte ihre fundamental große Sonnenbrille noch immer nicht abgenommen und den Kellner nach Wassermelone und Kokosflocken gefragt, da sie abends nie etwas anderes esse. Dazu trank sie eiskalten Burgunder und sie hatte Nikki zweimal über die Wange gestrichen, ohne vorher zu fragen. Sie nickte immerzu lächelnd und flüsterte erst auf Französisch in Nikkis Ohr und dann auf Englisch mit stark französischem Akzent und transzendentaler Attitüde: »Everything will be fine, honey, if you don't let the setting sun soften your brain again and again.«

Die Hollywoodschauspielerin versprühte weiter den Charme eines Menschen, der schon sehr lange gar keine materiellen Sorgen mehr hatte, und sprach offen an, dass die Klatschpresse zuletzt inflationär spekuliert habe, dass sie kurz vor der Trennung gestanden hätten und dass auch andere Personen involviert gewesen seien. Die Gerüchte seien wahr, und ebenso sei es wahr, dass die Liebe zueinander größer sei, größer als alles, die Zeit sei schmerzlich gewesen, bitter und extrem, resümierte sie mit perfekt gesetzten Pausen und fuhr fort: Niemand habe sie bei ihrer Karriere so unterstützt wie ihr Mann, und auf dem Gipfel des Ruhms sei es sehr kalt, manchmal eisig, und traurig, wenn da niemand ist, den man lieben konnte, und darum gehe es doch bei allem. Zu lieben. Die Furcht vor der eigenen Verletzbarkeit zu besiegen, Prominenz und Reichtum würden ihr nichts bedeuten ohne den Menschen, der jetzt neben ihr sitze. Das Kino sei ihre zweite große Liebe, und sie hoffe, auch das Kino würde in diesen Zeiten bestehen bleiben und die Menschen weiterhin die erschütternde Magie der großen Leinwand der Bequemlichkeit ihrer Couch vorziehen.

Abschließend widmete sie ihren neuen Film weinend ihrer kürzlich verstorbenen Managerin, die sie die »liebevolle und im besten Sinne strenge Mutter« nannte, die sie, die seit ihrem achten Lebensjahr Halbwaise war, nie gehabt habe.

Alle hoben andächtig ihr Glas, einige klatschten und riefen den Namen der toten Managerin in die Nacht, und da merkte Nikki, dass sie längst weinte, so als hätte die Hollywoodschauspielerin nur zu ihr gesprochen und glamouröse Wärme abgestrahlt. Sie war zu Recht ein Star, sie war einfach perfekt. Ihr Mann weinte nicht, er schaute seltsam teilnahmslos auf seinen leeren Teller und kratzte mit einer Gabel darauf herum. Die Journalistin strich Nikki die Tränen von der Wange und hatte die monströse, schöne Sonnenbrille abgenommen.

Die Sonne war nun ganz im Meer verschwunden, Lichter umspielten die schwarzblaue Küste und schwebten übers Wasser, und die Journalistin sagte: »Sometimes life is like a tipsy starfish in a starfall, honey, but only when you do it right!«

Der Weg zur Toilette führte über schneeweißen Kies, der mit breiten Plexiglasplatten belegt war, damit jeder noch so spitze hohe Absatz ihn galant beschreiten konnte. Und die Plexiglasplatten waren mit kleinen Lichtern durchsetzt, damit die universal abverlangte Feierlichkeit nie, und schon gar nicht wegen eines Toilettengangs abbrach.

Nikki merkte und ärgerte sich zugleich darüber, wie betrunken sie war, als sie über die Lichter stakste. Am nächsten Morgen war sie mit Gloria zum Frühstück verabredet, um die Vertragsdetails zu besprechen, und das sollte sie nicht in einem Zustand tun, in dem sie die Dinge bloß möglichst schnell zu Ende bringen wollte.

Als Nikki frierend auf der stark klimatisierten Toilette saß, holte sie ihr auf lautlos gestelltes Telefon aus der Clutch. Siebzehn entgangene Anrufe ... von Mats, außerdem noch Nachrichten. Er schrieb, er wolle Nikki unbedingt sehen und habe noch nie so viel für einen Flug bezahlt, und er habe in der Villa einer wirklich, wirklich verrückten jungen reichen Frau eingecheckt, mit dreiundneunzig Prozent schlechten Bewertungen, das einzige Airbnb, das noch frei gewesen sei, ansonsten kein Hotel, nix. Die ganze Villa sei in silbernen und pinken Metallic-Tönen gestrichen gewesen, innen und außen, es habe irgendwie nach Pudding gerochen, und sie habe ihm statt eines Espresso Adderall angeboten. Er sei aber erst geflohen, als sie plötzlich in einer Ritterrüstung in der Dusche gestanden, ihn angestarrt und über mindestens hundert Boxen »Bad Blood« von Taylor Swift abgespielt habe. Jetzt sitze er mit seinen Sachen irgendwo am Strand. Er sei so durcheinander seit Monaten, seit Kreta, und er habe jetzt eine Scheißtherapie angefangen bei einem Typen, der genauso aussehe wie der Typ im Fahrradladen, nur besser gekleidet, und der vielleicht halb so alt sei wie er und dazu offensichtlich ein Genie, wobei er ja keine Vergleichsmöglichkeiten habe, da es seine erste Therapie sei, und vielleicht seien alle Therapeuten Genies, und dann habe er begriffen, dass er nie wieder glücklich werden müsse, so wie vor Milans Tod, den er jetzt endlich so nennen könne, und es sei okay, niemals wieder perfekt glücklich zu sein, denn es gebe noch mehr als die Idee davon, glücklich zu sein, vielleicht sogar was Besseres.

Ich bin so traurig, ich will nicht für immer traurig sein, und mein Fahrradtherapeut sagt, es sei nicht für immer, es sei mutig, dass ich es jetzt zulasse, und es sei wirklich nicht für immer, Nikki, ich werde mich davon erholen, und ich will mit dir sein, ich weiß nicht was, aber mit dir.

Nikki schrieb: *Wo bist du? Ich komme.*

Mats schickte ihr seinen Standort.

Nikki wusch sich lange die Hände, benutzte den Heißlufttrockner, was sie sonst nie tat, und sie dachte nach, dachte an die Hollywoodschauspielerin und ihr gewaltiges Talent, das alle Schleusen bei Nikki geöffnet hatte, unabhängig davon, was die Wahrheit über ihr Liebesglück war und was eine glatte Lüge. Ohnehin gab es nur die Idee davon, die uns so sehr zu begeistern vermochte. Alles, was mit Romantik zu tun hatte, basierte auf unserer Vorstellungskraft oder einem Mangel daran. Nikki war nicht mehr sicher, warum sie vorhin geweint hatte. War es nicht eher wegen des Verlusts gewesen, von dem die Schauspielerin gesprochen hatte? Der Mutter, der Managerin?

Es ging immer darum, was die wichtigsten Gefühle buchstäblich anrührte, die Gefühle, die man jetzt gerade oder schon sein ganzes Leben lang hatte, und was man dann daraus machte. Das Leben war nichts weniger als eine kreative Leistung unter verschiedenen Umständen, eine ständige Balance aus hartnäckiger Realität und der Fiktionalisierung des Selbst, zumindest immer dann, wenn wir eine Entscheidung trafen.

Natürlich war Nikki vollkommen klar, dass Mats derzeit überhaupt nicht in der Lage war, sie glücklich zu machen, und sie auch nicht in der Lage war, ihn glücklich zu machen. Was hatte die Schauspielerin vorhin über das Geheimnis der ewigen Liebe gesagt, um ihre Rede auf banale Weise einzuleiten? Um dem, was sie im Grunde war, nämlich eine unfassbar erfolgreiche Unterhaltungs-Schauspielerin, bei allem Pathos gerecht zu werden, hatte sie gesagt: »Das Geheimnis der ewigen Liebe ist vielleicht nur, sich niemals gemeinsam die Zähne zu putzen.« Natürlich hatten alle gelacht, auch Nikki, und sie erinnerte sich an dieses Lied, das sie und Mats zu Beginn ihrer Beziehung immer gehört hatten, es hieß »Toothpaste Kissing« und brachte alles, was Glück damals für sie bedeutete, auf den Punkt – Ruhe und Sinnlichkeit –, und sie cremte sich die Hände ein, sah sich dabei im Spiegel in die Augen und machte sich auf den Weg.

Verica drückte auf den goldenen Klingelknopf neben dem Schild mit dem Namen »Asmuth«. Hendriks Eltern wohnten in Harvestehude in einem verdammt weißen Haus. So ähnlich hatte sich Verica den Himmel als Kind vorgestellt, klar umgrenzt, eher kantig als rund, und vor allem schneeweiß, ein Weiß, das blendete, jedoch nicht fließend, sondern steinern, wie gefrorenes Licht. Ihre Mutter war auf eine bedrückende Art religiös gewesen, und vielleicht hatte die kleine Verica sich gar nicht den Himmel vorgestellt, sondern die Abstraktion des Inneren ihrer Mutter, ihre Seele, ihr Herz, ihre Überzeugungen.

Die ersten Vorstellungen, die man von etwas hat, bleiben für immer bestehen, selbst wenn man längst weiß, dass sie unzutreffend oder viel zu fantasievoll waren. Schon lange hatte Verica sich nicht mehr an das eigene innere Bild erinnert, doch jetzt war es plötzlich da, so als wäre schon immer vollkommen klar gewesen, dass sie irgendwann vor diesem Haus stehen würde, so als wäre ihre Vorstellung eine Vorahnung gewesen, so als hätte sie diesen Moment ihrer Biografie selbst erschaffen. Hendrik war hier in genau diesem Haus aufgewachsen, und er hatte ihr niemals irgendetwas Gutes darüber erzählt, nicht mal, dass die Kulisse atemberaubend schön war.

Nie hatte er auch nur beiläufig oder versehentlich etwas erwähnt, das verraten hätte, dass seine Eltern reich waren. Bevor sie sich verliebten, hatte er den Kontakt zu seinen Eltern eingestellt. Schon mit neunzehn war er aus diesem Haus ausgezogen.

Die hohe Tür wurde geöffnet, und eine schmale Isabelle-Huppert-artige Frau in einem pastellblauen Etuikleid sah Verica ätherisch indirekt in die Augen, buchstäblich ohne mit der Wimper zu zucken.

»Bitte?«, hauchte sie schal, knickte den Kopf leicht seitwärts und warf einen Blick hinter Verica, als suche sie nach einem Lieferfahrzeug.

»Guten Tag, ähm, also, ich, mein Name ist Verica, ich bin ...«

»Oh, interessant, Verica, wie Veritas? Wahrheit?«

»Äh, ja, ja, es ist ein kroatischer Name, der das bedeutet.«

»Ehemaliges Jugoslawien, Kroatien, Serbien, zusammengepferchte Feinde, Europas Krieg. Interessant. Sind sie ein ehemaliges Flüchtlingskind?«, fragte sie, ganz versunken in sich selbst.

»Nein, meine Eltern haben sich hier kennengelernt.«

»Oh, wie schön, wo denn genau?«

»Ähm, ich glaube bei Planten und Bloomen.«

»Wunderbar!«, sagte sie und sah versonnen auf ihre blau lackierten Nägel, das exakt gleiche Blau wie das ihrer Augen, an denen Verica sie sofort als Hendriks Mutter erkannt hatte.

Verica sagte: »Ich hoffe, ich störe Sie nicht, ich ...«

»Ach, ach nein, ich schaue nur gerade eine wirklich hinreißende Serie, so hedonistisch und spielerisch libidinös und dabei doch politisch divers, so überraschend, ich mag es, überrascht zu werden, aber man kommt da schnell wieder rein, kennen sie die Serie?«

»Sie haben nicht gesagt, wie die Serie heißt.«

»Hab ich nicht?«

»Nein.«

»Mögen Sie denn keine Serien? Ich dachte, alle jungen

Leute gucken Serien, immerzu.«

»Ich bin nicht mehr jung, eher achtundvierzig, und ich arbeite zu viel, ich schlaf immer sofort ein.«

»Ach, was, nicht mehr jung, Sie sind die Jugend des Alters! Aber zu viel arbeiten, das sollte man nicht als Frau, dafür gibt es doch Männer, sollen die sich abbuckeln, das ist ja kein Leben!«

»Na ja, ich muss Geld verdienen, ich hab keinen Mann, aber ein Kind.«

»Ah, natürlich, diese meist unverschuldete Misere, verzeihen Sie bitte meine egozentrische Ader, was machen Sie beruflich?«

»Veganes Fast Food, ich bin seit Kurzem eine Kette.«

»Na toll«, sagte sie ohne ein erkennbares Gefühl im Ton.

»Finden Sie wirklich?«, fragte Verica.

»Ja, sicher, ja, ja, ja, ich mache zwei, manchmal drei vegane Tage die Woche, ganz bewusst, der ganze ökologische Druck, berechtigt. Und zu viel vom Tier übersäuert den Organismus. Wir wollen sogar investieren, in ein Fleischersatz-Start-up, vielleicht könnten wir auch in Sie investieren, Veritassia, wer sind Sie denn überhaupt? Wieder eine Geliebte meines Mannes?«

»Verica, Verica Asmuth, ich bin ihre Schwiegertochter, und ich muss, also ich habe Ihnen etwas mitzuteilen.«

»Oh. Asmuth, es ist schön, dass Hendrik nicht auch noch seinen Namen in die Wüste geschickt hat. Willkommen in der Wüste!«

»Ihr Haus sieht aus wie der Himmel.«

»Danke.« Ihre Augen waren weiter starr auf Verica gerichtet, doch nun zitterte das rechte Lid, und sie klopfte sich mit zwei Fingern auf das Auge.

»Könnte ich vielleicht reinkommen?«

»Aber natürlich, kommen Sie rein, Estella ist auch gerade fertig mit Putzen.«

Sie bezahlte die alte Frau in bar und schob sie zur Tür hinaus.

Verica folgte Frau Asmuth durch das Haus. Sie lief schweigend und mit strammen Schritten in ihren hautfarbenen Nylonstrümpfen vor ihr her, bis sie einen weitläufigen Raum mit Fensterfront und geöffneten Terrassentüren erreichten.

Weit draußen im Garten rief Frau Asmuth jemandem etwas zu, und dann platzierte sie Verica auf einen Stuhl gegenüber der cremefarbenen Couch.

Erst als der Mann auf der Terrasse in die klassisch grauen Herrenhausschuhe geschlüpft war, betrat er das Wohnzimmer. Frau Asmuth ging auf ihn zu, nahm seine Hand und sie näherten sich Verica gemeinsam. Sie sagte: »Heinrich, das ist Verica, unsere Schwiegertochter. Sie hat uns etwas mitzuteilen.«

Herr Asmuth löste sich von seiner Frau, trat direkt, unpassend nah, vor Vericas Stuhl und streckte die Hand aus. Verica stand auf und schüttelte sie. Heinrich Asmuth überragte sie bestimmt um zwei Köpfe. Er sah aus wie eine Mischung aus Hendrik und Larry Hagman.

Ihr war, als hätte sie diese Räumlichkeiten schon mal in einem Kinofilm gesehen, in einem Thriller, was sicher an ihrer Verfassung lag, und dem Anlass, der sie hierher geführt hatte.

Die Kommissarin hatte ihr angeboten, die Aufgabe zu übernehmen oder sie zumindest zu begleiten, auch Marlene hatte das angeboten, sogar Linus. Doch Verica hatte sich entschieden, diesen Schritt allein zu bewältigen. In all den Jahren, in denen sie so verliebt in ihren Mann gewesen war, hatte sie sich gefragt, wer die Menschen waren, aus denen er geworden war und die er so sehr verabscheute.

Da saßen sie nun auf ihrer cremefarbenen Couch und sahen vielleicht sanft zu Verica hinüber. Auf dem goldumrandeten Glastisch stand eine altmodische Klingel, auf die Frau Asmuth nun einschlug, bis ein einnehmend schöner dunkelhäutiger junger Mann in einem apricotfarbenen Anzug erschien, und Frau Asmuth sagte: »Gustavo, bring uns doch bitte eine Flasche von dem Champagner, der gestern geliefert wurde, drei Gläser!«

Herr Asmuth fügte hinzu: »Und einen Single Malt!«

Verica setzte an zu sprechen, als Gustavo den Raum verlassen hatte, doch Frau Asmuth legte den Finger auf die Lippen und sagte dann: »Warten wir doch noch auf die Getränke, Liebes.«

»Wie Sie wünschen.«

»Nennen wir uns doch bei den Vornamen, meine Frau heißt Hella, ich Heinrich, bitte nehmen Sie es an, uns zu duzen, es wäre uns eine Ehre, nachdem unser Sohn nach dem Ausklang seiner gravierenden Pubertät entschieden hat, nie wieder in sein Vertrautes zurückzukehren«, sagte Herr Asmuth.

Verica nickte.

»Ja, einverstanden, ich bin Verica.«

Heinrich Asmuth nickte ebenfalls und sprach andächtig: »Die Wahrhaftige. So sitzt sie jetzt vor uns, uns unser Schicksal zukommen zu lassen. Ist er tot, im Koma, im Gefängnis?«

»Heinrich!«, fuhr ihn seine Frau an, »warten wir doch auf die Getränke!«

»Tot!«, brach es auch Verica heraus.

Die beiden sahen sie reglos an, Gustavo kam mit einem Silbertablett und servierte alles gekonnt, und als er mit einem Plopp den Champagner öffnete, entwich Hella Asmuth ein Schrei.

Heinrich und Hella Asmuth hoben ihre Gläser, nickten Verica zu und fragten zugleich: »Was ist geschehen?«

Verica wurde schwindelig, sie atmete tief ein und antwortete: »Hendrik war verschwunden, für Monate.«

Beide nahmen einen Schluck Champagner, und als Heinrich Asmuth nach seinem Whiskey griff, fasste Hella ihm an den Arm und flüsterte: »Nicht, Heinrich, der ist zwanzig Jahre alt, der braucht noch ein paar Minuten.«

»Lass mich, Hella, mein Kind ist tot, und ich hab es so lange nicht gesehen, wie dieser Single Malt alt ist.«

»Länger, Heinrich, länger, es sind genau sechsundzwanzig Jahre, zwei Monate und sieben Tage.«

»Du kannst jetzt aufhören zu zählen Hella, er ist tot.«

Verica exte ihren Champagner.

Hella Asmuth strich ihr Kleid über den Oberschenkeln glatt und sagte: »Bitte, Verica, berichte, schon uns nicht.«

»Hendrik war verschwunden, über ein halbes Jahr, jetzt hat man ihn bei Finkenwerder aus der Elbe gefischt, wegen des langen kalten Winters hat es gedauert, bis sein Körper wieder an die Oberfläche kam, die Strömung hatte ihn mitgenommen. Er ist wohl bei den Landungsbrücken ins Wasser gefallen, an einem der letzten Sommertage, es war ein Unfall, er hat versucht, eine Frau zu retten, die sich umbringen wollte.«

Sie weinten nicht, sie zeigten überhaupt keine Reaktion, und Verica erinnerte sich, dass Hendrik ein einziges Mal, als er sehr betrunken und sehr wütend gewesen war, gebrüllt hatte, sie sei wie seine Eltern, kalt, und würde nur für sich selbst fühlen. Die beiden hielten einander an den stark geröteten Händen.

Hella fragte: »Wie geht es dieser Frau jetzt? Ich will ihr helfen, ich engagiere mich, wo ich kann, braucht sie etwas?«

»Ähm, ja, sicher, sie hat einen Entzug gemacht und ist erst mal in einem Wohnprojekt untergekommen, ich kann Ihnen, kann dir ihre Nummer geben.«

»O ja, bitte.«

Heinrich Asmuth sagte: »Eine Wasserleiche ist er also geworden, haha, das passt irgendwie zu meinem Sohn, er hatte schon mit fünfzehn eine so ausufernde Theatralik, beinahe poetisch war das, Mann, wenn ich daran denke, was für tränenreiche Auftritte er in seiner Wut absolviert hat!«

»O ja!«, bestätigte Hella verzückt, »mit welcher Verve er traurig und wütend zugleich sein konnte, alles in einem, das war beeindruckend.«

Hella läutete das Glöckchen, Gustavo kam herbeigeeilt und schenkte alle Gläser wieder voll.

Heinrich Asmuth fuhrt fort: »Viele interessante Menschen sind ertrunken, Virginia Woolf, Brian Jones, Josef Mengele ...«

»Whitney Houston!«, fügte Hella hinzu, und Gustavo ergänzte: »Und ihre Tochter auch, Bobbi-Christina, kurze Zeit später!"

»Was?«, rief Hella entsetzt, »Gustavo, mon dieu, das ist an mir vorbeigegangen, o mein Gott, wie traurig!«

Ihr liefen nun Tränen über die Wange, und sie schluchzte. Mit zitternder Stimme sagte sie: »Es ist eine Tragödie, kein Geld der Welt kann die Liebe in uns halten! Gustavo, bitte bereite das Ritual vor! Ich brauche jetzt das Ritual, und bring die Tempobox!«

Und Heinrich Asmuth fragte: »Wie hat man ihn identifiziert? Nach so vielen Monaten? Da gehen doch die Fische ran, und alles zerfällt, unsere Körper sind ja nicht dafür gemacht, im Wasser zu treiben.«

»An seinen Tattoos konnte man ihn sofort erkennen, ich hatte der Polizei Fotos davon gegeben«, antwortete Verica.

Hella schnäuzte sich die Nase und rief begeistert: »Er hat sich tätowieren lassen? Das ist wundervoll!« Sie legte ihre Wade auf den Glastisch, sodass man unter dem hellen Nylon ein Seepferdchen erkennen konnte. »Das Männchen trägt die Babys aus, ist das nicht ein schöner biologischer Feminismus. Davon halte ich etwas, wenn es von der Natur so gewollt ist.«

Verica musste auf die Toilette, aber sie verspürte einen noch größeren Drang, dieses Haus sofort wieder zu verlassen. Plötzlich fühlte sie sich ihrem Mann ein letztes Mal und sogar so nah wie nie zuvor, und sie verstand nun, warum er nie versucht hatte, ihr irgendetwas zu erklären.

»Hella, Heinrich, danke für den Champagner, die Arbeit ruft, ich bin dabei, die Beerdigung zu planen, sie wird in Ohlsdorf stattfinden, die Urne wird dort beigesetzt, ich schicke euch gern noch die genauen Daten!«

»Kann man eine Wasserleiche verbrennen? Wird die vorher geföhnt?«, fragte Heinrich und lachte brachial, und Gustavo, der im ganzen Raum Sandelholzstäbchen entzündete und Vorhänge schloss, sagte: »Ihr solltet dafür bezahlen!"

Hella reichte Verica ihr iPhone.

»Bitte, Liebes, gib deine Nummer ein, Gustavo hat immer recht, er ist weise, und er ist wie ein Sohn für mich, aber zwischen uns herrscht eine bessere Ordnung, weißt du, Geld macht nicht glücklich, aber es schafft die richtige Ordnung! Wir bezahlen alles, buch einen Raum für die

Feier, es soll getrunken werden, Ausgelassenheit soll den Abschied grundieren, buch ein ganzes Restaurant oder gleich ein Theater! Geld spielt keine Rolle. Schick mir einfach die Rechnung und deine Bankverbindung.«

»Ihr wollt nicht kommen?«

»Doch«, sagten beide zugleich, »das kann er uns jetzt nicht auch noch nehmen.«

»Gibt es ein Enkelkind?«, fragte Heinrich.

»Ja, Paloma, sie ist sechzehn, ihr könnt sie euch bei TikTok ansehen, ich schreite da längst nicht mehr ein.«

»Oh, ich liebe TikTok, es ist so vital!«, rief Hella.

»Paloma?«, rief Heinrich, »war das Hendriks Wahl?«

»Ja, das war es.«

»›Paloma Blanca‹ war ein Lied, das ich liebte, als er ein Kind war, er hat dazu getanzt, bevor er begann, meinen Musikgeschmack und mich zu verachten.«

Verica verabschiedete sich, Gustavo brachte sie zur Tür, drückte ihr etwas in die Hand, eine Captain-Future-Figur, Hendriks Lieblingsheld aus der Kindheit. Verica nickte und sagte leise: »Danke.«

Gustavo warf ihr einen Kussmund zu und verschloss die Tür.

Leila hatte Ben im Gedränge vor dem Theater verloren. Längst hatte sie an einem der langen Tische Platz genommen, nicht aufgeblickt, bis jetzt. Da stand er vor ihr, wie eine Erscheinung, sie hatte ihn nicht kommen sehen. Blass sah er aus, Beerdigungen seien nicht so sein Ding, hatte er vorhin am Telefon gesagt, aber sich drücken sei erst recht nicht sein Ding, nicht mehr, nie wieder. Leila hatte erwidert, Beerdigungen seien niemandes Ding.

»Willst du dich nicht setzen?«, fragte sie.

»Ich glaub, ich rauch noch eine, ich krieg hier drinnen Platzangst, solange noch alle so rumstehen, dadurch wirkt es voller und enger, als es ist. Scheißparty, ergibt keinen Sinn.«

»Eine Beerdigung ist keine Party, eher eine Feier.«

»Und was ist der Unterschied?«, fragte Ben und holte seinen Tabak aus der Hosentasche.

»Eine Party ist eben eine Party, auf einer Feier muss man sich benehmen, verstellen.«

»Ich muss hier mal raus, wer zum Teufel sind die ganzen Leute?«

»Klar, mach, was du willst.«

Er steckte sich die fertig Gedrehte in den Mund und drängte sich in Richtung Ausgang.

Nikki war nicht zu entdecken, aber Leila fand eine Nachricht von ihr auf ihrem Telefon, sie solle ihr den Platz neben sich freihalten, sie würde das hier ohne die Wärme einer urwüchsigen Freundschaft nicht überstehen.

Leila sah hinüber zum Buffett wo die Leute vom Service eilig heiße Platten auftrugen. Sie spürte keinen Hunger, obwohl sie heute früh außer einer halben Avocado und einer Handvoll Mandeln nichts gegessen hatte. Hendriks Eltern hatten darauf bestanden, alles zu bezahlen, und Verica machen lassen, und so hatte Verica sich für die Feier den Ort ausgesucht, an dem sie das letzte Mal gemeinsam einen halbwegs guten Abend verbracht hatten, bei einem Stück von ... Leila kam nicht drauf.

Da stand Nikki mit Marlene an der Wand unter dem riesigen Schwarz-Weiß-Foto einer Frau mit einem Zylinder. Sie nannte Marlene seit ein paar Wochen nicht mehr die »CDU-Frau von Linus«, sondern Leni. Leila erinnerte sich daran, wie Nikki ihr mit zwölf Jahren gesagt hatte, sie wolle von nun an nur noch Nikki heißen, und zwar mit Doppel-K, und nicht mehr Nikolina. Vielleicht war das der Moment gewesen, in dem sie anfing, sich selbst zu mögen, so wie sie jetzt Marlene mochte, oder es war der Moment, in dem sie sich entschieden hatte, ganz allein für die weitere Kreation ihrer Identität zuständig zu sein.

Man munkelte, Verica würde später, wenn alle gegessen hatten, noch eine Rede halten, und jetzt schon graute Leila davor, nichts brachte Gefühle mehr zum Erstarren als eine Rede, als könnte man damit Gefühle abhaken oder auf den Punkt bringen, womöglich fiktionalisieren. Reden kartonierten Gefühle, Momente, Stimmungen, es waren Prunk-Texte, eine Rede funktionierte nicht ohne starren Pomp. Danach hatten dann alle den beruhigenden Eindruck, bis auf Weiteres sei alles gesagt, man war wieder mit sich und seinem inneren Durcheinander allein, man hatte gemeinsam gelauscht, gelacht, geweint geklatscht, hoch die Tassen und fertig. Leilas Mutter sagte immer, nirgends werde so viel gelogen und geheuchelt wie auf Beerdigungen.

Verica hatte die Veranstaltung gepostet, per Direktnachricht konnten sich die Willigen bei ihr anmelden und erfuhren Zeit und Ort.

All die bescheuerten Postings, von Leuten, mit denen er irgendwann mal irgendwo gearbeitet oder gesoffen hatte, Frauen, die durchblicken ließen, sie hätten was mit ihm gehabt oder ihn eben gekannt. Alle wollten dabei sein, bei der Feierlichkeit des Verlusts, aus welchen Gründen auch immer, es waren die falschen. Liese hatte einmal zu oft gesagt: »Es hätte ihm gefallen.« Woher sollte man das wissen?

Sie schrieben: »Zu früh. Rest in Peace.«

Leila war angewidert, dachte, wie sollte man sonst tot sein, außer auf eine ausgesprochen friedliche, weil komplett bewusstlose Art? Soweit Leila im Bilde war, war Hendrik zuletzt meist völlig versoffen und einsam gewesen, er hatte seinen Job wegen offenem Sexismus verloren, war pleite. Letzten Sommer hatte sie ihn wankend am Schulterblatt gesehen und versucht, freundlich zu grüßen. Er hatte einfach nur durch sie hindurchgesehen, unfähig, sie zu erkennen. Seine Tochter Paloma hatte alle ihre Freundinnen mitgebracht, und sie trugen mexikanische Día-de-Muertos-Masken, hatten eine Tanzperformance einstudiert und filmten sich draußen vor dem Theater.

Vielleicht brach Paloma mit Anfang zwanzig zusammen und redete dann in der Therapie drüber, bis dahin würde sie noch ein paar andere Dinge mit ihrer Traurigkeit oder dem Verlustgefühl anstellen. Oder auch nicht, vielleicht waren die jungen Leute einfach vollkommen verdorben, dachte Leila und fühlte sich wie ihre seit 1999 tote Oma.

Ben drängte sich zu ihr an den Tisch und fragte: »Warum guckst du so böse?«

»Ach, ich weiß auch nicht, hier sind so viele Leute von früher, und alle sehen so verdammt alt aus!«

»Das beschäftigt dich jetzt?«

»Ja, passt doch, altern bedeutet zu sterben, deshalb doch der Horror vor den Falten, der ganze überteuerte Hyaluronscheiß, oder?«

Er setzte sich, nahm sie fest in den Arm, und bevor Leila anfangen konnte zu heulen, stand Nikki vor ihnen und rief: »Lasst ihn mich sagen, den blödesten und zugleich immerwährend wahrsten Scheißsatz: So jung kommen wir nie wieder zusammen!«

Sie hatte Mats, Marlene, Liese und Jupiter im Schlepptau, und sie setzten sich. Nikki erzählte Geschichten von ihrem Dinner in Cannes, Leila nahm einen Schluck wirklich guten Zweigelt und ließ sich von allen Seiten wärmen.

Als das Läuten einer Glocke die Eröffnung des Buffets verkündete, spürte Mats mit einem Mal, wie hungrig er war, das buchstäbliche Loch in seinem Bauch stülpte diesen in alle Richtungen.

Nikki hatte oft gesagt, Mats könne wirklich immer essen und schlafen, unter allen Umständen, als wäre das etwas Falsches und er emotional abgestumpft oder zumindest einfacher gestrickt als sie, wie ein Hund, ein Golden Retriever. Das hatte sie mal gesagt, er sei ein Hund, dann ein Golden Retriever, ohne dass sie überhaupt dieses blöde Analogie-Spiel gespielt hatten. Bei Nikki war er oft nicht sicher, was ein Kompliment war und was eine Beleidigung.

Kurz zuvor in der Kapelle war Mats für vielleicht zwei Minuten in Tränen ausgebrochen, ohne dass er sich zuvor traurig gefühlt hatte.

Zuletzt hatte er sich in Frankreich so richtig ausgeheult. Nachdem Nikki in ihrem extravaganten Kleid zu ihm runter an den Strand gekommen war und die Beine um ihn geschlungen hatte. Irgendwann bekam er Hunger, und gleichzeitig hatte er so eine Lust, mit ihr zu schlafen, wie noch nie. Dann zogen sie durch die Straßen, bis sie einen Imbisswagen entdeckt hatten, bei dem sie ein Pfund frittierte Tintenfische kauften, die sie dann zusammen am Strand aßen und dazu schales Mineralwasser aus der Flasche aus seinem Rucksack tranken, bis die Sonne aus dem Meer auftauchte. Selten war er glücklicher gewesen, und er schob es auf die fantastischen Tintenfische, die am wenigsten damit zu tun hatten.

Hendrik hatte ihm nichts bedeutet, außer dass er ihn eben schon lange, seit seinen frühen Zwanzigern, kannte, wie so viele andere, die allein durch die Zeit an Bedeutung gewannen.

Als Hendriks Mutter zuvor in der Kapelle ans Mikrofon getreten war, erzählte sie mit Theater-Pathos, wie Hendrik schwimmen gelernt hatte, dass sein Gesicht gestrahlt habe, als er mit seinen leuchtorangenen Schwimmflügeln zum ersten Mal aus dem flachen Wasser hinauspaddelte. Dann schloss sie ihre Rede, ohne eine Träne, mit den Worten: »Dieses Bild trage ich immer im Herzen, wenn ich an meinen Sohn denke.« Einige Leute räusperten sich beschämt, und jeder dachte in diesem Moment daran, dass er stockbesoffen ertrunken war.

Als anschließend alle vor den Friedhofstoren auf den Shuttlebus warteten und leise über Hella Asmuth lästerten, sagte Leila, es sei das typische Verhalten einer Mutter, ohnehin gehe es immer nur darum, was wir uns vorstellen würden, alles könne sich dadurch subjektiv ändern, die Vorstellungskraft sei der beste Trick der Psyche und zugleich verheerend. Nikki und Leila unterhielten sich daraufhin während der ganzen Busfahrt lautstark über die Unterschiede zwischen Roman und Drehbuch.

Die Beerdigungsparty war dazu da, ein wenig traurig zu sein, zu fressen und zu saufen und Leute von früher wiederzusehen. Niemand schien hier wirklich tief bekümmert zu sein, außer diese verruchte Stéphanie von Monaco, die nicht wirklich so hieß. Mats hatte sie kurz zuvor dem Theater gesehen, hübsch zurechtgemacht hing sie an der Hand von Hendriks Mutter. Die Prostituierte ohne festen Wohnsitz. Hendrik hatte sie mit letzter Kraft von ihrem Suizid abgehalten, wobei er selbst ins Wasser gefallen war. Nun trug sie unter einem ehrlich betrübten Gesicht ein betörend schönes schwarzes Balenciaga-Kleid auf und wohnte seit ein paar Tagen in Hendriks altem Kinderzimmer. War sie nicht in letzter Instanz schuld an seinem Tod durch unterlassene Hilfeleistung? Alle hatten von einer Anzeige abgesehen. Aus Mitleid, wegen der Annahme, die Bedauernswerte habe die Situation nicht richtig einschätzen können und dass Hendrik im Grunde selbst schuld sei. Oder weil man sie noch hatte retten können, weil sie sich retten ließ, einen Entzug machte, Geld und Hilfe annahm. Menschen liebten es, andere zu retten, anstatt sich selbst.

Mats verstand Leilas Ansicht, dass am Ende die Vorstellung zählte, die wir uns von allem machten. Trotzdem gelang es Mats nicht, sich vorzustellen, was mit Milan passiert war, aber immerhin gelang es ihm nun, traurig zu sein, so, wie er es schon seit zwanzig Jahren hätte sein müssen. Endlich hielt er ihn aus, den Schmerz, und die Wahrheit des Verlusts, und das machte einen Unterschied, denn es bedeutete Freiheit. Stéphanie von Monaco war wer, weil sie dabei gewesen war, als Zeugin des Abschieds, sie hatte eine Rolle gespielt. Sie wusste eine Geschichte zu erzählen, über das Ende von Hendriks Leben. Es ging immer um die Geschichten, die erzählt wurden, und wie wir sie erzählten, uns, anderen. Menschen lieben Geschichten, egal, ob sie sie lesen oder anschauen, ihrer Großmutter zuhören oder dem Suffkopp in der Kneipe.

Vielleicht würde es Mats eines Tages gelingen, sich eine gute Geschichte von Milans letzten Stunden auszudenken, oder er würde Nikki darum bitten, es zu tun.

Marlene schaute auf ihr Telefon. Linus war nach der Beisetzung von Hendriks und Captain Futures Asche noch mal in die Firma gefahren. Er arbeitete wieder drei Tage die Woche, und am folgenden Tag standen zwei wichtige Termine mit einer Architektin und einem externen Dienstleister an.

Marlene atmete tief ein und wieder aus, es war die zweite Beerdigung diesen Monat. Elif, ihre Chefin bei Waxation, war nicht besonders angetan von vertretungsloser Abwesenheit, hatte beide Male gefragt, ob die Toten denn nahe Angehörige seien.

Von einem Tag auf den anderen war sie viel weniger herzig im Umgang mit Marlene, die bisher zu allem Ja gesagt hatte. Diese devote Haltung, die sie als eine Rolle verstand, hatte Marlene nur so lange gefallen, wie sie sich neu anfühlte. Es war gut möglich, dass das »Jobexperiment«, wie Linus es wohlmeinend nannte, bald vorbei war.

Bei Waxation waren die leitenden Angestellten es gewohnt, dass die Arbeitskräfte abhängig von jedem bisschen Lohn waren. Drohungen funktionierten deshalb gut.

Marlene hatte einfach mit den Schultern gezuckt, ohne eine Vertretung zu suchen, und sich bereits um einen Job in der Gallery ihres berühmten Stammkunden beworben, der sich dort längst für sie ausgesprochen hatte. Linus zeigte sich darüber begeistert, und Marlene verschwieg, dass eben dieser Künstler beim letzten Mal eine Erektion hatte, als sie seinen Anus mit Warmwachs enthaarte. Schließlich war außer der Erektion und der offensichtlichen Abwesenheit seiner Scham nichts weiter passiert.

Auf Regines Beerdigung fanden sich nur Nikki, Marlene, Linus und Frau Dusenburg, eine alte Nachbarin von Regine, ein. Ständig wiederholte sie: »Jetzt ist sie endlich wieder bei Manfred.«

Linus hatte die Bestattung auf dem kleinen Stellinger Friedhof bezahlt, sodass Regine bei ihrem Mann begraben werden konnte. Er ließ Regines Namen unter Manfreds eingravieren, bestellte einhundert bunte Gerbera, und Nikki bestand darauf, ihm die Hälfte zu erstatten, falls ihr Filmprojekt ein Erfolg werden würde. Was man nie wissen konnte! Wie sie mehrmals an diesem Tag betonte, wie ein vorsorglich tröstliches Mantra.

Erfolg, witzig, hatte Marlene gedacht, Erfolg war überhaupt nichts, das in ihrer Vorstellung von sich selbst eine Rolle gespielt hatte. Warum war sie so ... antriebslos? Sie hatte Lust zu arbeiten, beschäftigt zu sein, aber es ging nicht darum, zu glänzen, es ging nur darum, wie es sich anfühlte, für sie ganz allein.

Marlene sah rüber zu Jupiter und Liese. Die ganze Zeit machten sie Fotos voneinander und dem Geschehen.

Liese und Jupiter waren sich zum ersten Mal vor ein paar Monaten wegen Hendriks Verschwinden auf der Polizeiwache begegnet. Jupiter war nichts als Marlenes albernes Tinder-Date gewesen, alles Zufall, Zufall der Anziehung und des Zeitpunktes des Eintreffens einer Nachricht. Sonst hätten sie nie über Hendrik gesprochen, und Jupiter hätte sich nicht daran erinnert, sich mit Hendrik kurz zuvor fast geprügelt zu haben. In dessen Ex hatte er jetzt offensichtlich seine Seelenverwandte gefunden.

Marlene war auf der Wache nicht einmal aufgefallen, dass Liese und Jupiter miteinander gesprochen hatten, aber Liese war mit ihm in Kontakt geblieben, und jetzt suchten sie eine Wohnung und wurden vielleicht eine Familie.

Die Banalität des Lebens war schmierig, irgendwas war doch faul daran, dachte Marlene und erinnerte sich, wie verliebt sie sich für wenige Augenblicke nach dem Toilettensex mit Jupiter gefühlt hatte. Sie fand keinen Draht mehr zu dieser Person, die sie für ein Weilchen gewesen war, und alles an dieser Erinnerung erschien ihr bloß imaginär und weitaus mystischer als der Tod von Hendrik, Regine oder der Tod im Allgemeinen.

Liese sah sich das Selfie mit Jupiter an, das sie gerade in ihrer Story gepostet hatte, und empfand kurz etwas Romantisches, dazu ein wenig Narzissmus. Gleichzeitig aber türmte sich erneut und in rasendem Tempo diese grauenvolle Leere in ihrem Gemüt auf. So wie immer, wenn sie sich das Ergebnis einer Story-Kreation mehr als einmal angesehen hatte.

Diese Leere besagte, jeden Moment könnte alles vorbei sein, ihre Liebe, ihr Leben oder so, als könnte die Bedeutung von allem einfach so abstürzen wie ein altes Smartphone.

Seit ein paar Wochen beschlich Liese immer mal wieder diese Angst, dass Jupiter jederzeit eine Andere besser gefallen könnte. Diese punktuelle Panik war nicht gut auszuhalten, null lässig, unreif, aber derzeit nicht zu ändern. Wahrscheinlich wäre es ein ziemlich guter Zeitpunkt, erwachsen zu werden, wenn man zum ersten Mal liebte oder wenigstens glaubte zu lieben.

Lieses Gefühle für Jupiter potenzierten sich mit Wucht genau in dem Moment, als sie von Hendriks Leichenfund erfahren hatte.

Im Schockzustand ließ Liese es zum ersten Mal zu, sich in den jungen Mann zu verlieben, der an diesem Morgen neben ihr im Bett lag und sie sofort fest in den Arm nahm. Jupiter hatte schon lange mehr gewollt als gelegentlichen Sex.

Nun aber, vollkommen ohne äußeren Anlass, fürchtete Liese, dass ihre Gefühle nicht im selben Maß erwidert würden, weil sie ihm ja nicht seine verlorene Jungend zum Tausch anbieten konnte.

Liese war in ihrer Vorstellung nur wegen ihrer Jugend und jugendlichen Sexyness interessant für Männer und Objekt universaler Begierde gewesen, nicht etwa wegen ihrer Persönlichkeit, ihres Witzes oder ihrer Intelligenz.

Es war ermüdend, dieser eigenen Erwartungshaltung immer und immer wieder gerecht zu werden, sie bedienen zu müssen, um sich mächtig zu fühlen, immer weiter so, als wollten alle jederzeit mit einem schlafen, ohne zu wissen, wozu das überhaupt gut war, und irgendwann war man Madonna, aber ohne die Millionen.

Verica hatte sich im Klo eingeschlossen und zog tief an der Zigarette, so als würde sie sie in einem Zug aufrauchen wollen, nur um sich direkt die nächste anzuzünden, weil das immer der beste Moment war.

Heute hatte sie nicht geweint, obwohl es am Tag der Beerdigung angebracht gewesen wäre zu weinen. Sie konnte doch nicht einfach nur so traurig sein und vor sich hinstarren, oder an die Toilettentür. Würde sie jetzt nicht weinen, würde es ihr womöglich später passieren, wenn sie diese Rede hielt, die ihr nur noch dumm und kitschig vorkam.

Hendriks Leben war ja längst nicht mehr ihr Leben gewesen, sie war faktisch schon lange kein Teil mehr jenes Lebens gewesen, dessen Ende hier im Theater betrauert wurde.

Einfach abgesoffen und weggespült. Sein Rumpf bedeckt von blassen zerfetzten Sternen. Er war gefallen, zerfallen. Sie wurde nicht traurig bei dem Gedanken an seinen Körper, sie war nicht mal mehr schockiert, eher gut sortiert, denn sie hatte sich bereits an den Gedanken gewöhnt, dass er auf diese Weise gestorben war, er konnte ihr keine Traurigkeit mehr abringen.

Marlene hatte mal gesagt, der Tod ihrer Mutter sei ihr erst ein Jahr später vollkommen bewusst geworden, es habe diesen Moment gegeben, in dem sie den Tod ihrer Mutter erkannt habe, obwohl sie natürlich darum wusste und ihn längst akzeptiert hatte.

Unten rechts an der Klotür, die ansonsten vollkommen blank war, entdeckte Verica etwas Geschriebenes: »Love IS the answer.« Eine Träne rollte, immerhin. Doch eigentlich war dieser Satz, diese Behauptung genauso banal wie ihre Rede. Vielleicht hätte sie keine ganze Flasche Grenache beim Verfassen trinken sollen. Ihr kam der Verdacht, dass sie die Rede nur geschrieben hatte, um mal wieder ein Referat zu halten, ein Referat zum Thema Abschied. Verica hatte sich in der Schule gerne für Referate gemeldet. Sie mochte den Klang ihrer Stimme, sie mochte es, wenn man ihr wirklich zuhörte.

Nun rauchte sie wie das letzte Mal mit vierzehn auf der Schultoilette anstatt, wie alle anderen, draußen vor dem Theater. Hinter verschlossener Tür, heimlich. Nur um dem Trara um Hendriks Tod zu entkommen, das sie selbst mit dem Geld seiner Eltern ins Leben gerufen hatte.

Wäre Verica damals kurz nach dem Jahrtausendwechsel nicht auf diese Party gegangen, wäre sie vermutlich nicht auf diesem Fest.

Hendrik hatte sie angesehen, und er war nicht auffällig betrunken gewesen, sie selbst noch ganz nüchtern. Dieser riesige Wikingermann strahlte sie mit seinen verrückt blauen Augen an und sagte: »Moin!« Kleines unromantisches Wort.

Jetzt dachte Verica an die Urne, in der ihr großer Mann für immer pulverisiert zusammen mit Captain Future verblieb. Seit Hendrik verschwunden war, war es ihr wieder möglich, ihn als den Menschen zu erinnern, in den sie sich auf den ersten Blick verliebt hatte.

Verica hatte damals erwidert, dass man Moin nicht abends, und schon gar nicht in der Nacht sagte, und da sie es nicht googeln konnten, hatten sie andere hinzugezogen, und am Ende hatte er recht gehabt damit, dass man es zu jeder Uhrzeit sagen konnte, zur Begrüßung und auch zum Abschied.

Doch als sie die Party früher verließ als er, sagte er Auf Wiedersehen, es sei genau das, was er wolle, sie immer und immer wiedersehen, sein ganzes Leben lang und darüber hinaus. Verica hatte während ihrer Trennung so viel geweint. Sie schmiss ihre Zigarette ins Klo und drückte die Spülung, und der Stummel tanzte im Wasser und ging einfach nicht unter.

Drei Mal wartete sie, bis das Wasser im Klokasten vollständig nachgelaufen war, und sie drückte die Spülung und drückte, bis der Stummel aufquoll und sich langsam auflöste, und Verica fing an zu heulen.

Es klopfte an der Tür. Es war Nikki, die fragte, ob sie reinkommen dürfe.

»Nein, hier ist nicht genug Platz!«

»Dann mach wenigstens die Tür auf, Verica, komm, mach sie auf.«

Verica öffnete die Tür und blieb im Klo stehen.

»Soll ich dich in den Arm nehmen?«, fragte Nikki.

Verica schüttelte den Kopf.

»Die Zigarette, sie geht einfach nicht weg, egal, wie oft ich die Spülung drücke!« Sie schluchzte bitter und unkontrolliert.

»Man soll keine Zigarette im Klo runterspülen, lass mich mal rein!«

Nikki schob sie beiseite, hockte sich vors Klo, fischte darin herum, ging mit verschlossener Hand zum Handtuchpapierautomaten. Sie zog ein paar Tücher ab, wickelten den nassen Rest darin ein und übergab ihn Verica.

»Du kannst das jetzt in den Mülleimer werfen.«

Verica steckte das Knäuel in ihre Umhängetasche, und Nikki fragte: »Kann ich irgendwas für dich tun?«

Verica holte die zerknitterte Rede aus der Tasche.

»Darf ich dir die bescheuerte Rede vorlesen?«

Sie fanden einen ruhigen Platz in den verwinkelten Gängen des Theaters und setzten sich auf den weichen bordeauxfarbenen Teppichboden. Verica lehnte sich an die Wand, und Nikki setzte sich in aufrechtem Schneidersitz vor sie hin.

»Ist es okay, wenn ich dich dabei ansehe, oder soll ich

besser neben dir sitzen?«

»Bitte, bitte sieh mich an.«

»Ich seh dich an.«

»Hast du Angst vor dem Tod, Nikki?«

»Ja, natürlich, und das Seltsamste für mich ist, dass die Leute immer sagen, sie hätten Angst vorm Sterben, aber nicht vor dem Tod. Aber solange ich sterbe, lebe ich ja noch, kann Sachen erledigen, Rotwein trinken, Katzen streicheln, jemandem meine Liebe gestehen, Wahrheit verkünden, vielleicht fühle ich mich nicht fit, aber ich bin noch da, und darum geht es doch, oder?«

»Darum, da zu sein?«

»Ja, ich will nicht weg sein, du?«

»Du merkst ja nicht, wenn du weg bist.«

»Aber ich will nicht nichts mehr merken, nichts mehr fühlen, nichts Schmerzliches, nichts Schönes, nicht meine Magenprobleme, nicht die Wärme eines anderen Körpers, eben gar nichts mehr, das macht mir Angst.«

Verica nahm Nikkis Hände, atmete gleichmäßig, dann hob sie ihren Kopf, glättete das Papier und las Nikki die Rede vor.

Als sie fertig war, schaute Nikki ihr fest in die Augen und sagte: »Ich habe so was Schönes noch nie gehört, du solltest aufhören mit diesem veganen Fast-Food-Quatsch und Bücher über das Lieben schreiben.«

»Ich?! Ich hab einen Alkoholiker geliebt, Jahre gelitten, anstatt mich zu trennen, mich nie wieder neu verliebt, egal, was für nette, psychisch gesunde Männer ich kennengelernt habe, wie soll ich Idiotin denn anständig über die Liebe schreiben?«

»Genau so, über das Unperfekte daran und warum es trotzdem großartig ist zu lieben. Damit kann man außerdem viel Geld verdienen!«

»Mit veganem Fast Food auch!«

»So oder so, die Rede ist toll, aber streich das Rio-Reiser-Zitat, das brauchst du nicht, du kannst das allein.«

Ben und Linus kamen um die Ecke, Ben fragte nach Filtern und Nikki sagte: »Erst hört ihr euch an, was Verica geschrieben hat, dann gibt es Filter, okay?«

Ben und Linus setzten sich dazu, Verica las die Rede erneut vor, und Linus und Ben lauschten, und am Ende sagte Ben: »Genau so, genau so ist es, aber streich Rio Reiser.«

»Ich finds superschön mit Rio Reiser am Ende!«, sagte Linus.

»Ja, du wieder, bei dir kann es gar nicht kitschig genug sein«, erwiderte Ben.

Leila, Marlene und Mats kamen den Gang entlang, und Marlene sagte: »Hier steckt ihr, alle fragen schon, wann Verica die Rede hält!«

Nikki sagte: »Setzt euch, setzt euch hin, sie hält die Rede nur für uns, und alle da drinnen sollen sich ohne uns mit Soßenessen vollstopfen und so tun, als wären sie traurig!«

Marlene, Mats und Leila setzten sich dazu, sie bildeten alle zusammen einen Kreis, und Verica las die Rede erneut vor. Marlene und Leila waren nicht Linus' Meinung, Leila nannte das Rio-Reiser-Zitat »schön, aber inflationär«, doch Linus blieb überzeugt von dem Zitat, und sie begannen eine Diskussion darüber, welches das beste Liebeslied aller Zeiten war und konnten sich auf kein einziges einigen, außer vielleicht ein bisschen auf »Human« von The Human League, das sie alle noch immer eher gut als nervig fanden, und vielleicht noch »Purple Rain«, aber nur nachts. Leila warf »Kayleigh« von Marillion in die Runde, und Ben stöhnte: »Nö, nicht das schon wieder, das willst du immer hören, wenn du zu viel Rotwein getrunken hast!«

Nikki lachte und sang: »Dancing in stilettos in the snow!«

Und Leila sang weiter: »You never understood, I had to go!« Und alle außer Ben sangen zusammen: »By the way, didn't I break your heart? Please excuse me, I never meant to break your heart, so sorry, I never meant to break your heart, but you broke mine!«

Irgendwann kam Liese den Gang runter und rief: »Hey! Ich such euch die ganze Zeit. Was macht ihr?! Spielt ihr ein Spiel oder so was?«

Ben schaute lächelnd in die Runde und sagte: »Ja, genau, wir spielen ein Spiel.«

Foto: © Axel Anselm Woesler

Jasmin Ramadan, Jahrgang 1974, studierte Germanistik und Philosophie in Hamburg. 2009 gelang ihr mit
ihrem Debüt *Soul Kitchen*, dem Roman vor dem gleich-
namigen Film von Fatih Akin, ein Überraschungserfolg.
Es folgten zahlreiche Kurzgeschichten und drei weitere
Romane, zuletzt *Hotel Jasmin* (2016). Sie ist Autorin der
taz-Kolumne »Einfach gesagt« und lebt als freie Schriftstellerin in Hamburg.